नरेंद्र मोदी के प्रेरक विचार

सं. महेश दत्त शर्मा

प्रतिभा प्रतिष्ठान, नई दिल्ली

प्रकाशक : प्रतिभा प्रतिष्ठान,
694-बी, (नियर अजय मार्केट) चावड़ी बाजार, दिल्ली-110006
 / संस्करण : प्रथम, 2019 / मूल्य : तीन सौ रुपए
मुद्रक : आर-टेक ऑफसेट प्रिंटर्स, दिल्ली ISBN 978-93-87980-58-7

NARENDRA MODI KE PRERAK VICHAR

Ed. Shri Mahesh Dutt Sharma ₹ 300.00

Published by Pratibha Pratishthan, 694-B, (Near Ajay Market)
Chawri Bazar, Delhi-110006

नरेंद्र मोदी : संक्षिप्त जीवन-परिचय

भारत की वर्तमान राजनीति में निस्संदेह नरेंद्र मोदी जैसी राजनीतिक कुशलता, वक्तृत्व कला, प्रशासनिक क्षमता और सर्व-स्वीकार्य छवि का अन्य एक भी नेता नहीं है। राष्ट्रीय राजनीति में ही नहीं, बल्कि अंतरराष्ट्रीय राजनीति में भी उनके नाम की गूँज स्पष्ट सुनाई पड़ रही है। लगातार चार बार गुजरात के मुख्यमंत्री बनने के बाद अब वे भारत के प्रधानमंत्री पद को सुशोभित कर रहे हैं।

नरेंद्र मोदी का पूरा नाम नरेंद्र दामोदर दास मोदी है। उनका जन्म गुजरात के एक कस्बे वडनगर के मोदी मोहल्ले में 17 सितंबर, 1950 को हुआ। उनके पिता का नाम दामोदर दास और माता का हीराबेन है। वे अपने भाई-बहनों में तीसरे क्रम पर हैं। उनके सबसे बड़े भाई का नाम सोमभाई और दूसरे भाई का नाम अमृतभाई है। उनकी छोटी बहन का नाम वासंती, जबकि अन्य छोटे भाइयों के नाम प्रह्लादभाई और पंकजभाई हैं। नरेंद्र मोदी की पारिवारिक स्थिति अच्छी नहीं थी। यही कारण था कि उनके भाई-बहन उच्च शिक्षा से वंचित रह गए। प्राथमिक शिक्षा सरकारी स्कूल से प्राप्त करने के बाद उन्होंने भागवताचार्य नारायणाचारी हाई स्कूल में प्रवेश लिया। बाल्यावस्था से ही वे कुशाग्र बुद्धि के थे। विद्यालय के बाद वे अपने पिता के काम में भी हाथ बँटाते थे, जिनकी चाय की एक छोटी सी दुकान थी।

पुस्तकों से नरेंद्र मोदी को खासा लगाव रहा है। जब भी उन्हें समय मिलता तो वे वडनगर के पुस्तकालय में पहुँच जाते और पुस्तक पढ़ने बैठ

जाते। इसके अलावा उनका एक और शौक था—तैराकी। थोड़ा सा समय वे तैराकी के लिए भी निकाला करते थे।

नरेंद्र मोदी की बचपन से ही धर्म में गहरी आस्था रही है और साथ ही वे साहस के भी धनी रहे हैं। उनके साहस का पता उनके जीवन की एक घटना से चलता है। वडनगर के शर्मिष्ठा सरोवर के बीचोबीच एक छोटा सा मंदिर था। उस मंदिर पर एक झंडा लहराता था, जिसे हर श्रावण माह में बदला जाता था। उस बार लोगों के सामने समस्या यह थी कि उस झंडे को कैसे बदला जाए, क्योंकि उस मंदिर के प्रांगण में बने तालाब में एक मगरमच्छ रहता था। किसी का साहस नहीं हो रहा था कि उस सरोवर से होकर उस मंदिर के ऊपर लहरा रहे झंडे को बदल दे। सभी लोग चुपचाप खड़े थे। किसी को कुछ नहीं सूझ रहा था। तभी 12 वर्ष का एक बालक झंडा लेकर बिना कुछ सोचे-समझे पानी में कूद पड़ा और किसी तरह स्वयं को मगरमच्छ से बचाता हुआ उस मंदिर तक जा पहुँचा और उस धर्म-ध्वजा को बदल दिया। वहाँ जितने भी लोग उपस्थित थे, सभी की आँखें आश्चर्य से फटी-की-फटी रह गईं। लोगों ने उस साहसी बालक की जय-जयकार के नारे लगाने शुरू कर दिए। वह लोगों के बीच चर्चा का विषय बन गया था। वह साहसी बालक कोई और नहीं, बल्कि नरेंद्र मोदी थे।

नरेंद्र की बाल्यावस्था में एक साधु ने उनके बारे में भविष्यवाणी की थी कि अगर यह बालक राजनीति में आया तो एक सम्राट् की भाँति शासन करेगा, अन्यथा एक महान् संन्यासी की भाँति यशस्वी होगा। आज की स्थिति देखकर पता चलता है कि उस साधु ने सत्य ही कहा था। आज नरेंद्र मोदी एक सम्राट् की भाँति ही शासन कर रहे हैं।

नरेंद्र मोदी 17 वर्ष के हो चले थे और उन्होंने कॉलेज में प्रवेश ले लिया था, लेकिन उनका मन था कि अधीर हुआ जाता था। उन्हें बेचैनी ने घेर लिया था, इसीलिए उन्होंने अपनी पढ़ाई बीच में ही छोड़कर और घर का त्याग कर मन की शांति के लिए हिमालय जाने का निर्णय किया। घर के लोगों ने उन्हें रोकने की बहुत कोशिश की, लेकिन वे न माने और अपने पथ की ओर

चल दिए। हिमालय की तपोभूमि पर नरेंद्र मोदी ने दो वर्ष का समय बिताया। वहाँ से लौटकर वे कर्मयोग की ओर प्रवृत्त हो गए। वे राष्ट्रीय स्वयंसेवक संघ (आर.एस.एस.) से जुड़ गए। उन्होंने जो भी निर्णय लिया, उसमें उनके परिवार ने कोई हस्तक्षेप नहीं किया। संघ का जीवन बड़ा अनुशासित था। सुबह सवेरे उठना और अनेक घरेलू कार्य करना उनकी दिनचर्या में शुमार हो गया। उनकी निष्ठा से प्रभावित होकर संघ की ओर से उन्हें एक अन्य दायित्व सौंपा गया—प्रांतीय कार्यालय में पत्र-व्यवहार करना। इसके लगभग एक वर्ष बाद उन्हें गुजरात और गुजरात के बाहर से आनेवाले स्वयंसेवकों की देखभाल की जिम्मेदारी सौंपी गई। उस क्षेत्र में भी वे खरे उतरे। उन्होंने उस जिम्मेदारी का पूरी निष्ठा से निर्वाह किया। उनकी इसी कर्मठता ने उन्हें संघ का चहेता बना दिया।

संघ नरेंद्र मोदी के काम करने के तरीके से बहुत प्रभावित था। संघ ने देख-समझ लिया था कि नरेंद्र मोदी को कोई भी जिम्मेदारी सौंपी जाए, वे उसे बखूबी निभाते हैं। अत: उनकी कर्मनिष्ठा और लगनशीलता को देखते हुए संघ ने उन्हें सन् 1971 में नागपुर मुख्यालय में प्रशिक्षण दिया। कुछ समय बाद संघ के पहले प्रांत-प्रचारक लक्ष्मणराव ईनामदार उर्फ वकील साहब के कहने पर उन्होंने दिल्ली विश्वविद्यालय से स्वाध्यायी छात्र के रूप में राजनीति-शास्त्र विषय से अपनी एम.ए. की शिक्षा पूरी की।

26 जून, 1975 को जब देश भर में आपातकाल लगा दिया गया और संघ को राष्ट्र-विरोधी घोषित कर उसके कार्यकर्ताओं की धर-पकड़ शुरू हो गई तो नरेंद्र मोदी भूमिगत हो गए, किंतु तब भी वे संघ की जिम्मेदारियों को निभाते रहे। इस स्थिति में जिस समर्पण भावना से उन्होंने संघ के प्रति अपनी जिम्मेदारियों का निर्वाह किया, उससे वे संघ के सबसे निष्ठावान कार्यकर्ताओं की पंक्ति में आ खड़े हुए थे।

आपातकाल की समाप्ति के बाद सन् 1978 में संघ ने नरेंद्र मोदी को विभाग प्रचारक नियुक्त कर दिया, जिसमें उन्हें छह जिलों का कार्य देखना था। इस जिम्मेदारी में भी वे खरे उतरे, जिससे उन्हें सन् 1980 में संभाग

प्रचारक बना दिया गया। वे एक के बाद एक लगातार सफलता की सीढ़ियाँ चढ़ते चले जा रहे थे।

सन् 1985 में वकील साहब की मृत्यु हो गई। उनकी मृत्यु नरेंद्र मोदी के लिए एक बड़ा आघात थी। वे उनके लिए पिता-तुल्य थे, उनके मार्गदर्शक थे। बड़ी कठिनाई से उन्होंने स्वयं को सँभाला और फिर से अपने कार्यों में व्यस्त हो गए।

सन् 1987 में नरेंद्र मोदी भाजपा के आमंत्रण पर उसमें शामिल हो गए। फिर लगभग दो वर्ष पश्चात् 1989 में उन्होंने श्लोक-शक्ति यात्रा निकाली, जिसका नेतृत्व केशुभाई पटेल ने किया। यह यात्रा लगभग तीन माह तक चली। सन् 1990 में अयोध्या-सोमनाथ यात्रा निकाली गई, वह भी नरेंद्र मोदी की ही वैचारिक देन थी। अपनी सक्रियता के कारण नरेंद्र मोदी भाजपा में गहरी पैठ बना चुके थे। यही कारण था कि सन् 1991 में उन्हें अखिल भारतीय चुनाव समिति का सदस्य बना दिया गया।

नरेंद्र मोदी वर्ष-दर-वर्ष सफलता के आयाम गढ़ते जा रहे थे। सन् 1995 में उन्हें पदोन्नत कर पार्टी का राष्ट्रीय सचिव बना दिया गया, यानी अब पार्टी की गतिविधियों के प्रबंधन की जिम्मेदारी उन पर आ गई थी। उसी वर्ष केशुभाई पटेल के नेतृत्व में भारतीय जनता पार्टी ने गुजरात में अपनी सरकार बनाई। पार्टी में नरेंद्र मोदी का कद बढ़ता जा रहा था, जिसके अंतर्गत सन् 1998 में वे भाजपा के महासचिव बना दिए गए।

वर्ष 2001 में अटल बिहारी वाजपेयी ने नरेंद्र मोदी से अपने प्रदेश गुजरात में चुनाव लड़ने के लिए कहा और इस तरह भारतीय राजनीति के इतिहास में एक नया अध्याय और जुड़ गया। 7 अक्तूबर, 2001 को वे गुजरात के चौदहवें मुख्यमंत्री बन गए। उनके मुख्यमंत्री बनने के कुछ महीनों बाद, यानी सन् 2002 में ऐसी घटना घटी, जिसने पूरे देश को हिलाकर रख दिया। यह घटना गोधरा कांड के नाम से जानी जाती है। इस घटना में नरेंद्र मोदी का नाम उछाला गया और यह लगभग 10 वर्ष तक चलता रहा, लेकिन कुछ समय पहले उन्हें उन दंगों से, जो गोधरा कांड के बाद गुजरात भर में हुए थे, कोर्ट द्वारा क्लीन चिट दे दी गई।

सन् 2007 में गुजरात में फिर चुनाव हुए। कांग्रेस को लगता था कि वह इस बार जीत हासिल कर ही लेगी, लेकिन उसे फिर से हार का सामना करना पड़ा। नरेंद्र मोदी ने 116 सीटों के साथ अपनी पार्टी को जीत का उपहार दिया। देखते-ही-देखते सन् 2007 से 2012 तक 5 वर्ष कैसे बीत गए, पता ही नहीं चला। सन् 2012 में फिर से नरेंद्र मोदी ने अपनी जीत का परचम लहरा दिया। इस बार उन्होंने 120 सीटें हासिल कीं।

अब भाजपा अच्छी तरह समझ गई थी कि नरेंद्र मोदी वे शख्सियत हैं, जो वर्ष 2014 के लोकसभा चुनावों में पार्टी को जीत दिला सकते हैं। बस, फिर क्या था? नरेंद्र मोदी को भाजपा ने अपना पी.एम. उम्मीदवार घोषित कर दिया और नरेंद्र मोदी के नेतृत्व में प्रचार-प्रदर्शन जोर-शोर से किया जाने लगा। हालाँकि कुछ वरिष्ठ नेताओं ने नरेंद्र मोदी की पी.एम. उम्मीदवारी को लेकर ऐतराज भी जताया और इस मुद्दे पर उनके रूठने का खेल भी शुरू हुआ, लेकिन आखिरकार सबको मना लिया गया और उन सबके गिले-शिकवे भी दूर कर दिए गए।

जैसी कि उम्मीद की जा रही थी कि इस बार का लोकसभा चुनाव भाजपा जीतेगी, वैसा ही हुआ। नरेंद्र मोदी के नेतृत्व में भाजपा ने पूर्ण बहुमत से जीत हासिल की, जिसका सारा श्रेय अगर नरेंद्र मोदी को दिया जाए तो कोई अतिशयोक्ति नहीं होगी। 26 मई, 2014 को राष्ट्रपति भवन में नरेंद्र मोदी ने भारत के प्रधानमंत्री के रूप में शपथ ली। इस अवसर पर विशेष अतिथि के रूप में पाकिस्तान के प्रधानमंत्री नवाज शरीफ, श्रीलंका के राष्ट्रपति महिंद्रा राजपक्षे, अफगानिस्तान के राष्ट्रपति हामिद करजई, भूटान के प्रधानमंत्री शेरिंग तोब्गे, नेपाल के प्रधानमंत्री सुशील कोइराला, मालदीव के राष्ट्रपति अब्दुल्ला यामीन अब्दुल गयूम आदि को आमंत्रित किया गया था।

अपनी जीत को अमली जामा पहनाने के लिए नरेंद्र मोदी ने अनेक नारे दिए, जिनमें एक नारा 'सबका साथ, सबका विकास' भी है। ऐसे में, देशवासियों को प्रधानमंत्री से ढेर सारी उम्मीदें हैं कि जो बातें उन्होंने चुनाव-प्रचार के दौरान कहीं, उन्हें वे कितनी जल्दी और कैसे अमल में लाते हैं?

इस समय देश अनेक समस्याओं से जूझ रहा है, जैसे—देश में महँगाई बढ़ती जा रही है तो उसे कैसे काबू करना है, बेरोजगारी की समस्या मुँह बाए खड़ी है, रुपया कमजोर हो रहा है, भ्रष्टाचार देश की जड़ों को खोखला कर रहा है आदि ऐसे मुद्दे हैं, जिनसे निपटना और उनका निपटारा करना उनके लिए बड़ी चुनौती है। नरेंद्र मोदी का एक और नारा है—मिनिमम गवर्नमेंट, मैक्सिमम गवर्नेंस और इस नारे को वे अमल में भी लेकर आए। उन्होंने अपना मंत्रिमंडल छोटा बनाया। वे अपने इसी फॉर्मूले के तहत काम करने को लेकर उत्सुक हैं। अब देश में नरेंद्र मोदी की भाजपा सरकार काबिज है और उनके विकास के एजेंडे पर कार्य जारी है।

अपने चार साल के कार्यकाल में मोदी सरकार ने देश को प्रगति के पथ पर आगे ले जाने के लिए अनेक कार्य किए हैं और अनेक जारी हैं। अपने प्रेरणाप्रद विचारों द्वारा भी मोदी देशवासियों को प्रेरित करते रहे हैं। उनके नित्य नवीन विचारों की देश भर में खूब चर्चा भी होती है। प्रस्तुत पुस्तक में उनके चुनिंदा विचारों को संकलित किया गया है, जो पाठकों को निश्चित ही प्रेरित करेंगे।

—महेश शर्मा

अनुक्रम

नरेंद्र मोदी के प्रेरक विचार

नरेंद्र मोदी के प्रेरक विचार

1

अंक का बोझ

अंक और अंकतालिका, इसका एक सीमित उपयोग है। जिंदगी में वही सबकुछ नहीं होता है। जिंदगी तो चलती है कि आपने कितना ज्ञान अर्जित किया है? जिंदगी तो चलती है कि आपने जो जाना है, उसको जीने का प्रयास किया है क्या? जिंदगी तो चलती है कि आपको जो एक 'सेंस ऑफ मिशन' मिला है और जो आपका 'सेंस ऑफ एंबिशन' है, यह आपके 'मिशन' 'एंबिशन' के बीच में कोई तालमेल हो रहा है क्या? अगर आप इन चीजों में भरोसा करेंगे तो अंक पूँछ दबाते हुए आपके पीछे आ जाएँगे। आपको अंकों के पीछे भागने की कभी जरूरत नहीं पड़ेगी। जीवन में आपकी नॉलेज काम आनेवाली है, स्किल काम आनेवाली है, आत्मविश्वास काम आनेवाला है, संकल्प-शक्ति काम आनेवाली है। आप ही मुझे बताइए, आपके परिवार के कोई डॉक्टर होंगे और परिवार के सब लोग उन्हीं के पास जाते होंगे, जो फैमिली डॉक्टर होते हैं। आप में से कोई ऐसा नहीं होगा, जिसने अपने फैमिली डॉक्टर से कभी पूछा होगा कि वह कितने अंकों से उत्तीर्ण हुआ था? किसी ने नहीं पूछा होगा। बस, आपको लगा कि भाई, एक डॉक्टर के नाते अच्छे हैं। आप लोगों को लाभ हो रहा है, आपने उनकी सेवाएँ लेनी शुरू कर दी। आप कोई बड़ा-से-बड़ा केस लड़ने के लिए किसी वकील के पास जाते हैं, तो

उस वकील की अंकतालिका देखते हैं क्या? आप उसके अनुभव को, उसके ज्ञान को, उसकी सफलता की यात्रा को देखते हैं। और इसलिए यह जो अंक का बोझ है, वह भी कभी-कभी हमें सही दिशा में जाने से रोक देता है।

2

अंध श्रद्धा

मान्यताओं में कैद कोई भी समाज प्रगति नहीं कर सकता। हम टेक्नोलॉजी के युग में, विज्ञान के युग में जी रहे हैं। श्रद्धा का अपना स्थान होता है, लेकिन अंध श्रद्धा के लिए कहीं जगह नहीं हो सकती। हिंदुस्तान के कई राज्य ऐसे हैं, कई जगहें ऐसी हैं, जहाँ मान्यताओं में पता नहीं क्या-क्या, आपने देखा होगा। एक मुख्यमंत्री ने कार खरीदी। मैं आधुनिक युग की बात कर रहा हूँ। और किसी ने बता दिया कुछ कार के कलर के संबंध में, तो उन्होंने कार के ऊपर पता नहीं नीबू और मिर्ची, और न जाने क्या-क्या टाँग दिया। ये लोग देश को क्या प्रेरणा देंगे? ऐसी अंध श्रद्धा में जीनेवाले लोग सार्वजनिक जीवन का बहुत अहित करते हैं। सारे हिंदुस्तान में कहीं-न-कहीं इस प्रकार की मान्यताओं में कई सरकारें, कई मुख्यमंत्री फँसे पड़े हैं।

3

अधिकार और कर्तव्य

भारत का संविधान, नागरिकों के कर्तव्य, नागरिकों के अधिकार, लोकतंत्र के प्रति हमारी प्रतिबद्धता एक प्रकार से यह संस्कार उत्सव भी है, जो आनेवाली पीढ़ियों को लोकतंत्र के प्रति, लोकतांत्रिक जिम्मेवारियों के प्रति जागरूक भी करता है, संस्कारित भी करता है। लेकिन अभी भी हमारे देश में, नागरिकों के कर्तव्य और नागरिकों के अधिकार—उन पर जितनी बहस होनी

चाहिए, जितनी गहराई से बहस होनी चाहिए, जितनी व्यापक रूप में चर्चा होनी चाहिए, वह अभी नहीं हो रही है। मैं आशा करता हूँ कि हर स्तर पर, हर वक्त, जितना बल अधिकारों पर दिया जाता है, उतना ही बल कर्तव्यों पर भी दिया जाए। अधिकार और कर्तव्य की दो पटरियों पर ही भारत के लोकतंत्र की गाड़ी तेज गति से आगे बढ़ सकती है।

4

अनुभव

शाम का समय हो तो आप अपनी फुटबॉल, वॉलीबॉल या कोई भी खेल-कूद का साधन लेकर किसी गरीब बस्ती में चले जाएँ। उन गरीब बालकों के साथ खुद खेलिए। आप देखिए, शायद जिंदगी में खेल का ऐसा आनंद पहले कभी नहीं मिला होगा, जो आपको मिलेगा। समाज में इस प्रकार की जिंदगी गुजारने वाले बच्चों को जब आपके साथ खेलने का अवसर मिलेगा तो आपने सोचा है कि उनके जीवन में कितना बड़ा बदलाव आएगा? और मैं विश्वास करता हूँ यदि आप एक बार जाएँगे तो बार-बार जाने का मन कर जाएगा। यह अनुभव आपको बहुत कुछ सिखाएगा।

हम मध्यम वर्गीय परिवार के हैं, सुखी परिवार के हैं। दोस्तो, क्या कभी आपका मन करता है कि रिजर्वेशन कराए बिना रेलवे के सेकेंड क्लास में टिकट लेकर चढ़ जाएँ, कम-से-कम 24 घंटे का सफर करें? क्या अनुभव आता है? उन पैसेंजरों की बातें क्या हैं, वे स्टेशन पर उतरकर क्या करते हैं, शायद साल भर में जो सीख नहीं पाते हैं, उस 24 घंटे की बिना आरक्षण वाली, भीड़-भाड़ वाली ट्रेन में सोने को भी न मिले, खड़े-खड़े जाना पड़े। कभी तो अनुभव कीजिए। मैं यह नहीं कहता हूँ कि बार-बार करिए, एक-आध बार तो करिए।

5

अनुशासन

जीवन में, सफलताओं की आधारशिला को मजबूत बनाने का बहुत बड़ा कारण डिसिप्लिन होता है। एक मजबूत फाउंडेशन डिसिप्लिन से आता है और जो अनऑर्गेनाइज्ड होते हैं, इनडिसिप्लिंड होते हैं, सुबह करनेवाला काम शाम को करते हैं, दोपहर को करनेवाला काम रात देर से करते हैं, उनको यह तो लगता है कि काम हो गया, लेकिन इतनी एनर्जी वेस्ट होती है और हर पल तनाव रहता है। हमारे शरीर में भी एक-आध अंग, हमारी बॉडी का एक-आध पार्ट थोड़ी सी तकलीफ करे, तो आपने देखा होगा कि पूरा शरीर सहजता अनुभव नहीं करता है। इतना ही नहीं, हमारा रूटीन भी चरमरा जाता है। और इसलिए किसी चीज को हम छोटी न मानें। आप देखिए, जो भी आपके निर्धारित कार्य हैं, उनसे समझौता करने की आदत में अपने-आपको मत फँसाइए। तय करें, करके देखें।

6

अनुस्पर्धा

प्रतिस्पर्धा एक बहुत बड़ी मनोवैज्ञानिक लड़ाई है। सचमुच में जीवन को आगे बढ़ाने के लिए प्रतिस्पर्धा नहीं, अनुस्पर्धा काम आती है और जब मैं 'अनुस्पर्धा' कहता हूँ, तो उसका मतलब है, स्वयं से स्पर्धा करना। बीते हुए कल से आनेवाला कल बेहतर कैसे हो? बीते हुए समय से आनेवाला समय अधिक बेहतर कैसे हो? अकसर आपने खेल जगत् में देखा होगा। क्योंकि इससे तुरंत समझ आता है, इसलिए मैं खेल जगत् का उदाहरण देता हूँ। ज्यादातर सफल खिलाड़ियों के जीवन की एक विशेषता है कि वे अनुस्पर्धा करते हैं। हम श्रीमान सचिन तेंदुलकरजी का ही उदाहरण ले

लें। बीस साल लगातार अपने ही रिकॉर्ड तोड़ते जाना, खुद को ही हर बार पराजित करना और आगे बढ़ना। बड़ी अद्भुत जीवन यात्रा है उनकी, क्योंकि उन्होंने प्रतिस्पर्धा से ज्यादा अनुस्पर्धा का रास्ता अपनाया।

जीवन के हर क्षेत्र में दोस्तो, जब आप परीक्षा देने जा रहे हैं, तब पहले अगर शांति से दो घंटे पढ़ पाते थे, उसे तीन घंटे कर पाते हैं क्या? पहले जितने बजे सुबह उठना तय करते थे, देर हो जाती थी, अब समय पर उठ पाते हो क्या? पहले परीक्षा की टेंशन में नींद नहीं आती थी, अब नींद आती है क्या? खुद को ही आप कसौटी पर कस लीजिए और आपको ध्यान आएगा कि प्रतिस्पर्धा पराजय, हताशा, निराशा और ईर्ष्या को जन्म देती है, लेकिन अनुस्पर्धा आत्ममंथन, आत्मचिंतन का कारण बनती है और संकल्पशक्ति को दृढ़ बनाती है। जब आप खुद को पराजित करते हैं, तो और अधिक आगे बढ़ने का उत्साह अपने-आप पैदा होता है, बाहर से कोई अतिरिक्त ऊर्जा की जरूरत नहीं पड़ती। भीतर से ही वह ऊर्जा अपने-आप पैदा होती है। अगर सरल भाषा में मुझे कहना है, तो मैं कहूँगा, जब आप किसी से प्रतिस्पर्धा करते हैं, तो तीन संभावनाएँ मोटी-मोटी नजर आती हैं। एक, आप उससे बहुत बेहतर हैं। दूसरा, आप उससे बहुत खराब हैं या आप उसके बराबर के हैं। अगर आप बेहतर हैं, तो बेपरवाह हो जाएँगे, अति विश्वास से भर जाएँगे। अगर आप उसके मुकाबले में खराब काम करते हैं, तब दुःखी और निराश हो जाएँगे, ईर्ष्या से भर जाएँगे, जो ईर्ष्या आपको, अपने-आप को खाती जाएगी और अगर बराबरी के हैं, तो सुधार की आवश्यकता आप कभी महसूस ही नहीं करेंगे। जैसी गाड़ी चलती है, चलते रहेगी। तो मेरा आपसे आग्रह है, अनुस्पर्धा का, खुद से स्पर्धा करने का। पहले क्या किया था, उससे आगे कैसे करूँगा, अच्छा कैसे करूँगा? बस, इसी पर ध्यान केंद्रित कीजिए। आप देखिए, आपको अपने आप में बहुत परिवर्तन महसूस होगा।

7

आंदोलन

हमारे देश, हमारे समाज की एक विशेषता रही है कि उसमें आंतरिक कमजोरियों, आंतरिक बुराइयों को दूर करने की प्रक्रिया भी साथ-साथ चलती रहती है। इस प्रक्रिया को तेज करने के लिए समय-समय पर संत-ऋषि-मुनि, महान् आत्माएँ अवतरित होती रही हैं। ये पुण्यात्माएँ समाज को इन बुराइयों से मुक्त करने के लिए अपना जीवन खपा देती हैं। आज शिक्षा के क्षेत्र में सफलता की बात हो, सामाजिक बुराइयों से मुक्ति की बात हो, छुआछूत के खिलाफ समाज में नफरत का भाव हो, यह ऐसे ही नहीं हुआ है। अगर हम उन्नीसवीं और बीसवीं शताब्दी के पूरे कालखंड को देखें, तो स्वतंत्रता आंदोलन में उस समय के समाज सुधारकों-धर्मगुरुओं का बहुत बड़ा योगदान रहा था। अलग-अलग जातियों में बँटा हुआ समाज, अलग-अलग वर्ग में बँटा हुआ समाज अंग्रेजों का मुकाबला नहीं कर सकता था। इसी कमजोरी को दूर करने के लिए उस दौर में देश के अलग-अलग हिस्सों में जातिवाद के खिलाफ बड़े व्यापक आंदोलन चले। उन आंदोलनों, उन सुधार कार्यक्रमों का भाव वही था कि देश को आगे बढ़ाना है, गुलामी की जंजीर तोड़नी है तो अपनी आंतरिक कमजोरियों से मुक्ति पानी ही होगी। इन आंदोलनों की कमान सँभालने वालों ने देश के सामान्यजन को बराबरी का मान दिया, सम्मान दिया। उन्होंने देश की आवश्यकता को समझते हुए अपनी आध्यात्मिक यात्रा को राष्ट्र-निर्माण से जोड़ा। जब लोगों ने जाति से ऊपर उठकर सोचना शुरू किया, तो देश उठ खड़ा हुआ। भारत के एकजुट लोगों ने अंग्रेजों को खदेड़कर दम लिया।

8

आदिवासी महिलाएँ

हमारी आदिवासी महिलाओं ने भी कमाल कर दिया है। उन्होंने एक नई मिसाल पेश की है। आदिवासी महिलाओं का जब जिक्र आता है तो सभी के मन में एक निश्चित तसवीर उभरकर आती है, जिसमें जंगल होता है, पगडंडियाँ होती हैं। उन पर लकड़ियों का बोझ सिर पर उठाए चल रही महिलाएँ, लेकिन छत्तीसगढ़ की हमारी आदिवासी नारी, हमारी इस नारी-शक्ति ने देश के सामने एक नई तसवीर बनाई है। छत्तीसगढ़ का दंतेवाड़ा इलाका एक माओवाद से प्रभावित क्षेत्र है। हिंसा, अत्याचार, बम, बंदूक, पिस्तौल—माओवादियों ने इसी से एक भयानक वातावरण पैदा किया हुआ है। ऐसे खतरनाक इलाके में आदिवासी महिलाएँ इ-रिक्शा चलाकर आत्मनिर्भर बन रही हैं। बहुत ही थोड़े कालखंड में कई सारी महिलाएँ इससे जुड़ गई हैं। इससे तीन लाभ हो रहे हैं। एक तरफ जहाँ स्वरोजगार ने उन्हें सशक्त बनाने का काम किया है, वहीं इससे माओवाद से प्रभावित इलाके की तसवीर भी बदल रही है और इन सबके साथ इससे पर्यावरण-संरक्षण के काम को भी बल मिल रहा है।

9

आदिशंकराचार्य

आदिशंकराचार्यजी ने अपना जीवन हमारी अध्यात्मिक परंपराओं को मजबूत करने में समर्पित कर दिया था। हमारी संस्कृति में जो गलत परंपराएँ धीरे-धीरे शामिल हो गई थीं, आदिशंकराचार्यजी ने बड़े सटीक तरीके से, बारीकी से उनका विश्लेषण किया और उस आयु में अपने भीतर की बुराइयों की आलोचना करने की उन्हें हिम्मत दिखाई। सटीक तर्क देकर उन्होंने आनेवाली पीढ़ियों को उस गलत राह पर जाने से रोकने के लिए भरपूर प्रयास

किया। शिव-शक्ति-विष्णु-गणपति और कुमार की पूजा को एक साथ करने की परंपरा को उन्होंने बल दिया। भारतीय परंपरा को उन्होंने फिर से एक बाद पुनःस्थापित किया। आदिशंकराचार्य ने वेद और उपनिषद् के ज्ञान से संपूर्ण भारत को एकीकृत किया, एकता के भाव से जोड़ा। शास्त्रों को उन्होंने साधन बनाया, शस्त्र नहीं बनने दिया। अलग-अलग विचारधाराओं और दर्शन की अच्छी बातों को उन्होंने आत्मसात् किया और लोगों को ज्ञान और भक्ति के मार्ग पर चलने के लिए प्रेरित किया। भविष्य की पीढ़ी के लिए उन्होंने सौंदर्य लहरी की रचना की। एक ऐसी रचना, जिससे देश का आम नागरिक जुड़ सका। देवी की स्तुति करते हुए सौंदर्य लहरी में इस बात पर विशेष जोर दिया गया कि ईश्वर के भिन्न-भिन्न स्वरूपों में कोई भेद नहीं किया जाए—'एकं सद्विप्रा बहुधा वदंति'।

10

आधुनिकता

देश आधुनिक होना चाहिए। हम पुराणपंथी जीवन नहीं जी सकते। 20वीं सदी में रहकर हम 21वीं सदी की दुनिया का मुकाबला नहीं कर सकते हैं। अगर 21वीं सदी के विश्व का मुकाबला करना है तो हमें भी अपने-आप को 21वीं सदी में ले जाना होगा। और यह मानकर चलिए भाइयो-बहनो कि अब हिंदुस्तान दुनिया के साथ बराबरी करने के मैदान में आ गया है। अब हम अपने घर में यह, वह, तू-तू, मैं-मैं, में समय बरबाद करने वालों में से नहीं हैं, हम दुनिया के फलक पर भारत को अपनी जगह दिलाने में लगे हुए हैं। और इसके कारण हमें भी हिंदुस्तान को 21वीं सदी की आवश्यकताओं के अनुकूल बनाना होगा और उसमें हमें जैसे हाईवेज चाहिए, वैसे आईवेज भी चाहिए। आईवेज से मेरा मतलब है, इनफॅर्मेशनवेज।

11

आयुष्मान भारत

इस योजना के तहत किसी भी गरीब परिवार में बीमारी आ जाए तो सिर्फ एक व्यक्ति बीमार नहीं होता है, एक प्रकार से उस परिवार की दो-तीन पीढ़ियाँ बीमार हो जाती हैं, क्योंकि उन पर इतना आर्थिक कर्ज हो जाता है कि बच्चे भी भर नहीं पाते हैं और पूरा परिवार तबाह हो जाता है। एक बीमारी पूरे परिवार को खा जाती है। ऐसे समय समाज और सरकार, हम सबका दायित्व बनता है कि ऐसे परिवार का संकट के समय हम उसका हाथ पकड़ें, उसकी चिंता करें। इसीलिए भारत सरकार को 'आयुष्मान भारत' योजना के तहत यदि एक साल गें गरिवार गें कोई १ी बीगार हो जाए तो एक वर्ष गें गाँच लाख रुगए तक का उपचार का खर्च, दवाइयों का खर्च, ऑपरेशन का खर्च, अस्पताल में रहने का खर्च, पाँच लाख रुपए तक के खर्च का प्रबंध इंश्योरेंस के माध्यम से करना है। यह आजादी के बाद भारत में उठाया गया कदम पूरे विश्व में, पूरी दुनिया में सबसे बड़ा कदम है। इसके पहले ऐसा न किसी ने सोचा है, न कभी किसी ने उठाया है, जो इस सरकार ने उठाया है। और यह तभी संभव होता है कि जब हमारे शास्त्रों ने, हमारे ऋषियों ने, हमारे मुनियों ने हमें यही उपदेश दिया—सर्वे भवंतु सुखिन। सर्वे संतु निरामया। और सर्वे संतु निरामया—इस संकल्प को पूरा करने के लिए हम एक के बाद एक कदम उठा रहे हैं।

12

आर्टिफिशियल इंटेलीजेंस

क्या हम आर्टिफिशियल इंटेलीजेंस सृजित करने में विश्व की अगुवाई कर सकते हैं, जो अतिरिक्त मनुष्यों से कम हो और मनुष्य की क्षमता को बढ़ाने और उसका विस्तार करने से जुड़ी हो? क्या हम ऐसा भविष्य बना

सकते हैं, जहाँ मशीनें मनुष्य का स्थान ले रही हैं, वहाँ बेहतर मानवता के लिए मनुष्य अपनी कमजोरियों को अपनी ताकत बना सके। मित्रो, आर्टिफिशियल इंटेलीजेंस के रास्ते में अनेक समस्याओं का समाधान बड़े आँकड़े और मनुष्यों की समझ है। हमें भारत में आर्टिफिशियल इंटेलीजेंस तैयार करने और उसके कार्य की जरूरत है। मैं आप सभी से आग्रह करता हूँ कि बड़ी चुनौतियों को पहचानें, जो भारत में आर्टिफिशियल इंटेलीजेंस हल कर सकती हैं। हमारा विविधताओं से भरा देश है, जहाँ अनेक भाषाएँ और सैकड़ों बोलियाँ हैं। क्या हमारे पास बुद्धिमत्तापूर्ण आर्टिफिशियल इंटेलीजेंस हो सकती है, जो इन भाषाओं और बोलियों के बीच विचारों का आदान-प्रदान संभव कर सके?

क्या हमारे पास ऐसी आर्टिफिशियल इंटेलीजेंस और रोबोटिक्स हो सकता है, जो कार्य करने के लिए उनकी (दिव्यांगों की) क्षमता में सुधार कर सके और उनका असली सामर्थ्य बाहर आ सके? क्या अध्यापक और आर्टिफिशियल इंटेलीजेंस, अध्यापक-छात्र अनुपात में अंतर को कम करने में मदद कर सकती है? इससे हमें भारत के सभी छात्रों को बेहतर शिक्षा देने में मदद मिलेगी। क्या आर्टिफिशियल इंटेलीजेंस हमारे स्वास्थ्य की देख-रेख, कार्यकर्ताओं की क्षमता का विस्तार कर भारत के प्रत्येक कोने में गुणवत्तापूर्ण स्वास्थ्य में मदद कर सकती है? क्या आर्टिफिशियल इंटेलीजेंस प्राकृतिक आपदाओं की भविष्यवाणी कर सकती है? क्या आर्टिफिशियल इंटेलीजेंस स्वास्थ्य संबंधी गंभीर परेशानियों का पता लगाने में हमारी मदद कर सकती है? क्या आर्टिफिशियल इंटेलीजेंस मौसम, फसल और बीज बोने के चक्र के संबंध में हमारे किसानों की सही फैसला लेने में मदद कर सकती है?

हमारी सरकार का दृढ़ विश्वास है कि हम 21वीं शताब्दी की इस टेक्नोलॉजी की शक्ति का इस्तेमाल गरीबी और बीमारी को समाप्त करने के लिए कर सकते हैं। ऐसा करके हम गरीबों और समाज के उपेक्षित वर्गों के बीच समृद्धि ला सकते हैं। हम इस संकल्पना को हासिल करने के लिए प्रतिबद्ध हैं। 'डिजिटल इंडिया' पहल का उद्देश्य भारत को डिजिटल शक्तिसंपन्न समाज और ज्ञानवर्द्धक अर्थव्यवस्था में बदलना है। भारत-नेट के

अंतर्गत हम अपने गाँवों को ब्राडबैंड इंटरनेट कनेक्टीविटी प्रदान कर रहे हैं। डिजिटल बुनियादी ढाँचा सेवाएँ प्रदान करने और आविष्कारों को लागू करने के लिए नवोन्मेष आई.टी. समाधान को रीढ़ प्रदान करता है।

13

इको-फ्रेंडली उत्सव

उत्सव समाज की शक्ति होता है। उत्सव व्यक्ति और समाज के जीवन में नए प्राण भरता है। उत्सव के बिना जीवन असंभव होता है, लेकिन समय की माँग के अनुसार उसको ढालना भी पड़ता है। इस बार मैंने देखा है कि मुझे कई लोगों ने, खास करके गणेशोत्सव और दुर्गा पूजा—उन चीजों पर काफी लिखा है और उनको चिंता हो रही है पर्यावरण की। इको-फ्रेंडली गणेशोत्सव—यह भी एक समाज-सेवा का काम है। अभी हम तय करें कि हमारे वे पुराने परिवार, जो मूर्तियाँ बनाते थे, उनको भी रोजगार मिलेगा और तालाब या नदी की मिट्टी से बनी मूर्तियाँ फिर से उसमें जाकर मिल जाएँगी, तो पर्यावरण की भी रक्षा होगी।

14

इनोवेशन

मानव संस्कृति की विकास यात्रा को देखा जाए तो एक बात, जिसमें कन्सिसटेंसी है, स्थापत्य है और वह है—इनोवेशन अर्थात् नवाचार। हर युग में मनुष्य कोई-न-कोई इनोवेशन करते हुए अपनी लाइफ स्टाइल में उसे जोड़ते चले गए। आज इनोवेशन एक बहुत बड़े मुकाबले के कालखंड से गुजर रहा है। दुनिया में वही देश प्रगति कर सकते हैं, जो देश इनोवेशन को, संस्थानों को प्राथमिकता देते हैं, लेकिन संस्थान को इतना मॉडिफिकेशन नहीं

है, सिर्फ कॉस्मेटिक चेंज को संशोधन नहीं माना जाता है। विज्ञान के, जीवन के मूलभूत सिद्धांतों के ऊपर कालबाह्य चीजों से मुक्ति पाने का रास्ता ढूँढ़ना और भविष्य को ध्यान में रखते हुए ये रास्ते इंगित करना, नए संसाधन जुटाना और जीवन को नई ऊँचाइयों पर ले जाना, यह समय की माँग है। यदि देश को आगे बढ़ाना है, नई ऊँचाइयों पर ले जाना है, बदलते हुए विश्व में हमें अपनी जगह ताकत के साथ खड़ी करनी है तो हमारी युवा पीढ़ी द्वारा इनोवेशन को जितना बल दिया जाएगा, हम दुनिया के अंदर एक ताकत के साथ खड़े रहेंगे।

हमारे युवा देश के सामने खड़ी समस्याओं से मुक्ति के लिए इनोवेशन करें। सामान्य मानव की क्वालिटी ऑफ लाइफ को कम-से-कम खर्च में कैसे इम्प्रूव किया जा सकता है, इसके लिए इनोवेट करें। अगर मलेरिया का खतरा है तो हम इनोवेट करें—मलेरिया से गरीब-से-गरीब परिवार कैसे बचें? ऐसी कौन सी व्यवस्था खड़ी करें? अगर टीबी से परेशानी है, अगर सीकल-सेल से परेशानी है, अगर गंदगी से परेशानी है। हम वेस्टेज देख रहे हैं, खाने का वेस्टेज देख रहे हैं, कृषि उत्पादन का वेस्टेज देख रहे हैं। मैं समझता हूँ कि इन समस्याओं के समाधान के लिए इनोवेशन होने चाहिए। आज देश में 'स्वच्छ भारत' का एक बहुत बड़ा अभियान चल रहा है। स्वच्छता को लेकर क्या हम नए-नए इनोवेशन कर सकते हैं? वेस्ट टू वेल्थ, इस एक विषय में इनोवेशन की अपार संभावनाएँ हैं। देश में इनोवेशन, क्रिएटिविटी, एंटरप्रेन्योरशिप और टेक्नोलॉजी की बढ़ोतरी के लिए इस तरह का विजन और आइक्रिएट जैसी समर्पित संस्थाओं की देश को बहुत जरूरत है।

15

ईपीआई

सरकारी निर्णय से लाल बत्ती का जाना, वह तो एक व्यवस्था का हिस्सा है, लेकिन मन से भी हमें प्रयत्नपूर्वक इसे निकालना है। हम सब मिलकर

जागरूक प्रयास करेंगे तो निकल सकता है। न्यू इंडिया की हमारी परिकल्पना यही है कि देश में वीआईपी की जगह पर ईपीआई का महत्त्व बढ़े। और जब मैं 'वीआईपी' के स्थान पर 'ईपीआई' कह रहा हूँ तो मेरा भाव स्पष्ट है, 'एवरी परसन इज इंपोर्टेंट'। हर व्यक्ति का महत्त्व है, हर व्यक्ति का माहात्म्य है। सवा सौ करोड़ देशवासियों का महत्त्व हम स्वीकार करें, सवा सौ करोड़ देशवासियों का माहात्म्य स्वीकार करें तो महान् सपनों को पूरा करने के लिए कितनी बड़ी शक्ति एकजुट हो जाएगी? हम सबको मिलकर करना है।

16

ईमानदारी

देश में ईमानदारी का युग प्रारंभ हुआ है। ईमानदारी को जितनी हम ताकत देंगे, बेईमानी की संख्या कम होना बहुत स्वाभाविक हो जाएगा। कोई वक्त था, जब बेईमानी को ताकत मिली थी। अब वक्त है, जब ईमानदारी को ताकत मिलेगी। और यही ताकत है कि अगर हम दीया जलाएँगे तो अँधियारे का जाना तय होता है। अगर हम ईमानदारी को ताकत देंगे तो बेईमानी का हटना तय होता है। उसी एक संकल्प के साथ आगे बढ़ें।

17

ईसबगोल

ईसबगोल की ताकत बहुत बड़ी ताकत है। उसमें बहुत वैल्यू एडिशन हो सकता है। जब कुरियन जिंदा थे, तो श्रीमान कुरियनजी को मैंने कहा था कि आप ईसबगोल के वैल्यू एडिशन पर काम कीजिए। उन्होंने प्रारंभ किया था, आइसक्रीम बनाई थी ईसबगोल की। और आइसक्रीम को नाम दिया था—ईसबकूल। आणंद में शुरुआत की थी उन्होंने उस समय। इतना बड़ा

ग्लोबल मार्केट है ईसबगोल का। उसके संबंध में भी अगर वैज्ञानिक तरीके से हम काम करें तो बहुत बड़ा बदलाव ला सकते हैं, और हमें लाना चाहिए।

18

ईसा मसीह

क्रिसमस का दिन सेवा, त्याग और करुणा को अपने जीवन में महत्त्व देने का अवसर है। ईसा मसीह ने कहा, ''गरीबों को हमारा उपकार नहीं, हमारा स्वीकार चाहिए।'' जीसस ने न केवल गरीबों की सेवा की है, बल्कि गरीबों के द्वारा की गई सेवा की भी सराहना की है और यही तो असली सशक्तीकरण है। इससे जुड़ी एक कहानी भी बहुत प्रचलित है। उस कहानी में बताया गया है कि जीसस एक टेंपल ट्रेजरी के पास खड़े थे। कई अमीर लोग आए, ढेर सारे दान दिए। उसके बाद एक गरीब विधवा आई और उसने ताँबे के दो सिक्के डाले। एक तरह से देखा जाए तो दो ताँबे के सिक्के कुछ मायने नहीं रखते। वहाँ खड़े भक्तों के मन में कौतूहल होना बड़ा स्वाभाविक था। तब जीसस ने कहा कि उस विधवा महिला ने सबसे ज्यादा दान किया है, क्योंकि औरों ने बहुत कुछ दिया, लेकिन इस विधवा ने तो अपना सबकुछ दे दिया है।

क्रिसमस के अवसर पर हम सब ईसा मसीह की महान् शिक्षाओं को याद करते हैं और ईसा मसीह ने सबसे ज्यादा जिस बात पर बल दिया था, वह था—'सेवा-भाव'। सेवा की भावना का सार हम बाइबिल में भी देखते हैं।

19

उत्तराखंड

हमारे यहाँ पहाड़ों में कहावत बड़ी पुरानी है। पहाड़ का एक स्वभाव होता है। पहाड़ की जवानी और पहाड़ के पानी कभी पहाड़ के काम नहीं आते

हैं। हमने बीड़ा उठाया है, यह कहावत बदलने का। पहाड़ की जवानी पहाड़ के काम आनी चाहिए और पहाड़ का पानी भी पहाड़ के काम आना चाहिए। उसी पानी से बिजली पैदा होनी चाहिए। उसी पानी पर एडवेंचर टूरिज्म चलना चाहिए। उसी पानी पर वॉटर स्पोर्ट्स चलना चाहिए। उसी पानी पर टूरिज्म के नए-नए क्षेत्र विकसित होने चाहिए कि दुनिया भर की जवानी को निमंत्रण देने का सामर्थ्य उस पानी में हो और पानी जो कभी पहाड़ के काम नहीं आता था, वह पानी पहाड़ के लिए काम आ जाए। जो जवानी पहाड़ से उतरकर नीचे मैदानी तालुकाओं में चली जाती है, हम पहाड़ों में वह ताकत पैदा करें, ताकि हमारी जवानी को रोजी-रोटी की तलाश में कभी पहाड़ छोड़ने की नौबत न आए। पहाड़ की जवानी पहाड़ के काम आ जाए, यह काम करने की दिशा में एक के बाद एक कदम भारत सरकार उठा रही है। उत्तराखंड की सरकार ने भी इतने कम समय में इतने महत्त्वपूर्ण फैसले लिये, इतने महत्त्वपूर्ण इनिशिएटिव लिये और उसी का परिणाम है कि आज विकास नई ऊँचाइयों की ओर आगे बढ़ रहा है। एक नया आत्मविश्वास पैदा हो रहा है। उत्तराखंड के पास बहुत सामर्थ्य है। डिसिप्लिन यहाँ की रगों में है। कोई परिवार ऐसा नहीं है कि जिस परिवार में कोई फौजी न हुआ हो। कोई गाँव ऐसा नहीं है, जहाँ 250-300 सेवानिवृत्त फौजी न हों और जहाँ फौजी इतनी संख्या में हों, वहाँ तो डिसिप्लिन काबिले दाद होते हैं। यात्रियों के लिए यह डिसिप्लिन एक बहुत बड़ा संबल होता है। टूरिस्टों के लिए यह डिसिप्लिन एक बहुत बड़ी ताकत होता है। इससे हमको परिचित कराना चाहिए। इसके लिए हमें योजना बनानी चाहिए।

20

उत्सव

भारत एक ऐसा देश है, जहाँ साल के पूरे 365 दिन देश के किसी-न-किसी कोने में कोई-न-कोई उत्सव नजर आता है। दूर से देखनेवाले को तो

यही लगेगा कि जैसे भारतीय जन-जीवन उत्सव का दूसरा नाम है और यह स्वाभाविक भी है। वेद-काल से आज तक भारत में जो उत्सवों की परंपरा रही है, समयानुकूल परिवर्तन वाले उत्सव रहे हैं, कालबाह्य उत्सवों की परंपरा को समाप्त करने की हिम्मत हमने देखी है और समय और समाज की माँग के अनुसार उत्सवों में बदलाव भी सहज रूप से स्वीकार किया गया है, लेकिन इन सबमें एक बात हम भली-भाँति देख सकते हैं कि भारत के उत्सवों की यह पूरी यात्रा, उसकी व्यापकता, उसकी गहराई, जन-जन में उसकी पैठ, एक मूल-मंत्र से जुड़ी हुई है—स्व को समष्टि की ओर ले जाना। व्यक्ति और व्यक्तित्व का विस्तार हो, अपनी सीमित सोच के दायरे को समाज से ब्रह्मांड तक विस्तृत करने का प्रयास हो और यह उत्सवों के माध्यम से करना।

भारत के उत्सव कभी खान-पान की महफिल जैसे दिखते हैं, लेकिन उसमें भी, मौसम कैसा है, किस मौसम में क्या खाना चाहिए, किसानों की कौन-सी पैदावार है, उस पैदावार के उत्सव में कैसे आरोग्य की दृष्टि से क्या संस्कार हों? ये सारी बातें हमारे पूर्वजों ने बड़े वैज्ञानिक तरीके से उत्सव में समेट लिये हैं। आज पूरा विश्व पर्यावरण की चर्चा करता है। प्रकृति-विनाश चिंता का विषय बना है। भारत की उत्सव परंपरा, प्रकृति-प्रेम को बलवान बनानेवाली, बालक से लेकर हर व्यक्ति को संस्कारित करनेवाली रही है। पेड़ हों, पौधे हों, नदी हों, पशु हों, पर्वत हों, पक्षी हों—हरेक के प्रति दायित्व भाव जगानेवाले उत्सव रहे हैं।

हमारे देश में उत्सव एक प्रकार से सामाजिक शिक्षा का माध्यम हैं। हमारे हर उत्सव के साथ समाज को सामूहिकता की ओर ले जाना, समाज के प्रति संवेदशील बनाना, मूल्यों के प्रति आदरभाव रखना और विकृतियों को मिटाने का निरंतर प्रयास करते रहना, इसकी एक प्रशिक्षा के रूप में हमारे उत्सवों की परंपरा है। हमारे उत्सव खेत-खलिहान से भी जुड़े हुए हैं, हमारे उत्सव नदी-पर्वतों से जुड़े हुए हैं, हमारे उत्सव इतिहास से जुड़े हुए हैं, हमारे उत्सव सांस्कृतिक परंपराओं से जुड़े हुए हैं। ऐसे उत्सव से सिर्फ मनोरंजन नहीं, कोई मकसद बनना चाहिए। ऐसे उत्सवों से कुछ कर गुजरने का संकल्प

बनना चाहिए। कोई कल्पना कर सकता है कि अयोध्या से वस्त्र पहनकर निकले हुए राम पूरे रास्ते चलते-चलते संगठन शक्ति का इतना बड़ा कौशल बता देते हैं कि श्रीलंका विजय में समाज के हर तबके के व्यक्ति उनके साथ जुड़ गए। नर भी जुड़े, वानर भी जुड़े, प्रकृति ने भी उनका साथ दिया। लोक संग्रह की कितनी बड़ी अद्‌भुत शक्ति होगी, जब प्रभु रामचंद्रजी ने इतने बड़े सामर्थ्य को अपने साथ जोड़ा होगा? और विजय प्राप्त करने के बाद भी उसी नम्रता के साथ जन-समाज को अपने-आपको आहुत करने में लगे रहे।

21

उत्साह

उत्साह से भरा व्यक्ति अत्यंत बलशाली होता है, क्योंकि उत्साह से बढ़कर कुछ नहीं होता। सकारात्मकता और उत्साह से भरे व्यक्ति के लिए कुछ भी असंभव नहीं। लोग ठीक ही कहते हैं, निराशावाद कमजोरी की ओर तथा आशावाद शक्ति की ओर ले जाता है।

22

उम्मीद

महात्मा गांधी हम सबके लिए हमेशा-हमेशा से मार्गदर्शक रहे हैं। उनकी हर बात कि आज देश कहाँ जाना चाहिए, कैसे जाना चाहिए, इसके लिए मानक तय करती है। गांधीजी कहते थे, आप जब भी कोई योजना बनाएँ, तो आप सबसे पहले उस गरीब और कमजोर का चेहरा याद कीजिए और फिर तय कीजिए कि आप जो करने जा रहे हैं, उससे उस गरीब को कोई लाभ होगा कि नहीं होगा? कहीं उसका नुकसान तो नहीं हो जाएगा? इस मानक के आधार पर आप फैसले कीजिए। समय की माँग है कि हमें अब देश के

गरीबों की जो उम्मीद जगी है, उसको संबोधित करना ही पड़ेगा। मुसीबतों से मुक्ति मिले, उसके लिए हमें एक-के-बाद एक कदम उठाने ही पड़ेंगे। हमारी पुरानी सोच कुछ भी क्यों न हो, लेकिन समाज को बेटे-बेटी के भेद से मुक्त करना ही होगा। अब स्कूलों में बच्चियों के लिए भी टॉयलेट हैं, बच्चों के लिए भी टॉयलेट हैं। हमारी बेटियों के लिए भेदभाव-मुक्त भारत की अनुभूति का यह अवसर है।

23

एंटीबायोटिक

एक और मुसीबत आई है कि डॉक्टर ने कहा हो कि भाई, यह एंटीबायोटिक लीजिए, 15 गोली लेनी हैं, पाँच दिन में लेनी हैं। मैं आपसे आग्रह करता हूँ कि डॉक्टर ने जितने दिन लेने के लिए कहा है, कोर्स पूरा कीजिए। आधा-अधूरा छोड़ दिया, तो भी वह जीवाणु के फायदे में जाएगा। आवश्यकता से अधिक ले लिया, तो भी जीवाणु के फायदे में जाएगा और इसलिए जितने दिन का, जितनी गोली का कोर्स तय हुआ हो, उसको पूरा करना भी उतना ही जरूरी है। तबीयत ठीक हो गई, इसलिए अब जरूरत नहीं है। यह अगर हमने किया, तो वह जीवाणु के फायदे में चला जाता है और जीवाणु ताकतवर बन जाता है। जो जीवाणु टीबी और मलेरिया फैलाते हैं, वे तेज गति से अपने अंदर ऐसे बदलाव ला रहे हैं कि दवाइयों का कोई असर ही नहीं होता। मेडिकल भाषा में इसे एंटीबायोटिक रेसिस्टेंस कहते हैं और इसलिए एंटीबायोटिक का कैसे उपयोग हो, इसके नियमों का पालन भी उतना ही जरूरी है। सरकार एंटीबायोटिक रेसिस्टेंस को रोकने के लिए प्रतिबद्ध है और आपने देखा होगा, इन दिनों एंटीबायोटिक की जो दवाइयाँ बिकती हैं, उनका जो पत्ता रहता है, उसके ऊपर एक लाल लकीर से आपको सचेत किया जाता है, आप उस पर जरूर ध्यान दीजिए।

जिंदगी इतनी आपा-धापी वाली बन गई है, इतनी दौड़-धूप वाली बन गई है कि कभी-कभी हमें अपने लिए सोचने का समय नहीं होता है। बीमार हो गए, तो मन करता है, जल्दी से ठीक हो जाओ और इसलिए कोई भी एंटीबायोटिक लेकर डाल देते हैं शरीर में। बीमारी से तत्काल तो मुक्ति मिल जाती है, लेकिन मेरे प्यारे देशवासियो, ये चलती-फिरती एंटीबायोटिक लेने की आदतें बहुत गंभीर संकट पैदा कर सकती हैं। हो सकता है, आपको तो कुछ पल के लिए राहत मिल जाए, लेकिन डॉक्टरों की सलाह के बिना हम एंटीबायोटिक लेना बंद करें। डॉक्टर जब तक लिखकर नहीं देते हैं, हम उससे बचें। हम इन शॉर्टकट्स के माध्यम से न चलें, क्योंकि इससे नई कठिनाइयाँ पैदा हो रही हैं। अनाप-शनाप एंटीबायोटिक उपयोग करने के कारण पेशेंट को तो तत्कालीन लाभ हो जाता है, लेकिन इसके जो जीवाणु हैं, वे इन दवाइयों के आदी बन जाते हैं और फिर दवाइयाँ इन जीवाणुओं के लिए बेकार साबित हो जाती हैं और फिर इस लड़ाई को लड़ना, नई दवाइयाँ बनाना, वैज्ञानिक शोध करना, में सालों बीत जाते हैं और तब तक ये बीमारियाँ नई मुसीबतें पैदा कर देती हैं और इसलिए इस पर जागरूक रहने की जरूरत है।

24

एकता

'विविधता में एकता', यही देश की ताकत है। भाषाएँ अनेक हों, जातियाँ अनेक हों, पहनावे अनेक हों, खान-पान अनेक हों, लेकिन अनेकता में एकता, यह भारत की ताकत है, भारत की विशेषता है। हर पीढ़ी का एक दायित्व है। हर सरकार की जिम्मेवारी है कि हम देश के हर कोने में एकता के अवसर खोजें, एकता के तत्त्व को उभारें। बिखराववाली सोच, बिखराववाली प्रवृत्ति से हम भी बचें, देश को भी बचाएँ।

25

एकाग्रता

मैं एक बात बताऊँ, मेरी अपनी—मैं कभी-कभी कोई लेक्चर सुनने जाता हूँ या सरकार में भी कुछ विषय ऐसे होते हैं, जो मैं नहीं जानता हूँ और मुझे काफी कंसंट्रेट करना पड़ता है, कभी-कभी ज्यादा कंसंट्रेट करके समझने की कोशिश करता हूँ तो भीतर एक तनाव महसूस करता हूँ। फिर मुझे लगता है, नहीं-नहीं। थोड़ा रिलेक्स कर जाऊँगा, तो मुझे अच्छा रहेगा। मैंने अपने-आप अपनी टेक्नीक डेवलप की है। बहुत डीप ब्रिदिंग कर लेता हूँ। गहरी साँस लेता हूँ। तीन बार-पाँच बार गहरी साँस लेता हूँ। समय तो 30 सेकंड, 40 सेकंड, 50 सेकंड तक जाता है, लेकिन फिर मेरा मन एकदम से शांत होकर चीजों को समझने के लिए तैयार हो जाता है। हो सकता है, यह मेरा अनुभव हो, आपके भी काम आ सकता है।

26

एन.सी.सी.

ये हमारे देश की अपनी ताकतें हैं। कोई देश राजा-महाराजाओं से नहीं बनते हैं। देश शासकों से नहीं बनते हैं, देश सरकारों से नहीं बनते हैं। देश बनते हैं सामान्य नागरिकों से, शिक्षकों से, किसानों से, मजदूरों से, वैज्ञानिकों से, ज्ञानियों से, आचार्यों से, भगवंतों से। एक अखंड तपस्या होती है, जो राष्ट्र का यह विराट् रूप अर्जित करती है और हम भाग्यवान लोग हैं कि हजारों साल की इस महान् विरासत के हम भी एक जीवंत अंश हैं और हमारे जिम्मे भी उसमें कुछ-न-कुछ जोड़ने का दायित्व आया है। उस दायित्व को निभाने के लिए जो संस्कार चाहिए, जो ट्रेनिंग चाहिए, जो अनुभव चाहिए,

वे एन.सी.सी. के माध्यम से हमें प्राप्त हुए हैं। एन.सी.सी. ने, उसके कैडेट्स ने स्वच्छता के अभियान को अपना बना लिया। देश में जहाँ भी जाने का अवसर मिला, एन.सी.सी. द्वारा योजनापूर्वक स्वच्छता के अभियान को चलाया गया है। जिस संगठन के पास 13 लाख से ज्यादा कैडेट्स हों, वे कैडेट्स स्वयं संस्थापित तरीके से स्वच्छता का अभियान चलाते हैं, औरों को प्रेरणा देते हैं, लेकिन एक नागरिक के रूप में स्वयं के जीवन में, अपने परिवार के जीवन में, अपने आस-पास के परिसर में, अपने दोस्तों में, दोस्तों के परिवारों में स्वच्छता स्वभाव बने, उसमें उत्प्रेरक एजेंट के रूप में एन.सी.सी. का हर कैडेट काम कर सकता है। एन.सी.सी. की व्यवस्था के तहत स्वच्छता एक प्रेरणा है, लेकिन एक कैडेट—नागरिक के रूप में समाज में स्वच्छता को स्वभाव बनाने के लिए, भारत की स्वच्छता एक चरित्र बन जाए, उस बात को आगे बढ़ाने के लिए हर किसी को बहुत कुछ करने की आवश्यकता है। एन.सी.सी. के कैडेट्स बड़ी तादाद में हैं और देश के हर कोने-कोने में फैले हुए हैं। उनमें ऊर्जा है, उमंग है, उत्साह है और ट्रेनिंग लिये हैं तो वे शायद सबसे बड़ी ताकत के रूप में स्वच्छता के इस आंदोलन को आगे बढ़ा सकते हैं।

27

कल्पना चावला

हमने कल्पना चावलाजी को इतनी कम उम्र में खो दिया, लेकिन उन्होंने अपने जीवन से पूरे विश्व में, खासकर भारत की हजारों लड़कियों को यह संदेश दिया कि नारी-शक्ति के लिए कोई सीमा नहीं है। इच्छा और दृढ़ संकल्प हो, कुछ कर गुजरने का जज्बा हो तो कुछ भी असंभव नहीं है।

28

कश्मीर की बेटियाँ

मुझे जम्मू-कश्मीर की कुछ बेटियों से मिलने का अवसर मिला। उनमें जो जज्बा था, जो उत्साह था, जो सपने थे और जब मैं उन्हें सुन रहा था, वे जीवन में कैसे-कैसे क्षेत्रों में प्रगति करना चाहती हैं और वे कितनी आशा-भरी जिंदगीवाले लोग हैं! उनसे मैंने बातें कीं, कहीं निराशा का नामोनिशान नहीं था। उत्साह था, उमंग थी, ऊर्जा थी, सपने थे, संकल्प थे। उन बेटियों के साथ जितना समय मैंने बिताया, मुझे भी प्रेरणा मिली। ये ही तो देश की ताकत हैं, ये ही तो मेरे युवा हैं, ये ही तो मेरे देश का भविष्य हैं।

29

कार्य-संस्कृति

यह सरकार देश में एक नई कार्य-संस्कृति विकसित कर रही है। एक ऐसी कार्य-संस्कृति जो जवाबदेह हो, पारदर्शी हो। आज इसी कार्य-संस्कृति की वजह से योजनाओं पर तेजी से काम हो रहा है। आज देश में दोगुनी गति से सड़कें बन रही हैं, दोगुनी गति से रेल लाइनें बिछ रही हैं। योजनाओं को समय पर पूरा करने के लिए ड्रोन से लेकर सेटेलाइट तक से मॉनिटरिंग करने की व्यवस्था हो रही है। कोई तो वजह होगी कि अब आपको पासपोर्ट इतना जल्दी मिल जाता है। कोई तो वजह होगी कि अब आपको गैस का सिलेंडर इतनी आसानी से मिल जाता है। कोई तो वजह होगी कि अब आपको इनकम टैक्स रिफंड के लिए महीनों इंतजार नहीं करना पड़ता। यह बदलाव आपकी जिंदगी में आ रहा है और इसके पीछे बड़ी वजह है, सरकार की कार्य संस्कृति में हमने जो बदलाव लाया है। एक ऐसी कार्य संस्कृति है जो गरीबों को, मध्यम वर्ग को, तकनीक की मदद से उसका हक दिला रही है।

यह सरकार देश में ईमानदार अर्थव्यवस्था और ईमानदार सामाजिक अर्थव्यवस्था स्थापित करने के लिए प्रयास कर रही है। नोटबंदी ने काले धन को न सिर्फ तिजोरियों से बाहर निकालकर बैंक में पहुँचाया है, बल्कि देश को ऐसे-ऐसे सबूत भी सौंपे हैं, जिससे एक अभूतपूर्व स्वच्छता अभियान शुरू होना संभव हुआ है। इसी तरह जीएसटी से भी देश में एक नया बिजनेस कल्चर मिल रहा है। हमें मालूम है कि पहले जो लोग ट्रक लेकर जाते थे, चेक पोस्ट पर घंटों खड़े रहना पड़ता था। जी.एस.टी. आने के बाद सारे चेक पोस्ट गए। जो ट्रक पाँच दिन में पहुँचता था, वह आज तीन दिन में पहुँचता है। सामान ले जाने, लाने का खर्चा कम हो गया और हजारों करोड़ रुपए जो चेक पोस्ट पर जाते थे, उससे भी भ्रष्टाचार पनपता था। वे सारी चीजें जी.एस.टी. आने के कारण बंद हो गईं। अब मुझे बताइए, अब तक जिन्होंने ठेकेदारी में लूटा था, वे मोदी से नाराज होंगे कि नहीं होंगे? उनको मोदी पर गुस्सा आएगा कि नहीं आएगा? लेकिन देश के नागरिक का भला होना चाहिए कि नहीं होना चाहिए? देश के नागरिकों को लाभ होना चाहिए कि नहीं होना चाहिए?

30

किसान

आज के समय की माँग है कि हमें ग्रीन रिवॉल्यूशन और व्हाइट रिवॉल्यूशन के साथ-साथ वाटर रिवॉल्यूशन, ब्लू रिवॉल्यूशन, स्वीट रिवॉल्यूशन और ऑर्गेनिक रिवॉल्यूशन को भी उनके साथ इंटीग्रेट करना होगा, उनके साथ जोड़ना होगा। ये वे क्षेत्र हैं, जो किसानों के लिए अतिरिक्त आय और आय के मुख्य स्रोत, दोनों ही हो सकते हैं। ऑर्गेनिक खेती, मधुमक्खी पालन, सी-वीड की खेती, सोलर फार्म, ऐसे तमाम आधुनिक विकल्प भी हमारे किसानों के सामने हैं। आवश्यकता उन्हें ज्यादा-से-ज्यादा जागरूक करने की है। मेरा आग्रह होगा कि इनके बारे में और विशेषकर परंपरागत और ऑर्गेनिक खेती

के बारे में जानकारी देने के लिए एक डिजिटल प्लेटफॉर्म शुरू किया जाए। इस डिजिटल प्लेटफॉर्म के माध्यम से मार्केट डिमांड, बड़े कस्टमर, सप्लाई चेन के बारे में किसानों को ऑर्गेनिक फार्मिंग से जुड़ी जानकारी मुहैया कराई जा सकती है।

आपका बच्चा बीमार है और 3 साल की आयु हो गई, 5 साल की आयु हो गई, 7 साल की आयु हो गई, लेकिन न वजन बढ़ रहा है, न चेहरे पर मुसकान आ रही है, ऐसे ही दुबला-पतला, ऐसे ही पड़ा रहता है। अब आप सोचिए कि आपके बच्चे का यह हाल है और आप सोचें कि एक बालटी भर दूध लेंगे; उसमें केसर, बादाम, पिस्ता सब डालेंगे और रोज बच्चे को इस दूध से नहलाएँगे, तो इससे उसकी तबीयत पर कोई फर्क पड़ेगा क्या ? पड़ेगा क्या ? मेरे किसान भाई, पड़ेगा क्या ? लेकिन एक चम्मच में थोड़ा-थोड़ा दूध लेकर 100-100 ग्राम उसको शाम तक पिला दो, फर्क पड़ेगा कि नहीं पड़ेगा ? जो स्वभाव बच्चे का है, वही स्वभाव पौधे का है। पौधे को भी अगर पानी से नहला दोगे तो पौधा मजबूत होगा, ऐसा नहीं है। एक-एक चम्मच, एक-एक बूँद पानी उसे पिलाओ तो देखते-ही-देखते पौधा कितना ताकतवर बन जाता है और इसलिए बातें छोटी होती हैं, लेकिन उनकी ताकत बड़ी होती है। मेरे कहने का तात्पर्य यह है कि मेरे किसान भाइयो-बहनो, अब हमें आधुनिक विज्ञान का उपयोग करते हुए कृषि के क्षेत्र में आगे बढ़ना है। प्रयोग करने की हिम्मत दिखानी है। आज सबकुछ विज्ञान में मौजूद है। आज जो सरकार ने इनिशिएटिव लिये हैं, वे आपके दरवाजे पर दस्तक दे रहे हैं। मैं विश्वास दिलाता हूँ कि भारत का ग्रामीण जीवन, भारत के ग्रामीण गरीब का जीवन, भारत के किसान का जीवन हम बदल सकते हैं और उस काम के लिए मुझे आपका साथ और सहयोग चाहिए।

दशकों पहले एक कानून में बाँस को पेड़ कह दिया गया और इसलिए उसे बिना मंजूरी काटा नहीं जा सकता। बिना मंजूरी उसे कहीं ले नहीं जा सकते। तो मैं हैरत में पड़ गया था। सभी को पता था कि बाँस का निर्माण क्षेत्र में क्या वैल्यू है ? फर्नीचर बनाने में, हैंडीक्राफ्ट बनाने में, अगरबत्ती बनाने में, पतंग बनाने में भी बाँस का इस्तेमाल होता है, लेकिन हमारे यहाँ बाँस काटने

की अनुमति लेने के लिए प्रक्रिया इतनी जटिल थी कि किसान अपनी जमीन पर बाँस लगाने से बचता था। इस कानून को हमने अब बदल दिया है। इस फैसले से बाँस भी किसानों की आय बढ़ाने में मददगार साबित होगा।

स्वतंत्रता के बाद की इस यात्रा में एग्रीकल्चर सेक्टर का विस्तार तो हुआ, लेकिन किसान का अपना व्यक्तिगत विकास और सिकुड़ता चला गया। खेती से आमदनी दूसरे सेक्टरों की तुलना में कम हुई, तो आनेवाली पीढ़ियों ने खेत में हल चलाना छोड़कर शहर में छोटी-मोटी नौकरी करना ज्यादा बेहतर समझा। समय ऐसा आया कि देश को फूड सिक्योरिटी देनेवाले किसान की अपनी इनकम सिक्योरिटी खतरे में पड़ गई। ये स्थितियाँ आपको पता हैं, बल्कि संभवतः मुझसे भी कहीं ज्यादा पता हैं, लेकिन मैं फिर भी स्थिति के बारे में आपसे बात कर रहा हूँ, क्योंकि जब हम पुरानी परिस्थितियों को एनेलाइज करते हैं, तभी नए रास्ते निकलते हैं, तभी नई एप्रोच के साथ काम करने का तरीका सूझता है। तभी पता चलता है कि क्या कुछ पहले हुआ जो अपेक्षित परिणाम नहीं दे पाया, जिसे भविष्य में सुधारने की, सुधारे जाने की आवश्यकता है। यही एनेलाइज देश में आधार बने किसानों की आय को दो गुना करने का लक्ष्य बने। एक ऐसा लक्ष्य, जिसकी प्राप्ति पुराने एप्रोच के साथ संभव नहीं थी; एक ऐसा लक्ष्य, जिसकी प्राप्ति के लिए पूरे एग्रीकल्चर सेक्टर की ओवर हॉलिंग की आवश्यकता थी। जब इस लक्ष्य को सामने रखकर छोटी-छोटी समस्याओं को सुलझाना शुरू किया तो धीरे-धीरे इसका विस्तार एक बड़े कृषि आंदोलन में बदलता हुआ देखा जा रहा है।

31

कुंभ मेला

हमारे देश की विशेषता है—कुंभ मेला। कुंभ मेला पर्यटन के आकर्षण का भी केंद्र बन सकता है। दुनिया के बहुत कम लोगों को मालूम होता है

कि इतने लंबे समय तक नदी के तट पर करोड़ों-करोड़ों लोग आए। सभी चाहते हैं कि शांतचित्त, शांतिपूर्ण वातावरण में अवसर संपन्न हो। ये घटनाएँ अपने आप में सांगठनिक दृष्टि से, इवेंट मैनेजमेंट की दृष्टि से, जन भागीदारी की दृष्टि से बहुत बड़े नए मानक सिद्ध करनेवाली होती हैं। कुंभ मेले के हर कोने में कितनी विविधताओं से भरी हुई चीजें चल रही हैं। यह कुंभ मेला भले धार्मिक-आध्यात्मिक मेला हो, लेकिन हम उसको एक सामाजिक अवसर भी बना सकते हैं। संस्कार का अवसर भी बना सकते हैं। कुंभ मेला अच्छे संकल्प, अच्छी आदतें गाँव-गाँव पहुँचाने का एक कारण भी बन सकता है। इस कुंभ मेले से पानी के प्रति प्यार कैसे बढ़े, जल के प्रति आस्था कैसे बढ़े, जल-संचय का संदेश देने में कैसे इस 'कुंभ मेले' का भी उपयोग कर सकते हैं, हमें करना चाहिए।

32

कृषि

कृषि एक ऐसा विषय है, जिसने हजारों वर्षों पहले से हमारी सभ्यता को गढ़ा है, उसे बचाया है, उसे सशक्त किया है। हमारे शास्त्रों में लिखा है कि कृषि धन्या, कृषि मेध्या, जंतोनाव, जीवनाम कृषि, यानी कृषि, संपत्ति और मेधा प्रदान करती है और कृषि ही मानव जीवन का आधार है। इसलिए जो विषय इतना पुराना है, जिस विषय पर भारतीय संस्कृति और भारतीय पद्धतियों ने पूरे विश्व को दिशा दिखाई है, खेती की तमाम तकनीकों से परिचय कराया है, उस विषय पर जब हम बात कर रहे हैं तो इतिहास, वर्तमान और भविष्य, तीनों का ध्यान रखना आवश्यक है। इतिहास में ऐसे वर्णन मिलते हैं कि विदेश से आए हुए लोग भारत की कृषि पद्धतियों को देखकर हैरान रह गए। इतनी उन्नत व्यवस्था, इतनी उन्नत तकनीक, वैज्ञानिक पद्धति पर आधारित हमारी कृषि ने पूरे विश्व को बहुत कुछ सिखाया है। हमारे यहाँ घाघ और

भड्डरी जैसे किसान कभी थे, जिन्होंने खेती पर मौसम को लेकर बहुत सटीक कविताएँ लिखी हैं, लेकिन गुलामी के लंबे कालखंड में यह सारा अनुभव, कृषि को लेकर हमारी बनाई हुई सारी व्यवस्थाएँ ध्वस्त हो गईं। स्वतंत्रता के बाद हमारे देश के किसान ने अपना खून-पसीना बहाकर खेती को फिर से सँभाला। आजादी के बाद दाने-दाने को तरस रहे हमारे किसान ने खाद्यान्न के मामले में आत्मनिर्भर बना दिया है। यह हमारे देश के किसानों का सामर्थ्य है कि सिर्फ एक साल में देश में दाल का उत्पादन लगभग 17 मिलियन टन से बढ़कर लगभग 23 मिलियन टन हो गया है।

हम सभी ने खेतों में देखा है कि कई बार जब बैल को लंबी रस्सी से खूँटे में बाँध दिया जाता है तो वह गोल-गोल घूमता रहता है। वह सोचता है कि वह चले जा रहा है, लेकिन सच्चाई यही है कि उसने खुद अपना दायरा बाँध लिया होता है और वह खुद उसी में दौड़ता रहता है। भारतीय कृषि को भी इसी तरह के बंधनों से मुक्ति दिलाने की एक बहुत बड़ी जिम्मेवारी हम सब पर है। किसान की उन्नति हो, किसान की आमदनी बढ़े—इसके लिए बीज से बाजार तक के फैसले लिये जा रहे हैं। उत्पादन में आत्मनिर्भरता के इस दौर में पूरे ईको-सिस्टम को किसानों के लिए हितकारी बनाने का काम किया जा रहा है। किसानों की आय बढ़ाने के विषय पर बनी इंटर मिनिस्टिरियल, नीति आयोग अनेक वैज्ञानिकों, किसानों और एग्रीकल्चर सेक्टर के स्टेक होल्डरों के साथ गहन मंथन करके सरकार ने एक दिशा तय की है और उस रास्ते पर बढ़ रहे हैं। जैसे अगर यूरिया की नीम कोटिंग की बात की जाए तो उस एक फैसले ने किसानों का खर्च काफी कम किया है। यूरिया की 100 प्रतिशत नीम कोटिंग की वजह से यूरिया की प्रभावशीलता बढ़ी है और यह सामने आ रहा है कि अब उतनी ही जमीन के लिए किसान को कम यूरिया डालना पड़ता है। कम यूरिया डालने की वजह से पैसे की बचत और ज्यादा पैदावार की वजह से अधिक कमाई। यह बदलाव यूरिया की नीम कोटिंग से आ रहा है।

33

क्या यह मेरा देश है

मैं देशवासियों से एक विषय पर गंभीरता से कुछ बात आज करना चाहता हूँ। मैं देश के वर्तमान माहौल की ओर अपनी पीड़ा और नाराजगी व्यक्त करना चाहता हूँ। जो देश चींटी को भी खिलाने में विश्वास करता है, जो देश मोहल्ले में दौड़ते, घूमते-फिरते कुत्तों को भी कुछ-न-कुछ खिलाने के लिए सोचता है, जो देश सुबह उठकर नदी-तालाब के तट पर जाकर मछलियों को खिलाने की परंपरा रखता है, जिस देश के ये संस्कार हों, चरित्र हो, जिस देश में महात्मा गांधी जैसे महापुरुष ने अहिंसा का पाठ पढ़ाया हो, क्या हो गया है हमें कि अस्पताल में कोई पेशेंट बचा न पाएँ हम? ऑपरेशन विफल हो जाए, दवाई कारगर न हो, पेशेंट की मृत्यु हो जाए और अचानक परिजन अस्पताल को आग लगा दें, डॉक्टरों को मार दें। क्या यह मेरा देश है? क्या यह पूज्य बापू का देश है? हम क्या कर रहे हैं और इन्हीं चीजों को बढ़ावा मिल रहा है। दुर्घटना अकस्मात् होती है। कहीं दो वाहन टकरा गए, दुर्भाग्य से किसी एक की मौत हो गई, किसी को चोट लग गई, न जान, न पहचान लोग इकट्ठे हो जाते हैं। गाड़ियाँ जला देते हैं। क्या यह मेरा देश है?

34

खादी

कुछ दिन पहले मैं सरदार पटेल के विचारों को पढ़ रहा था, तो कुछ बातों पर मेरा ध्यान गया और उनकी एक बात मुझे बहुत पसंद आई। खादी के संबंध में सरदार पटेल ने कहा है कि हिंदुस्तान की आजादी खादी में ही है, हिंदुस्तान की सभ्यता भी खादी में ही है। हिंदुस्तान में जिसे हम परम धर्म मानते हैं, वह अहिंसा खादी में ही है और हिंदुस्तान के किसान, जिनके लिए

आप इतनी भावना दिखाते हैं, उनका कल्याण भी खादी में ही है।

खादी अब एक सिंबल बना है, एक अलग पहचान बना है। अब खादी युवा पीढ़ी के भी आकर्षण का केंद्र बनता जा रहा है और खास करके जो-जो हॉल्सिटिक हैल्थ केयर और ऑर्गेनिक की तरफ झुकाव रखते हैं, उनके लिए तो एक उत्तम उपाय बन गया है। फैशन के रूप में भी खादी ने अपनी जगह बनाई है और मैं खादी से जुड़े लोगों का अभिनंदन करता हूँ कि उन्होंने खादी में नयापन लाने के लिए भरपूर प्रयास किया है। अर्थव्यवस्था में बाजार का अपना महत्त्व है। खादी के लिए भी भावात्मक जगह के साथ-साथ बाजार में भी जगह बनाना अनिवार्य हो गया है। जब मैंने लोगों से कहा कि अनेक प्रकार के फैब्रिक्स आपके पास हैं, तो एक खादी भी तो होना चाहिए। और यह बात लोगों के गले उतर रही है कि हाँ भई, खादीधारी तो नहीं बन सकते, लेकिन अगर दसों प्रकार के फैब्रिक्स हैं, तो एक और हो जाए, और साथ-साथ मेरी बात से सरकार में भी एक सकारात्मक माहौल पनप रहा है। बहुत सालों पहले सरकार में खादी का भरपूर उपयोग होता था, लेकिन धीरे-धीरे आधुनिकता के नाम पर यह सब खत्म होता गया और खादी से जुड़े हुए हमारे गरीब लोग बेरोजगार होते गए। खादी में करोड़ों लोगों को रोजगार देने की ताकत है। पिछले दिनों रेल मंत्रालय, पुलिस विभाग, भारतीय नौसेना, उत्तराखंड का डाक-विभाग—ऐसे कई सरकारी संस्थानों ने खादी के उपयोग में बढ़ावा देने के लिए कुछ अच्छे इनिशिएटिव लिये हैं और मुझे बताया गया कि सरकारी विभागों के इन प्रयासों के परिणामस्वरूप खादी क्षेत्र में काम करने वाले लोगों के लिए, इस आवश्यकता को पूरा करने के लिए, सरकार की आवश्यकताओं को पूरा करने के लिए अतिरिक्त 18 लाख मानव दिन का रोजगार जनरेट होगा। ये सारी बातें एक नया उत्साह बढ़ाती हैं। और 30 जनवरी, जब पूज्य बापू को स्मरण करते हैं, तो मैं फिर एक बार दोहराऊँगा—इतना तो अवश्य करें कि अपने ढेर सारे कपड़ों में एक खादी भी रहे, इसके आग्रही बनें।

पहले खादी, 'खादी फॉर नेशन' था और हमने 'खादी फॉर फैशन'

की बात कही थी, लेकिन पिछले कुछ समय से मैं अनुभव से कह सकता हूँ कि 'खादी फॉर नेशन' और 'खादी फॉर फैशन' के बाद अब, 'खादी फॉर ट्रांसफॉरमेशन' की जगह ले रहा है। खादी गरीब-से-गरीब व्यक्ति के जीवन में, हैंडलूम गरीब-से-गरीब व्यक्ति के जीवन में बदलाव लाते हुए उन्हें सशक्त बनाने का, शक्तिशाली साधन बनकर उभर रहा है। ग्रामोदय के लिए यह बहुत बड़ी भूमिका अदा कर रहा है।

35

खेल-कूद

अगर परीक्षा के दिनों में मैं आपसे खेल-कूद की बात करूँगा, तो आपके टीचर, आपके पेरेंट्स मुझ पर गुस्सा करेंगे। वे नाराज हो जाएँगे कि यह कैसा प्रधानमंत्री है, बच्चों को परीक्षा के समय में कह रहा है, खेलो। क्योंकि आमतौर पर धारणा ऐसी है कि अगर विद्यार्थी खेल-कूद में ध्यान देते हैं, तो शिक्षा से दूर होने लगते हैं। यह मूलभूत धारणा ही गलत है, समस्या की जड़ वही है। सर्वांगीण विकास करना है, तो किताबों के बाहर भी एक जिंदगी होती है और वह बहुत बड़ी विशाल होती है। उसको भी जीने का, सीखने का यही समय होता है। कोई यह कहे कि मैं पहले सारी परीक्षाएँ पूर्ण कर लूँ, बाद में खेलूँगा, बाद में यह करूँगा, तो असंभव है। जीवन का यही तो ढलने का टाइम होता है। इसी को तो परवरिश कहते हैं।

36

खेले वह खिले

कुछ लोगों को लगता है, रात को देर तक जागेंगे, ज्यादा पढ़ेंगे—जी नहीं, शरीर को जितनी नींद की आवश्यकता है, वह अवश्य लीजिए।

उससे आपका पढ़ने का समय बरबाद नहीं होगा, वह पढ़ने की ताकत में इजाफा करेगा। आपकी एकाग्रता बढ़ेगी, ताजगी आएगी। आपकी कार्यक्षमता में कुल मिलाकर बहुत बड़ी बढ़ोतरी होगी। मैं जब चुनाव में सभाएँ करता हूँ, तो कभी-कभी मेरी आवाज बैठ जाती है। एक दिन मुझसे एक लोक गायक मिलने आए। उन्होंने मुझसे पूछा कि आप कितने घंटे सोते हैं? मैंने कहा, "क्यों भाई, आप डॉक्टर हैं क्या?" "नहीं-नहीं," बोले, "यह आपकी आवाज, जो चुनाव के समय भाषण करते-करते खराब हो जाती है, उसका इसके साथ संबंध है। आप पूरी नींद लेंगे, तभी आपके वोकल कोर्ड को पूरा रेस्ट मिलेगा। अब मैंने नींद को और अपने भाषण को एवं अपनी आवाज को कभी सोचा ही नहीं था, उन्होंने मुझे एक जड़ी-बूटी दे दी। तो सचमुच में हम इन चीजों का महत्त्व समझें, आप देखिए, आपको फायदा होगा। लेकिन इसका मतलब यह नहीं कि बस सोते ही रहें, लेकिन कुछ कहेंगे कि प्रधानमंत्रीजी ने कह दिया है, अब बस जागने की जरूरत नहीं है, सोते रहना है। तो ऐसा मत करिएगा, वरना आपके परिवार के लोग मेरे से नाराज हो जाएँगे। और आपकी मार्कशीट जिस दिन आएगी, तो उनको उस दिन आप नहीं दिखाई देंगे, मैं ही दिखाई दूँगा। तो, ऐसा मत करिएगा। और इसलिए मैं तो कहूँगा 'जो खेले वह खिले'—मन, बुद्धि, शरीर को सचेत रखने के लिए यह एक बहुत बड़ी औषधि है।

37

गांधीजी

सन् 1915 में गांधीजी विदेश से वापस आए और सन् 1917 में बिहार के एक छोटे से गाँव में जाकर उन्होंने देश को नई प्रेरणा दी। आज हमारे मन में महात्मा गांधी की जो छवि है, उस छवि के आधार पर हम चंपारण सत्याग्रह का मूल्यांकन नहीं कर सकते। कल्पना कीजिए कि एक इनसान, जो 1915

में हिंदुस्तान वापस आए, सिर्फ दो साल का कार्यकाल। न देश उनको जानता था, न उनका प्रभाव था। अभी तो शुरुआत थी। उस समय उनको कितना कष्ट झेलना पड़ा होगा, कितनी मेहनत करनी पड़ी होगी, इसका हम अंदाजा कर सकते हैं।

आज से ठीक सौ साल पहले, 10 अप्रैल, 1917 को महात्मा गांधी ने चंपारण सत्याग्रह किया। भारत की आजादी के आंदोलन में गांधी विचार और गांधी शैली, इसका प्रकट रूप पहली बार चंपारण में नजर आया। आजादी की पूरी आंदोलन यात्रा में यह एक टर्निंग प्वाइंट था, खास करके संघर्ष के तौर-तरीके की दृष्टि से। यही वह कालखंड था, चंपारण का सत्याग्रह, खेड़ा सत्याग्रह, अमदाबाद में मिल-मजदूरों की हड़ताल, और इन सबमें महात्मा गांधी के विचार और कार्यशैली का गहरा प्रभाव नजर आता था।

गांधी ने जैसे एक सिक्के के दो पहलू बना दिए थे। एक सिक्के का एक पहलू संघर्ष, तो दूसरा पहलू सृजन। एक तरफ जेल भर देना, तो दूसरी तरफ रचनात्मक कार्यों में अपने आप को खपा देना। एक बड़ा अद्‌भुत संतुलन गांधी की कार्य-शैली में था। 'सत्याग्रह' शब्द क्या होता है, असहमति क्या हो सकती है, इतनी बड़ी सल्तनत के सामने असहयोग क्या होता है—एक पूरी नई विभावना गांधी ने शब्दों के द्वारा नहीं, एक सफल प्रयोग द्वारा प्रस्थापित कर दी थी।

चंपारण सत्याग्रह ऐसा था कि जिसमें महात्मा गांधी के संगठन कौशल, महात्मा गांधी की भारतीय समाज की नब्ज को जानने की शक्ति, महात्मा गांधी का यह व्यवहार अंग्रेज सल्तनत के सामने गरीब-से-गरीब, अनपढ़-से-अनपढ़ व्यक्ति को संघर्ष के लिए संगठित करना, प्रेरित करना, संघर्ष के लिए मैदान में लाना, यह अद्‌भुत शक्ति के दर्शन कराता है और इसलिए जिस रूप में हम महात्मा गांधी की विराटता का अनुभव करते हैं, लेकिन अगर सौ साल पहले के गांधी को सोचें, उस चंपारण सत्याग्रह वाले गांधी को, तो सार्वजनिक जीवन की शुरुआत करने वाले किसी भी व्यक्ति के लिए चंपारण सत्याग्रह अध्ययन का एक बहुत ही बड़ा विषय है।

सार्वजनिक जीवन की शुरुआत कैसे की जा सकती है, खुद कितना परिश्रम करना होता है और गांधी ने कैसे किया था, यह हम उनसे सीख सकते हैं। उस समय के बड़े-बड़े दिग्गज नेताओं के हम नाम सुनते हैं, गांधीजी ने उस समय राजेंद्र बाबू हों या आचार्य कृपलानीजी हों, सबको गाँवों में भेजा था। लोगों के साथ जुड़कर लोग जो काम कर रहे हैं, उसी को आजादी के रंग से रँग देना, इसके तरीके सिखाए थे। और अंग्रेज लोग समझ ही नहीं पाए कि यह गांधी का तौर-तरीका क्या है? संघर्ष भी चले, सृजन भी चले और दोनों एक साथ चले।

38

गाय

इन दिनों गाय के नाम पर बड़ी चर्चा चल रही है, लेकिन हिमाचल के हमारे गवर्नर साहब हैं। वे स्वयं कृषि में अनेक प्रयोग करनेवाले व्यक्ति हैं। उन्होंने एक बड़ा अभियान चलाया है—हिमाचल में जो गायें लोगों ने छोड़ दी हैं, ऐसी गायों को वे पकड़-पकड़कर किसानों को दे रहे हैं। दूध नहीं देनेवाली गाय किसानों को दे रहे हैं और किसानों को कहते हैं कि आप अपनी खेती के साथ गाय को जोड़ दीजिए। गाय का मल-मूत्र आपकी खेती में एक नई ताकत देगा। उन्होंने स्वयं ये प्रयोग किए हैं। सफल प्रयोग किए हैं। और इसलिए जो भी गौ-भक्ति में विश्वास करते हैं, जो भी गौ-सेवा में विश्वास करते हैं, उन सबसे मेरा आग्रह है कि हम गाय को कृषि के साथ जोड़ें। एग्रीकल्चर के साथ गाय को जोड़ें। गाय कभी भी बोझ नहीं बनेगी। और महात्मा गांधी गाय के लिए एक बढ़िया बात बताते थे। महात्मा गांधी कहते थे कि हमारी माँ हमें बचपन में कुछ समय तक दूध पिलाती है। हमें पालती है, लेकिन गाय माँ हमें जीवन भर दूध पिलाती है और हमारा पालन-पोषण करती है।

गौ-माता मृत्यु के बाद भी मनुष्य के काम आती है। जिस प्रकार से

पेड़-पौधे एक वैल्थ हैं, संपत्ति हैं, वैसे हमारे कैटल भी वैल्थ हैं, संपत्ति हैं। उसका एक उचित रूप से आयोजन करके राष्ट्र को उसके आर्थिक विकास से जोड़ने की आवश्यकता है। और कभी-कभी चिंता भी सताती है। जो लोग समाज के ताने-बाने को तोड़ने में तुले हुए हैं, जो लोग समाज को तहस-नहस करने पर तुले हुए हैं, जो लोग हिंदुस्तान की एकता की बात से परेशान होते हैं, ऐसे कुछ मुट्ठी भर लोग गौ-रक्षा के नाम पर समाज में टकराव लाने की कोशिश कर रहे हैं। मैं सभी देशवासियों को कहना चाहता हूँ कि ऐसे फेक, ऐसे नकली गौ-रक्षकों से सावधान हो जाइए। मैं राज्य सरकारों से भी कहता हूँ कि हमारी कृषि को बचाने के लिए, हमारे किसान को बचाने के लिए, हमारे गाँव को बचाने के लिए और जो बात विनोबा भावे कहते थे, जो बात महात्मा गांधी कहते थे। जिस गौ-रक्षा के लिए विनोबाजी ने आमरण अनशन किया था। जिस गौ-रक्षा के लिए भारत के संविधान में निर्देश है—इस गौ-रक्षा के लिए जिस बात को गांधीजी ने माना हो, वह गलत नहीं हो सकती है। लेकिन ये जो नकली गौ-रक्षक हैं, इनको गाय से लेना-देना नहीं है। ये समाज में तनाव पैदा करना चाहते हैं और इसलिए अपनी सरकारों को कहना चाहता हूँ कि आप भी ऐसे नकली गौ-रक्षकों की छानबीन कीजिए। उन पर कठोर काररवाई कीजिए। साथ-ही-साथ मैं सच्चे गौ-भक्तों से प्रार्थना करना चाहता हूँ, सच्चे गौ-पूजकों से प्रार्थना करना चाहता हूँ। आप भी सजग रहिए। कहीं आपका यह उम्दा काम मुट्ठी भर लोग अपने निजी स्वार्थ के लिए तबाह न कर दें। ऐसे लोगों की खोज करने में आप भी आगे आइए।

39

गुरु गोविंद सिंह

गुरु गोविंद सिंहजी का साहस और त्याग से भरा असाधारण जीवन हम सभी के लिए प्रेरणा का स्रोत है। गुरु गोविंद सिंहजी ने महान् जीवन मूल्यों का उपदेश दिया और उन्हीं मूल्यों के आधार पर उन्होंने अपना जीवन जिया

भी। एक गुरु, कवि, दार्शनिक, महान् योद्धा गुरु गोविंद सिंहजी ने इन सभी भूमिकाओं में लोगों को प्रेरित करने का काम किया। उन्होंने उत्पीड़न और अन्याय के विरुद्ध लड़ाई लड़ी। लोगों को जाति और धर्म के बंधनों को तोड़ने की शिक्षा दी। इन प्रयासों में उन्हें व्यक्तिगत रूप से बहुत कुछ गँवाना भी पड़ा, लेकिन उन्होंने कभी भी द्वेष की भावना को जगह नहीं दी। जीवन के हर-पल में प्रेम, त्याग और शांति का संदेश दिया। कितनी महान् विशेषताओं से भरा हुआ उनका व्यक्तित्व था! हम संकल्प लें और गुरु गोविंद सिंहजी की महान् शिक्षा और उनके प्रेरणादायी जीवन से सीख लेते हुए जीवन को ढालने का प्रयास करें।

40

गुरु नानक देव

गुरु नानक देव की शिक्षा-दीक्षा न सिर्फ हिंदुस्तान के लिए, बल्कि पूरी मानव-जाति के लिए आज भी दिशादर्शक है। सेवा, सच्चाई और 'सरबत दा भला', यही तो गुरु नानक देव का संदेश था। शांति, एकता और सद्भावना, यही तो मूल-मंत्र था। भेदभाव हो, अंधविश्वास हो, कुरीतियाँ हों, उनसे समाज को मुक्ति दिलाने का वह अभियान ही तो था गुरु नानक देव की हर बात में। जब हमारे यहाँ स्पृश्य-अस्पृश्य, जाति-प्रथा, ऊँच-नीच आदि विकृतियाँ चरम सीमा पर थीं, तब गुरु नानक देव ने भाई लालो को अपना सहयोगी चुना। आइए हम भी, गुरु नानक देव ने जो हमें ज्ञान का प्रकाश दिया है, जो हमें भेदभाव छोड़ने के लिए प्रेरणा देता है, भेदभाव के खिलाफ कुछ करने के लिए आदेश करता है, 'सबका साथ सबका विकास' इसी मंत्र को लेकर अगर आगे चलना है तो गुरु नानक देव से बढ़िया हमारा मार्गदर्शक कौन हो सकता है?

गुरु नानक देवजी सिखों के पहले गुरु ही नहीं, बल्कि जगत्-गुरु हैं। उन्होंने पूरी मानवता के कल्याण के बारे में सोचा। सभी जातियों को एक

समान बताया। महिला सशक्तीकरण एवं नारी सम्मान पर जोर दिया। पैदल ही 28 हजार किलोमीटर की यात्रा की और इस यात्रा के दौरान सच्ची मानवता का संदेश दिया। उन्होंने लोगों से संवाद किया, उन्हें सच्चाई, त्याग और कर्म-निष्ठा का मार्ग दिखाया। समाज में समानता का संदेश दिया और अपने इस संदेश को बातों से नहीं, अपने कर्म से करके दिखाया। उन्होंने लंगर चलाया, जिससे लोगों में सेवा-भावना पैदा हुई। इकट्ठे बैठकर लंगर ग्रहण करने से लोगों में एकता और समानता का भाव जाग्रत् हुआ। गुरु नानकदेवजी ने सार्थक जीवन के तीन संदेश दिए—परमात्मा का नाम जपो, मेहनत करो-काम करो और जरूरतमंदों की मदद करो। अपनी बात कहने के लिए उन्होंने 'गुरबानी' की रचना भी की। आइए, हम उनके संदेश और शिक्षा के मार्ग पर आगे बढ़ने की कोशिश करें।

41

गोरक्षा

गाय की रक्षा, गऊ की भक्ति महात्मा गांधी और विनोबा भावे से बढ़कर कोई नहीं कर सकता है। अगर गाय की भक्ति करनी है, गाय की रक्षा करनी है तो गांधीजी और विनोबा भावेजी ने हमें जो उत्तम राह दिखाई, उसी रास्ते पर देश को चलना ही पड़ेगा। उसी में देश का कल्याण है। विनोबाजी जीवन भर गऊ रक्षा के लिए अपने आप को आहुत करते रहे। मेरा सौभाग्य था, मैं एक बार वर्धा गया, विनोबाजी के दर्शन किए। मैं उनसे मिला, प्रणाम किया, बैठा। विनोबाजी शब्दों की बड़ी ताकत रखते थे। मैं बैठा, परिचय हुआ। मैं बैठा सामने देख रहा था। वे मुझे कह रहे थे कि मर जाओ, मर जाओ। मैं हैरान था कि विनोबाजी कह रहे हैं, मर जाओ-मर जाओ। मैं चुपचाप बैठा रहा। फिर धीरे से बोले, "गाय के लिए, गाय माता के लिए।" आप कल्पना कर सकते हैं कि विनोबाजी उस समय की सरकार के खिलाफ जीवन के अंत तक लड़ते रहे। उन्होंने अनेक बार अनशन किए, गोरक्षा के लिए किए, गोभक्ति के लिए

किए। भारत का संविधान भी हमें उसका माहात्म्य समझाता है, लेकिन क्या किसी इनसान को मारने का हक मिल जाता है ? क्या यह गोभक्ति है, क्या यह गोरक्षा है ? पूज्य बापू का रास्ता यह नहीं हो सकता। विनोबा भावे का जीवन हमें यह संदेश नहीं देता है। हर हिंदुस्तानी के दिलो-दिमाग में ये हमारे मूलभूत संस्कार हैं, हमारी मूलभूत परंपरा है—अहिंसा। यह हम लोगों का जीवन धर्म रहा है ? हम कैसे आपा खो रहे हैं। डॉक्टरों को मार रहे हैं। अकस्मात् दुर्घटना हो जाए तो ड्राइवरों को मार रहे हैं। गाय के नाम पर इनसानों को मार रहे हैं।

मुझे बचपन की एक घटना याद है। सत्य घटना है मेरे जीवन की। पहली बार मैं शायद आज उस बात को कह रहा हूँ। एक समय था जब मुझे लिखने की आदत हुआ करती थी। मैं लिखता था, तब मेरे मन में था कि मैं उस विषय पर लिखूँगा, लेकिन मैं नहीं लिख पाया, लेकिन आज मेरा मन करता है। एक ऐसी पवित्र जगह है, जिस पवित्र जगह से मन के भीतर की सच्चाई का प्रकट होना बहुत स्वाभाविक है। मैं बालक था। मेरे गाँव में मेरा घर एक छोटी सी सँकरी गली में है। तो वहाँ पर बिल्कुल पुराने जमाने के जैसे हैं, सटे हुए घर हैं। हमारे घर के ही नजदीक में सामने की तरफ एक परिवार था, जो इमारत में काम करता था, मेसन का काम करता था। एक प्रकार से मजदूरी जैसा काम था। उस परिवार में संतान नहीं थी। उनकी शादी को कई वर्ष हो गए, लेकिन उनको संतान नहीं थी। परिवार में भी एक तनाव रहता था कि उनके घर में संतान नहीं है। वे बड़ी धार्मिक प्रवृत्ति के व्यक्ति थे। बहुत बड़ी उम्र में उनके यहाँ एक संतान का जन्म हुआ। वह संतान बड़ी हो रही थी। अब छोटी-सँकरी गली थी। सुबह-सुबह गाय को भी एक डिसिप्लिन की आदत होती है। गाय घरों के पास से गुजरती हैं तो घरवाले रोटी खिलाते हैं। तो एक गाय थी, जब वह हमारे मुहल्ले से आती तो परिवार के लोग बाहर निकलकर उसको एक रोटी खिलाते थे। जिनके घर में संतान का जन्म हुआ था, वे भी रोटी खिलाते थे। एक बार अचानक हड़कंप मच गई। शायद कुछ बच्चों ने पटाखे फोड़ दिए थे। क्या हुआ कि घटना अब मुझे पूरी याद नहीं रही, लेकिन वह गाय हड़बड़ा गई और दौड़ते-दौड़ते स्थिति यह बनी, वह जो

बच्चा उनका मुश्किल से 3, 4 या 5 साल का होगा, वह भी दौड़ने लग गया। उसको समझ नहीं आया कि इधर दौड़ूँ या उधर दौड़ूँ और जाने-अनजाने में वह गाय के पैर के नीचे आ गया। इतने सालों बाद परिवार में एक बच्चा पैदा हुआ था और गाय के पैर के नीचे आने से उसकी मृत्यु हो गई। आप कल्पना कर सकते हैं कि उस परिवार का माहौल क्या होगा? बड़े दुःख के दिन थे, लेकिन यह दृश्य मैं भूल नहीं सकता हूँ कि दूसरे दिन सुबह से ही वह गाय उनके घर के सामने आकर खड़ी हो गई। किसी भी घर के सामने जाकर रोटी नहीं खाई। वह परिवार भी उसे रोटी खिलाता था, उनसे भी नहीं खाई। गाय के आँसू कभी नहीं रुके। 1 दिन, 2 दिन, 5 दिन—गाय न खाना खा रही है, न पानी पी रही है। एक तरफ परिवार को इकलौती संतान की मृत्यु का शोक था। पूरे मोहल्ले में दुःख का वातावरण था। गाँव में एक परिवार का मातम होता है, लेकिन गाय पश्चात्ताप में डूबी हुई थी। कई दिनों तक उसने कुछ नहीं खाया, कुछ नहीं पिया। उसकी आँख के आँसू सूख गए। सारे मुहल्ले के लोग, उस परिवार के लोग भी लाख कोशिश करते रहे, लेकिन गाय ने अपना संकल्प नहीं छोड़ा कि उस संतान, बालक की मृत्यु उसके पैर के नीचे हुई है, इस पीड़ा मात्र से उस गाय ने अपना शरीर छोड़ दिया। एक बालक की मृत्यु के पश्चात्ताप में गाय को बलिदान देते हुए मैंने बचपन में देखा है। वह दृश्य आज भी मेरे सामने जिंदा है। आज भी मैं सुनता हूँ कि गाय के नाम पर किसी की हत्या की जाए। वह निर्दोष है कि गुनहगार है, कानून अपना काम करेगा। इनसान को कानून हाथ में लेने का हक नहीं है।

42

गौ-सेवा

भारत विविधताओं से भरा हुआ देश है, विविध मान्यताओं से भरा हुआ देश है। अनेक सांप्रदायिक मान्यताओं से चलने वाला देश है। देश की एकता,

अखंडता—यह हमारी प्राथमिक जिम्मेवारी है। इसलिए इसको परिपूर्ण करने के लिए हम सब देशवासी सकारात्मक रूप से गौ-सेवा करें, गौ-भक्ति करें, गौ-पूजा करें, गौ-समर्थन करें। यह तो राष्ट्र की संपत्ति में बढ़ावा करना है। यह राज्य के लिए संकट नहीं पैदा करता, लेकिन नकली लोग देश को और समाज को तबाह कर देते हैं। उनके प्रति जागरूक होने की जरूरत है। ऐसे लोगों को आइसोलेट करने की जरूरत है। ऐसे लोगों को एक्सपोज करने की जरूरत है। ऐसे लोगों को दंडित करने की जरूरत है। तब जाकर हम सब शान से देश को नई ऊँचाइयों पर ले जा सकते हैं।

43

चुनौती

जहाँ कुछ नहीं है, वहाँ रेगिस्तान में अगर एक पौधा भी कोई उगा देता है तो उसको जिंदगी का एक संतोष मिलता है। चुनौतियों की अपनी एक ताकत होती है और मैं उन लोगों को कभी भाग्यवान नहीं मानता हूँ, जिनके जीवन में कभी चुनौतियाँ न आई हों। जिंदगी उन्हीं की बनती है, जो चुनौतियों से लोहा लेने का सामर्थ्य रखते हैं। व्यक्ति के जीवन में भी जिंदगी में कसौटियों से गुजरते रहना जिंदगी को सँवारने के लिए बहुत काम आता है।

44

चेतना

कुछ-न-कुछ ऐसी चीजें, जो आप नहीं जानते हैं, उनको जानने का प्रयास कीजिए। उनसे आपको जरूर लाभ होगा। आपके भीतर की मानवीय शक्तियों को चेतना मिलेगी। विकास के लिए बहुत अच्छा अवसर बनेगा।

45

छठ-पूजा

छठ–पूजा का अनुपम पर्व प्रकृति से और प्रकृति की उपासना से पूरी तरह जुड़ा हुआ है। सूर्य और जल, महापर्व छठ की उपासना के केंद्र में है, तो बाँस और मिट्टी से बने बरतन व कंदमूल इसकी पूजन–विधि से जुड़ी अभिन्न सामग्रियाँ हैं। आस्था के इस महापर्व में उगते सूर्य की उपासना और डूबते सूर्य की पूजा का संदेश अद्वितीय संस्कार से परिपूर्ण है। दुनिया तो उगनेवालों को पूजने में लगी रहती है, लेकिन छठ–पूजा हमें उनकी आराधना करने का भी संस्कार देती है, जिनका डूबना भी प्राय: निश्चित है। हमारे जीवन में स्वच्छता के महत्त्व की अभिव्यक्ति भी इस त्योहार में समाई हुई है। छठ से पहले पूरे घर की सफाई, साथ ही नदी, तालाब, पोखर के किनारे पूजा–स्थल यानी घाटों की भी सफाई, पूरे जोश से सब लोग जुड़कर करते हैं। सूर्य वंदना या छठ–पूजा पर्यावरण संरक्षण, रोग निवारण व अनुशासन का पर्व है।

46

जन-भागीदारी

मैंने एक छोटा सा कार्यक्रम शुरू किया था। किसी यूनिवर्सिटी में कन्वोकेशन में जब मुझे बुलाते हैं तो मैं उनसे आग्रह करता हूँ कि मैं कन्वोकेशन में आऊँगा, लेकिन मेरे 50 स्पेशल गेस्ट होंगे। उन्हें आपको पहली पंक्ति में बैठाना होगा। खैर, प्रधानमंत्री कहेगा तो कौन मना करेगा और उनको भी लगता है कि हो सकता है बीजेपी के लोगों को बुलाने वाले होंगे। ऐसा ही सोचते है, मर्यादा तो वही है। फिर मैं कहता हूँ कि गवर्नमेंट

स्कूल, जहाँ गरीब बच्चे पढ़ते हैं, ऐसे 50 बच्चों को आप कन्वोकेशन में लाकर बैठाइए और फिर मैं कन्वोकेशन के बाद उन बच्चों से बात करता हूँ। मैं देखता हूँ कि जब कोई गाउन पहनकर आता है, टोपी पहनकर आता है, प्रमाणपत्र लेता है तो उन बच्चों के मन में भी आता है कि यहाँ कभी मैं भी हो सकता हूँ। एक काम, जो बहुत बड़ा लेक्चर नहीं कर सकता है। यह उस बच्चे के मन में एक आकांक्षा पैदा होती है। वहाँ के जन सामान्य के अंदर आकांक्षा है। उस आकांक्षा की पहचान हम करेंगे। नई आकांक्षा जगाने के लिए मैं नहीं कह रहा हूँ। जो हैं, उनको हम चैनेलाइज करें। हम इस प्रकार से जन-भागीदारी से चीजों को कर सकते हैं।

मैं हमेशा कहता हूँ कि भाई, लोकतंत्र का मतलब यह नहीं होता कि लोग वोट दें और पाँच साल के लिए आपको देश चलाने का कॉन्ट्रेक्ट दे दें। जी नहीं, वोट देना तो लोकतंत्र का एक महत्वपूर्ण भाग है, लेकिन और भी बहुत सारे पहलू हैं और सबसे बड़ा पहलू है, जन-भागीदारी। जनता का मिजाज, जनता की सोच और सरकारें जितनी जनता से ज्यादा जुड़ती हैं, देश की ताकत उतनी ज्यादा बढ़ती है। जनता और सरकारों के बीच की खाई ने ही हमारी बरबादी को बल दिया है। मेरी हमेशा कोशिश है कि जन-भागीदारी से ही देश आगे बढ़ना चाहिए।

47

जन-आंदोलन

21वीं सदी के भव्य-दिव्य भारत के लिए एक जन-आंदोलन खड़ा करें—विकास का जन-आंदोलन। प्रगति का जन-आंदोलन। सामर्थ्यवान-शक्तिशाली भारत का जन-आंदोलन।

48

जन-सेवा

हमारा देश बहुरत्ना वसुंधरा है। जन-सेवा ही प्रभु-सेवा, यह हमारी रगों में है। अगर एक बार हम उसको सामूहिकता के रूप में देखें, संगठित रूप में देखें तो यह कितनी बड़ी शक्ति है ?

49

जल-परिवहन

समुद्र के जरिए दूसरे देशों से मजबूत संबंध स्थापित करने के लिए हमें और आधुनिक पोर्ट की आवश्यकता है। हमारी इकोनॉमी के लिए पोर्ट फेफड़ों की तरह हैं। अगर पोर्ट बीमार हो जाएँ, क्षमता के मुताबिक काम न करें तो हम बहुत व्यापार भी नहीं कर पाएँगे। उसी तरह जैसे शरीर में फेफड़ों द्वारा खींची गई ऑक्सीजन हृदय द्वारा पंप करके नसों के माध्यम से अलग-अलग स्थानों पर पहुँचाई जाती है, वैसे ही इकोनॉमी में यह भूमिका रेलवेज, हाइवेज, एयरवेज द्वारा होती है। अगर नसों में खून की सप्लाई कम हो जाए, ऑक्सीजन कम हो जाए तो शरीर कमजोर हो जाता है। ऐसे ही कनेक्टिविटी सही न हो तो देश का आर्थिक विकास भी कमजोर पड़ने लगता है। और इसलिए इंफ्रास्ट्रक्चर और कनेक्टिविटी, दो ऐसे क्षेत्र हैं जिन पर यह सरकार अधिक-से-अधिक शक्ति लगा रही है। सरकार के प्रयासों का ही नतीजा है कि पिछले तीन वर्षों में पोर्ट सेक्टर में बहुत बड़ा परिवर्तन आया है। अभी तक का सबसे ज्यादा कैपिसिटी एडिशन पिछले दो-तीन वर्षों में ही हुआ है। जो पोर्ट और सरकारी कंपनियाँ घाटे में चल रही थीं, उनमें भी परिस्थिति बदल गई है। सरकार का ध्यान कोस्टल सर्विस से जुड़े स्किल डेवलपमेंट पर भी है। एक अनुमान के मुताबिक, अकेले सागरमाला प्रोजेक्ट से आनेवाले समय

में देश के भिन्न-भिन्न भागों पर एक करोड़ नई नौकरियों के अवसर की संभावनाएँ हैं। हम इस अप्रोच के साथ काम कर रहे हैं कि ट्रांसपोर्टेशन का पूरा फ्रेम वर्क आधुनिक और इंटिग्रेटेड हो।

आज से नहीं, सैकड़ों वर्षों से जल-परिवहन के मामले में भारत दूसरे देशों से बहुत आगे रहा था। हमारी तकनीक दूसरे देशों से कहीं ज्यादा श्रेष्ठ हुआ करती थी, लेकिन यह भी सही है कि गुलामी के बड़े कालखंड के दौरान हमने अपनी श्रेष्ठताओं को अपने इतिहास से सीखना धीरे-धीरे कम कर दिया, भूलते चले गए। नए इनोवेशन कम होने के साथ ही जो क्षमताएँ थीं, वे भी धीरे-धीरे इतिहास का हिस्सा बन गईं, वरना जिस देश की नेविगेशन क्षमताओं का लोहा सदियों से पूरी दुनिया मानती रही हो, उसी देश में स्वतंत्रता के बाद जल परिवहन पूरी तरह से नजरअंदाज कर दिया गया, भुला दिया गया। आज भी भारत में रोड ट्रांसपोर्ट का हिस्सा 55 प्रतिशत है, रेलवे माल ढुलाई का 35 प्रतिशत वहन करती है, वॉटरवेज क्योंकि सबसे सस्ता है। वह सिर्फ 5 या 6 प्रतिशत है, जबकि तीसरे देशों में वॉटरवेज और कोस्टल ट्रांसपोर्ट की हिस्सेदारी करीब-करीब 30 प्रतिशत से भी ज्यादा हुआ करती है। यही हमारी सच्चाई, यही हमारी चुनौती है और हमें इसे ही बदलने का संकल्प लेकर आगे बढ़ना है।

जलमार्ग के माध्यम से हम कोयले का ट्रांसपोर्टेशन करना चाहते हैं तो उसका खर्च आता है प्रतिटन किलोमीटर 20 पैसे। वहीं जब इसे उसी कोयले को रेल के माध्यम से ले जाते हैं तो यही कीमत हो जाती है सवा रुपया, यानी 20 पैसे के सामने सवा हो जाता है, आप विचार कीजिए कि रोड मार्ग से जाएँगे तो कितना गुना बढ़ जाएगा? आप बताइए कि हमें सस्ते माध्यम से कोयले की ढुलाई करनी चाहिए या नहीं? आप जानकर हैरान रह जाएँगे कि आज कोयले की ढुलाई का 90 प्रतिशत रेल द्वारा ही हो रहा है। दशकों से बनी हुई इस व्यवस्था को बदलना हमने ठान लिया है और इसके लिए सरकार लगातार नए-नए इनिशिएटिव ले रही है।

देश की अर्थव्यवस्था पर लॉजिस्टिक का बोझ 18 प्रतिशत तक है, यानी

सामान को देश के एक हिस्से से दूसरे हिस्से तक ले जाने पर दूसरे देशों की अपेक्षा हमारे देश में खर्च ज्यादा होता है। उसके कारण गरीब व्यक्ति को जिन चीजों की जरूरत होती है, वे ट्रांसपोर्ट के कारण भी महँगी हो जाती हैं। वॉटर ट्रांसपोर्ट को बढ़ावा देकर हम कॉस्ट ऑफ लॉजिस्टिक को लगभग आधा कर सकते हैं और ऐसा करने के लिए हमारे पास साधन, संसाधन, सुविधाएँ और सामर्थ्य, सबकुछ मौजूद हैं। हमारे देश में 7,500 किलोमीटर का समुद्री तट और 14,500 किलोमीटर का इंटरनल वॉटरवे, यानी नदियों द्वारा मार्ग उपलब्ध है। एक तरह से माँ भारती ने हमें पहले से ही 21,000 किलोमीटर के जलमार्ग का आशीर्वाद देकर रखा हुआ है। वर्षों तक हम इस खजाने पर चौकड़ी मारकर बैठे रहे और यह समझ ही नहीं पाए कि इसका इस्तेमाल कैसे करें? आप यह जानकर चौंक जाएँगे कि हमारे यहाँ पहली पोर्ट पॉलिसी 1995 में बनी। देश आजाद हुआ 1947 में और बंदरगाहों की नीति 1995, कितना विलंब कर दिया? उसके पहले पोर्ट के विकास के लिए एक लंबे विजन के साथ काम नहीं हो रहा था। बस, चीजें चल रही थीं और यह सच है कि इसकी वजह से देश को अरबों-खरबों का आर्थिक नुकसान भी उठाना पड़ा।

50

जल संकट

आज सारी दुनिया कह रही है कि पानी का संकट मानव जाति के लिए बहुत बड़ी चुनौती बननेवाला है। और हम यह न भूलें कि अगर हम आज एक गिलास भी पानी पीते हैं या एक बालटी पानी से स्नान भी करते हैं तो वह हमारी मेहनत का परिणाम नहीं है, और न ही वह हमारे हक का है। हमारे पूर्वजों ने सजगता से काम किया और हमारे लिए कुछ छोड़कर गए। उसके कारण वह प्राप्त हुआ है, और यह है हमारी भावी पीढ़ी के हक का। आज मैं अपनी भावी पीढ़ी का खा रहा हूँ। मेरी भी जिम्मेदारी बनती है कि जिस

प्रकार से मेरे पूर्वज मेरे लिए छोड़ करके गए, वैसे ही मुझे भी आगे आनेवाली पीढ़ी के लिए छोड़कर जाना होगा। इस भावना को जाग्रत् करने का प्रयास, पर्यावरण की रक्षा का एक बहुत बड़ा आंदोलन; मैं समझता हूँ कि यह पूरे ब्रह्मांड की सेवा का काम है।

51

जल संरक्षण

मेरे किसान भाइयो और बहनो, बाकियों के लिए तो गरमी छुट्टियों का अवसर रही है, लेकिन किसान के लिए तो यह और भी पसीना बहाने का अवसर बन जाता है। वह वर्षा का इंतजार करता है और इंतजार के पहले अपने खेत को तैयार करने के लिए जी-जान से जुट जाता है, क्योंकि वह बारिश की एक बूँद भी बरबाद नहीं होने देना चाहता है। किसान के लिए किसानी के मौसम शुरू होने का समय बड़ा ही महत्त्वपूर्ण होता है, लेकिन हम देशवासियों को भी सोचना होगा कि पानी के बिना क्या होगा? क्या यह समय अपने तालाब, अपने यहाँ पानी बहने के रास्ते, तालाबों में पानी आने के जो मार्ग होते हैं, जहाँ पर कूड़ा-कचरा या कुछ-न-कुछ अतिक्रमण हो जाता है तो पानी आना बंद हो जाता है और उसके कारण जल-संग्रह धीरे-धीरे कम होता जा रहा है। क्या हम उन पुरानी जगहों को फिर से एक बार खुदाई करके, सफाई करके अधिक जल-संचय के लिए तैयार कर सकते हैं? पहली बारिश में भी अगर पानी बचा लिया, तालाब भर गए, हमारे नदी-नाले भर गए तो कभी पीछे बारिश रूठ भी जाए तो हमारा नुकसान कम होता है।

मेरे किसान भाइयो-बहनो! मैं एक बार आज फिर से दोहराना चाहता हूँ। पिछले दिनों भारत सरकार ने एक बहुत बड़ा किसान मेला लगाया था और मैंने देखा कि क्या-क्या आधुनिक टेक्नोलॉजी आई है और कृषि के क्षेत्र में कितना बदलाव आया है, लेकिन उसे खेतों तक पहुँचाना है। अब किसान

भी कहने लगा है कि भई, अब तो फर्टिलाइजर कम इस्तेमाल करना है। मैं इसका स्वागत करता हूँ। अधिक फर्टिलाइजर के उपयोग ने हमारी धरती माँ को बीमार कर दिया है और हम धरती माँ के बेटे हैं, संतान हैं, हम अपनी धरती माँ को बीमार कैसे देख सकते हैं? अच्छे मसाले डालें तो खाना कितना बढ़िया बनता है, लेकिन अच्छे-से-अच्छे मसाले भी अगर ज्यादा मात्रा में डाल दें तो वह खाना खाने का मन करता है क्या? वही खाना बुरा लगता है न? फर्टिलाइजर का भी ऐसा ही है। फर्टिलाइज़र कितना ही उत्तम क्यों न हो, लेकिन हद से ज्यादा फर्टिलाइजर का उपयोग करेंगे तो वह बरबादी का कारण बन जाएगा। हर चीज संतुलित होनी चाहिए, इससे खर्चा भी कम होगा और आपके पैसे बचेंगे। और हमारा तो मत है—कम कॉस्ट ज्यादा आउटपुट, 'कम लागत, ज्यादा पावत', इसी मंत्र को लेकर चलना चाहिए और वैज्ञानिक तौर-तरीकों से हमें अपनी कृषि को आगे बढ़ाना चाहिए। मैं आशा करता हूँ कि जल-संचय में जो भी आवश्यक काम करना पड़े, हम पूरे मनोयोग से इसको करें। जितना पानी बचेगा, किसानों को उतना ही ज्यादा लाभ होगा, जिंदगी उतनी ही ज्यादा बचेगी।

ड्रॉउट मैनेजमेंट को लेकर, वॉटर कंजर्वेशन को लेकर बूँद-बूँद पानी बचाने के लिए, क्योंकि मैं हमेशा मानता हूँ, पानी—यह परमात्मा का प्रसाद है। जैसे हम मंदिर में जाते हैं, कोई प्रसाद दे और थोड़ा सा भी प्रसाद गिर जाए तो मन में क्षोभ होता है। उसको उठा लेते हैं और पाँच बार परमात्मा से माफी माँगते हैं। यह पानी भी परमात्मा का प्रसाद है। एक बूँद भी बरबाद हो तो हमें पीड़ा होनी चाहिए। इसलिए जल-संचय का भी उतना ही महत्त्व है, जल-संरक्षण का भी उतना ही महत्त्व है, जल-सिंचन का भी उतना ही महत्त्व है और इसीलिए तो पर-ड्रॉप, मोर क्रॉप—माइक्रो इरिगेशन कम-से-कम पानी से होनेवाली फसल। हम तय करें कि पानी की एक बूँद भी बरबाद नहीं होने देंगे। अभी से प्रबंध करें, पानी बचाने की जगह क्या हो सकती है, पानी रोकने की जगह क्या हो सकती है? ईश्वर तो हमारी जरूरत के हिसाब से पानी देता ही है, प्रकृति हमारी आवश्यकता की पूर्ति करती ही है, लेकिन हम

अगर बहुत पानी देखकर बेपरवाह हो जाएँ और जब पानी का मौसम समाप्त हो जाए, तो बिना पानी परेशान रहें, यह कैसे चल सकता है? और यह पानी सिर्फ किसानों का विषय नहीं है जी! यह गाँव, गरीब, मजदूर, किसान, शहरी, ग्रामीण, अमीर-गरीब—हर किसी से जुड़ा हुआ विषय है। तो पानी हमारी प्राथमिकता रहे और इस बार जब हम त्योहार मनाएँ, तो इस बात का आनंद भी लें कि हमने कितना पानी बचाया, कितना पानी रोका? आप देखिए, हमारी खुशियाँ अनेक गुना बढ़ जाएँगी। पानी में वह ताकत है कि हम कितने ही थककर आए हों, मुँह पर थोड़ा सा भी पानी छिड़कते हैं तो कितने फ्रैश हो जाते हैं। हम कितने ही थक गए हों, लेकिन विशाल सरोवर देखें या सागर का पानी देखें, तो कैसी विराटता का अनुभव होता है? यह कैसा अनमोल खजाना है परमात्मा का दिया हुआ! जरा मन से उसके साथ जुड़ जाएँ, उसका संरक्षण करें, पानी का संवर्द्धन करें, जल-संचय भी करें, जल-सिंचन को भी आधुनिक बनाएँ। इस बात को मैं आज बड़े आग्रह से कह रहा हूँ।

52

जीवनशैली

आज हमारी जीवनशैली बदल गई है। शारीरिक गतिविधियों की कमी और हमारे खान-पान के तरीकों में बदलाव भी। समाज और परिवार को इस चीज पर ध्यान देने की जरूरत है। जरूरत है, छोटी-छोटी चीजों को सही तरीके से, नियमित रूप से करते हुए उन्हें अपनी आदत में बदलने की, उसे अपना एक स्वभाव बनाने की। मैं तो चाहूँगा कि परिजन जागरूकतापूर्वक यह प्रयास करें कि बच्चे खुले मैदानों में खेलने की आदत बनाएँ। संभव हो तो हम परिवार के बड़े लोग भी इन बच्चों के साथ जरा खुले में जाकर खेलें। बच्चों को लिफ्ट से ऊपर जाने-आने की बजाय सीढ़ियाँ चढ़ने की आदत लगाएँ।

53

ज्ञान

हम एक ऐसे देश के प्रतिनिधि हैं, एक ऐसे देश की संतान हैं, जो कभी भी अपने विचारों को थोपने में विश्वास नहीं करता है। हम वे लोग हैं, जो इस बात को मानते हैं कि ज्ञान की न कोई सीमाएँ होती हैं, न कोई समय के बंधन। ज्ञान को न पासपोर्ट की जरूरत होती है, ज्ञान को न वीजा की आवश्यकता होती है, ज्ञान युगों-युगों तक मानव-संपदा होता है, वह कालातीत होता है; वह कालबाह्य होता है; वह नित्य-नूतन होता है, और उस ज्ञान के मार्ग पर ही हम जीवन के सत्य को जान पाते हैं।

54

टैक्स-चोरी

मेरे प्यारे देशवासियो! आज़ मैं एक बात के लिए विशेष आग्रह करना चाहता हूँ। एक जमाना था, जब टैक्स इतने व्यापक हुआ करते थे कि टैक्स की चोरी करना स्वभाव बन गया था। एक जमाना था, जब विदेश की चीजों को लाने के संबंध में कई प्रतिबंध थे, तो स्मगलिंग भी उतनी ही बढ़ जाती थी, लेकिन धीरे-धीरे वक्त बदलता गया है। अब करदाता को सरकार की कर-व्यवस्था से जोड़ना अधिक मुश्किल काम नहीं है, लेकिन फिर भी पुरानी आदतें जाती नहीं हैं। एक वर्ग को अभी भी लगता है कि भाई, सरकार से दूर रहना ज्यादा अच्छा है। मैं आज आपसे आग्रह करना चाहता हूँ कि नियमों से भागकर हम अपने सुख-चैन गँवा देते हैं। कोई भी छोटा-मोटा व्यक्ति हमें परेशान कर सकता है। हम ऐसा क्यों होने दें? क्यों न हम स्वयं अपनी आय के संबंध में, अपनी संपत्ति के संबंध में सरकार को अपना सही-सही ब्योरा दे दें?

55

डाक-टिकट

हमारे देश में और दुनिया में डाक-टिकट का अपना एक महत्त्व रहा है। डाक टिकट एक प्रकार से इतिहास को अपने में सँजोए हुए है और यह एक प्रकार से एंबेसडर का भी काम करता है। दुनिया के किसी भी देश में अगर हमारी डाक जाती है तो उस पर डाक-टिकट होती है। विश्व में बहुत लोग हैं, जो इसका संग्रह करते हैं और डाक-टिकट के संग्रह से पता चलता है कि उस देश में किस प्रकार से बदलाव आए होंगे, यानी एक प्रकार से वह परिचायक होता है। भारत का डाक विभाग भी लगातार इस प्रकार का योगदान देता रहता है।

56

डिजिटल इंडिया

भारत नि:संदेह एक प्राचीन, समृद्ध और विविधतापूर्ण संस्कृतियों का मेल है, जिसका मूलाधार एकता है। 'वसुधैव कुटुंबकम' की अवधारणा भारतीय दर्शन में गहरे समाहित है। यह हमारी समावेशी परंपराओं को परिलक्षित करती है। 21वीं सदी में प्रौद्योगिकी इस अवधारणा को मूर्तरूप देने का माध्यम बन रही है। यह हमें बाधामुक्त, एकजुट विश्व के निर्माण में मदद करती है। एक ऐसे विश्व में, जहाँ भौगोलिक दूरियाँ बेहतर भविष्य के निर्माण में अब कोई बाधा नहीं रह गई हैं, भारत हर क्षेत्र में डिजिटल नवाचार का सशक्त केंद्र बन चुका है। भारत प्रौद्योगिकी की ताकत का लाभ उठाते हुए प्रत्येक नागरिक का सशक्तीकरण सुनिश्चित करने के साथ ही भविष्य में लंबी छलाँग लगाने के लिए सबसे बेहतर स्थिति में है। डिजिटल इंडिया देश में डिजिटल तरीके से सेवाएँ उपलब्ध कराने के लिए आवश्यक डिजिटल आधारभूत ढाँचा खड़ा

करते हुए डिजिटल सशक्तीकरण का सशक्त माध्यम बन रहा है। डिजिटल इंडिया सिर्फ सरकारी प्रयास तक ही सीमित नहीं रहा, बल्कि यह लोगों के जीवन का हिस्सा बन चुका है। प्रौद्योगिकी आज लोगों के जीवन का अहम हिस्सा बन चुकी है। जहाँ एक ओर सरकार द्वारा की जानेवाली पहलें उसकी मदद पर टिकी हुई हैं, वहीं डिजिटल इंडिया लोगों से मिले समर्थन से सफल हो रहा है।

57

डिजिटल पेमेंट

काले धन, भ्रष्टाचार के खिलाफ लड़ाई को हमें आगे बढ़ाना है। अगर हम स्कूल फी भरेंगे तो कैश से नहीं भरेंगे, डिजिटल से भरेंगे। हम रेलवे में यात्रा करेंगे, विमान में यात्रा करेंगे, डिजिटल पेमेंट करेंगे। हम दवाई खरीदेंगे, डिजिटल पेमेंट करेंगे। हम सस्ते अनाज की दुकान चलाते हैं, डिजिटल व्यवस्था द्वारा चलाएँगे। रोजमर्रा की जिंदगी में यह कर सकते हैं हम। आपको कल्पना नहीं है, लेकिन इससे आप देश की बहुत बड़ी सेवा कर सकते हैं और काले धन, भ्रष्टाचार के खिलाफ लड़ाई के आप एक वीर सैनिक बन सकते हैं।

58

डिजिटल प्रौद्योगिकी

उभरती हुई डिजिटल प्रौद्योगिकी हमारे भविष्य की जरूरतों को अभूतपूर्व और अकल्पनीय रूप से प्रभावित कर सकती है। पारदर्शिता, निजता, विश्वास और सुरक्षा के महत्त्वपूर्ण प्रश्नों को सुलझाया जाना जरूरी है। डिजिटल प्रौद्योगिकी मानवता को सशक्त बनाने में मदद करती है। हमें यह जरूर

सुनिश्चित करना होगा कि यह इसी तरह मानवता को सशक्त बनाने का कार्य करती रहे। सभी देशों, उद्योग जगत्, शिक्षा जगत् और सिविल सोसाइटी सभी को सहयोगात्मक ढाँचे की दिशा में काम करने की जरूरत है। इससे जीवन की गुणवत्ता में सुधार करनेवाले सुरक्षित साइबर स्पेस का निर्माण हो सकेगा।

59

डॉ. सर्वपल्ली राधाकृष्णन

भारत के पूर्व राष्ट्रपति डॉ. सर्वपल्ली राधाकृष्णनजी का जन्मदिवस 'शिक्षक दिवस' के रूप में मनाया जाता है। वे जीवन में किसी भी स्थान पर पहुँचे, लेकिन अपने आपको उन्होंने हमेशा शिक्षक के रूप में ही जीने का प्रयास किया। इतना ही नहीं, वे हमेशा कहते थे, "अच्छा शिक्षक वही होता है, जिसके भीतर का छात्र कभी मरता नहीं है।" राष्ट्रपति का पद होने के बाद भी शिक्षक के रूप में जीना और शिक्षक मन के नाते, भीतर के छात्र को जिंदा रखना, यह अद्‌भुत जीवन डॉ. राधाकृष्णनजी ने जीकर दिखाया।

60

ढाँचागत विकास

देश के विकास में इंफ्रास्ट्रक्चर का बहुत महत्त्व होता है। ये ज्यादा लागत वाले होते तथा समय लंबा लेनेवाले काम होते हैं। राजनीतिक दृष्टि से लोगों का धैर्य खो भी जाता है और इसलिए सरकारें तथा राजनेता लंबे समय की योजनाएँ और लंबे समय के बड़े काम से भागते रहते थे पुराने जमाने में। यह हम भली-भाँति जानते हैं कि देश को अगर नई ऊँचाइयों पर ले जाना है, तो हमें हमारी व्यवस्थाओं को भी आधुनिक बनाना पड़ेगा। रेल हो, रोड हो, पानी की व्यवस्था हो, बिजली की व्यवस्था हो, ऑप्टिकल फाइबर

नेटवर्क हो, वॉटर वेज हो, कोस्टल कनेक्टिविटी का रास्ता हो—हर प्रकार से आधुनिक इंफ्रास्ट्रक्चर के लिए अब विलंब करना भारत के लिए फायदेमंद नहीं होगा। और एक बात। इस प्रकार की आधुनिक व्यवस्थाएँ विकसित होती हैं, तो सिर्फ जमीन पर एक बड़ी काली लंबी लकीर दिखती है, ऐसा नहीं है। वह लंबी काली पट्टी, जो रोड है, वह काले रंगवाला रोड आपके जीवन में रोशनी भरने का काम कर देता है। आप विचार कीजिए कि नौ हजार करोड़ रुपयों के लागत से बननेवाले रोड से किसान को कितना फायदा होगा। वे अपनी फसल, अपने फल-फूल या सब्जी आसानी से ले जा सकेंगे। जब अटल बिहारी वाजपेयीजी ने गोल्डेन चतुष्क बनाया तो शुरू में लोगों को लगता था, वाह! क्या बढ़िया रोड बन गया! पहले ऐसा रोड नहीं था। आनंद आता था, गाड़ी तेज चलती थी। मुझे याद है, राजस्थान से सटा हुआ गुजरात का हिस्सा, चाहे साबरकाँठा हो, चाहे अमदाबाद जिला, वहाँ के कुछ किसान फल, फूल, सब्जी और दूध अच्छा रोड बनने के कारण एक दिन में दिल्ली के बाजार में जाकर बेचते थे। वहाँ गाँव के किसान की आय में आमूल-चूल परिवर्तन आया है। किसान, जिसको अपनी फसल शहर तक ले जाने में दिक्कत होती है; फल-फूल, सब्जी, दूध—दो-दो दिन अगर विलंब से जाता है तो इनका 20 से 30 प्रतिशत नुकसान हो जाता है। खरीददार लेने को तैयार नहीं होता है। जब अच्छे रोड का नेटवर्क बनता है तो देश की इकोनॉमी में भी गति आती है। दूर-सुदूर गाँव में बैठे किसानों को अपने पसंदीदा बाजार में पहुँचने के लिए एक अवसर मिलता है—जब रोड बन जाते हैं, इंफ्रास्ट्रक्चर बन जाता है। गाँव की गरीब माँ प्रसूता से पीड़ित है, दवाखाना दूर है, 25-30 किलोमीटर दूर जाना है। अगर अच्छे रोड हैं तो माँ और बच्चे की जिंदगी बच जाती है, लेकिन अगर रोड ठीक नहीं है तो उस माँ को अपनी जिंदगी से हाथ धो देना पड़ता है, रोड से यह काम होता है।

यहाँ इंफ्रास्ट्रक्चर प्रोजेक्ट पर बल दिया जा रहा है। भारत सरकार इसके पीछे पूरी तरह खर्च करने पर लगी हुई है, इसलिए कि हिंदुस्तान में इंफ्रास्ट्रक्चर को एक आधुनिक स्थान पर ले जाना है। ऑप्टिकल फाइबर नेटवर्क दूर-

सुदूर के गाँव के बच्चों को क्वालिटी एजुकेशन कैसे मिले, इस विषय में तथा दूर-सुदूर गरीब के बच्चे को भी जैसी शिक्षा उदयपुर के अच्छे-से-अच्छे स्कूल में मिलती हो, अजमेर के अच्छे-से-अच्छे स्कूल में मिलती हो, वैसी ही शिक्षा दूर-सुदूर बाँसवाड़ा के जंगल में रहनेवाले मेरे आदिवासी भाई को कैसे मिले। यह डिजिटल नेटवर्क द्वारा, ऑप्टिकल फाइबर नेटवर्क द्वारा, लाँग डिस्टेंस एजुकेशन द्वारा, नई पीढ़ी को नई शिक्षा द्वारा, नई टेक्नोलॉजी के माध्यम से शिक्षा द्वारा शिक्षा देने का एक बड़ा अभियान है। उसी के तहत लाखों किलोमीटर ऑप्टिकल फाइबर नेटवर्क लगाया जा रहा है। यदि यह ऑप्टिकल फाइबर नेटवर्क लगता है तो करोड़ों रुपए की लागत लगेगी, अरबों, खरबों की लागत लगेगी। लेकिन वह जहाँ से गुजरती है, किसी को दिखता नहीं है, लेकिन इसमें मेरा क्या? हमारे लिए क्या हो रहा है, ध्यान में ही नहीं आता है। लेकिन जब वह लग जाएगी, बच्चों की पढ़ाई का काम होगा, बीमार मरीजों को टेलीमेडिसिन से दवाइयों की अच्छी सुविधा प्राप्त हो जाएगी, उनके उपचार के रास्ते तय हो जाएँगे, गाँव के लोगों को भी शहर की सुविधाएँ उपलब्ध हो जाएँगी। आप कल्पना कर सकते हैं कि हिंदुस्तान के गाँव में कितना बड़ा परिवर्तन आएगा।

राजस्थान में तो वहाँ का रोड पैसे उगलने की ताकत रखता है—पैसे उगलने की। शायद हिंदुस्तान के और भागों को रोड से जितना फायदा मिलता है, उससे पाँच गुना लाभ राजस्थान को मिलता है, क्योंकि राजस्थान में दूरियाँ बहुत हैं। भू-भाग बहुत बड़ा है और राजस्थान के जीवन में टूरिज्म बहुत बड़ी ताकत है। विश्व भर का टूरिस्ट राजस्थान से परिचित है। दुनिया भर के टूरिस्ट को पुष्कर के मेले में आने का मन करता है, दुनिया के टूरिस्ट को झील की नगरी उदयपुर में आकर समय बिताने का मन करता है, दुनिया भर के टूरिस्ट को जैसलमेर के पास मरुभूमि में जाकर एक नई जिंदगी का एहसास करने का मन करता है। किसी को श्रीनाथ जाना है तो किसी को एकलिंग जाना है, अनगिनत जगहें हैं राजस्थान के हर कोने में टूरिस्ट को आकर्षित करने की—इनहेरेंट (कुदरती) ताकत पड़ी है। एक ऐसा मैगनेटिक पॉवर है, जो न

सिर्फ हिंदुस्तान के कोने-कोने में दुनिया भर से यात्रियों को खींचने की ताकत रखता है, बल्कि जब टूरिस्ट आता है न, वह जेब खाली करने के लिए आता है और यहाँ के लोगों की जेब भरने के लिए आता है। टूरिज्म एक ऐसा क्षेत्र है, जिसमें कम-से-कम पूँजी निवेश से ज्यादा-से-ज्यादा लोगों को रोजगार मिलता है। हर कोई कमाता है। फूल बेचनेवाला कमाएगा, प्रसाद बेचनेवाला कमाएगा, पूजा का सामान बेचनेवाला कमाएगा, ऑटोरिक्शा वाला कमाएगा, टैक्सीवाला कमाएगा, गेस्ट हाउस वाला कमाएगा, हैंडीक्राफ्ट बेचने वाला कमाएगा, चाय बेचनेवाला भी कमाएगा। यह ताकत हर राज्य में है, लेकिन अगर ट्रैफिक जाम रहता है, रास्ते टूटे-फूटे हैं, गढ्ढे से भरे हुए हैं, कोई प्रॉपर साइनेज नहीं है, कोई पार्किंग की व्यवस्था नहीं है, सही से स्थान-स्थान पर पेट्रोल पंप की सुविधा नहीं है तो टूरिस्ट एकाध बार तो आएगा, लेकिन जल्दी ही वापस जाने के लिए सोचता रहेगा।

61

दीपावली

जब हम दीपावली का पर्व मनाते हैं तब, जैसा मैंने कहा, हमारा हर पर्व शिक्षाप्रद होता है, शिक्षा का बोध लेकर आता है। दीपावली का यह पर्व 'तमसो मा ज्योतिर्गमय' अर्थात् अंधकार से प्रकाश की ओर जाने का एक संदेश देता है। और अंधकार, वह प्रकाश के अभाव का ही अंधकार नहीं है, अंध श्रद्धा का भी अंधकार है, अशिक्षा का भी अंधकार है, गरीबी का भी अंधकार है, सामाजिक बुराइयों का भी अंधकार है। दीपावली का दीप जलाकर समाज दोष-रूपी जो अंधकार छाया हुआ है, व्यक्ति दोष-रूपी जो अंधकार छाया हुआ है, उससे भी मुक्ति मिलती है और वही दिवाली का दीया जलाकर प्रकाश पहुँचाने का पर्व बनता है।

62

दुनिया देखना

मैं अपने अनुभव से कहता हूँ, दुनिया को देखने से जितना सीखने-समझने को मिलता है, उसकी हम कल्पना नहीं कर सकते। नए-नए स्थान, नए-नए शहर, नए-नए नगर, नए-नए गाँव, नए-नए इलाके। लेकिन जाने से पहले कहाँ जाकर रहें, उसका अभ्यास और जाकर एक जिज्ञासु की तरह उसे देखना, समझना, लोगों से चर्चा करना, उनसे पूछना; अगर यह प्रयास किया तो उसे देखने का आनंद कुछ और होगा। आप जरूर कोशिश कीजिए और तय कीजिए। यात्रा ज्यादा न करें, एक स्थान पर जाकर तीन-चार दिन लगाइए, फिर दूसरे स्थान पर जाइए। वहाँ तीन दिन-चार दिन लगाइए, इससे आपको बहुत कुछ सीखने को मिलेगा। मैं चाहूँगा कि आप जब जा रहे हैं तो मुझे तसवीर भी शेयर कीजिए कि क्या नया देखा? कहाँ गए थे?

63

दूरियाँ

मुझे इस बात की भी चिंता सता रही है कि टेक्नोलॉजी दूरियाँ कम करने के लिए आई, टेक्नोलॉजी सीमाएँ समाप्त करने के लिए आई, लेकिन उसका दुष्परिणाम यह हुआ है कि एक ही घर में छह लोग एक ही कमरे में बैठे हैं, लेकिन दूरियाँ इतनी है कि कल्पना ही नहीं कर सकते। क्यों? हर कोई टेक्नोलॉजी से कहीं और बिजी हो गया है। सामूहिकता भी एक संस्कार है, सामूहिकता एक शक्ति है।

64

देने का आनंद

जीवन में देने का अपने-आप में एक आनंद होता है, कोई उसे 'रिकग्नाइज' करे या न करे। देने की खुशी अद्‌भुत होती है। मैंने तो देखा पिछले दिनों, जब गैस सब्सिडी छोड़ने के लिए मैंने कहा और देशवासियों ने जो उसको रिस्पॉन्ड किया, वह अपने-आप में ही भारत के राष्ट्रीय जीवन की एक बहुत बड़ी प्रेरक घटना है। मैं जब गुजरात में था तो हमारे सारे कार्यकर्ता गलियों में निकलते थे और परिवारों के पास जो पुराने खिलौने होते थे, उनको दान में माँगा करते थे और जो खिलौने आते थे, उन्हें गरीब बस्ती की जो आँगनबाड़ी होती थी, उसमें भेंट दे देते थे। उन गरीब बालकों के चेहरों पर उन खिलौनों को देखकर जब अद्‌भुत आनंद दिखता था तो ऐसा लगता था कि वाह··· !

65

देश

मुझे विश्वास है कि देश आगे बढ़े, देश प्रगति करे, देश बदले, देश के सामान्य मानविकी की जिंदगी बदले, लेकिन उसकी शुरुआत कहीं-न-कहीं छोटी इकाई के परिवर्तन से होती है। उन सबका संचयी प्रभाव होता है तो देश बदलता हुआ दिखता है। यह देश हमसे बहुत अपेक्षाएँ कर रहा है। यह देश कुछ भी बुरा हो जाए तो आज भी कहता है कि शायद ईश्वर की यही मर्जी थी। ऐसा सौभाग्य दुनिया में किसी भी सरकार को वहाँ की जनता से नहीं मिलता होगा, जो हम लोगों को मिलता है कि आज भी वह अपने नसीब को दोष देता है, ईश्वर को दोष देता है, हमारी तरफ कभी उँगली नहीं उठाता है। इससे बड़ा जन समर्थन क्या हो सकता है, इससे बड़ा जन सहयोग क्या हो सकता है, इससे बड़ी जन आस्था क्या हो सकती है? अगर इसको हम न

पहचान पाए, इसको हम न भुना पाए और अपनी जिंदगी उसके लिए न हम खपा पाए तो शायद जिंदगी का एक दौर आएगा, जब हम अपने आप को जवाब नहीं दे पाएँगे।

66

धरती माता

आज हम अपनी बुद्धि, शक्ति, लोभ के कारण इस धरती माता को जितना चूसते हैं, चूसते ही रहते हैं। हम कभी इस माँ की परवाह नहीं करते हैं कि कहीं यह मेरी माँ बीमार तो नहीं हो गई है ? पहले एक फसल लेता था, दो लेने लग गया, तीन लेने लग गया, भाँति-भाँति की लेने लग गया। ज्यादा पाने के लिए यह दवाई डालता रहा, वह कैमिकल डालता रहा, वह फर्टिलाइजर डालता रहा। उसका जो होगा सो होगा, मुझे तत्काल लाभ मिलता जाएगा, इसी भाव से हम चलते रहे। अगर यही स्थिति चली तो पता नहीं हम कहाँ जाकर रुकेंगे ? सब किसान यह संकल्प कर सकते हैं कि वर्ष 2022, जब आजादी के 75 साल होंगे तब, हम जो यूरिया का उपयोग करते हैं, उस यूरिया को 50 प्रतिशत पर ले आएँगे ? आज जितना करते हैं, उसको आधा कर देंगे। आप देखिए कि धरती माँ की रक्षा के लिए कितनी बड़ी सेवा होगी ? किसान का पैसा बचेगा, उसका खर्च बचेगा, उत्पादन में कोई कमी नहीं आएगी। उसके बावजूद उसका खेत और खलिहान, धरती माता हमें जो आशीर्वाद देगी, वह अतिरिक्त मुनाफे का कारण बनेगा।

67

नकल

ये जो शॉर्ट-कट वाले रास्ते होते हैं, वे नकल करने के लिए कारण बन जाते हैं। कभी-कभार खुद पर विश्वास नहीं होने के कारण मन करता है कि

बगलवाले से जरा देख लूँ, कन्फर्म कर लूँ, मैंने जो लिखा है, सही है कि नहीं है और कभी-कभी तो हमने सही लिखा होता है, लेकिन बगलवाले ने झूठ लिखा होता है, तो उसी झूठ को हम स्वीकार कर लेते हैं और हम भी मारे जाते हैं। तो नकल कभी फायदा नहीं करती है। नकल आपको बुरा बनाती है, इसलिए नकल न करें। आपने कई बार और बार-बार यह सुना होगा कि नकल मत करना, नकल मत करना। मैं भी आपको वही बात दोबारा कह रहा हूँ। नकल को आप हर रूप में देख लीजिए। वह जीवन को विफल बनाने के रास्ते की ओर आपको घसीट ले जा रही है और परीक्षा में ही अगर निरीक्षक ने पकड़ लिया, तो आपका तो सबकुछ बरबाद हो जाएगा, और मान लीजिए, किसी ने नहीं पकड़ा, तो जीवन भर, आपके मन पर एक बोझ तो रहेगा कि आपने ऐसा किया था। जब कभी आपको अपने बच्चों को समझाना होगा, तो आप आँख-से-आँख मिलाकर नहीं समझा पाओगे। एक बार नकल की आदत लग गई, तो जीवन में कभी कुछ सीखने की इच्छा ही नहीं रहेगी। फिर आप कहाँ पहुँच पाओगे?

मान लीजिए, आप भी अपने रास्तों को गड्ढे में परिवर्तित कर रहे हो और मैंने तो देखा है, कुछ लोग ऐसे होते हैं कि नकल के तौर-तरीके ढूँढ़ने में इतने टेलेंट का उपयोग कर देते हैं, इतना निवेश कर देते हैं, अपनी पूरी क्रिएटिविटी जो है, वो नकल करने के तौर-तरीकों में खपा देते हैं। अगर वही क्रिएटिविटी, यही टाइम आप अपने परीक्षा के मुद्दों को देते, तो शायद नकल की जरूरत ही नहीं पड़ती। अपनी खुद की मेहनत से जो परिणाम प्राप्त होगा, उससे जो आत्मविश्वास बढ़ेगा, वो अद्भुत होगा।

68

नदियाँ

हिंदुस्तान में कई नदियाँ हैं, नक्शे पर निशान हैं, पानी का नामो-निशान नहीं। कई नदियाँ इतिहास के गर्त में खत्म हो चुकी हैं। हमारे देश में केरल में

एक नदी है, शायद एक ही नदी है, जिसका नाम भारत पर है—भारत पूजा। केरल की वह नदी बचेगी कि नहीं बचेगी, यह चिंता का विषय है। ऐसा तो नहीं था कि पानी के उपयोग के कारण नदी खत्म हुई है। नदी की रक्षा के लिए जिन तत्त्वों के साथ उस रक्षा का दायित्व होता है, वो अगर हम नहीं निभाएँगे तो मानव जाति को कितना बड़ा नुकसान होगा? जल ही जीवन है, ये तो हम कहते हैं; नदी माता, ये हम कहते हैं; हमारी पूरी अर्थव्यवस्था उसी पर आधारित है। उसके बिना अर्थव्यवस्था खोखली हो जाती है।

69

नया भारत

जब हम नए भारत की बात करते हैं तो नया भारत जातिवाद, संप्रदायवाद, आतंकवाद, भ्रष्टाचार के जहर से मुक्त हो। गंदगी और गरीबी से मुक्त हो, जहाँ सभी के लिए समान अवसर हों, जहाँ सभी की आशा, आकांक्षाएँ पूरी हों। नया भारत, जहाँ शांति, एकता और सद्भावना ही हमारा गाइडेड फोर्स हो। मेरा यह 'न्यू इंडिया यूथ' आगे आए और मंथन करे कि कैसे बनेगा 'न्यू इंडिया'।

70

नारी

सशक्तीकरण आत्मनिर्भरता का ही एक रूप है। आज हमारी नारी-शक्ति नेतृत्व कर रही है। हमारी नारी-शक्तियों ने समाज की रूढ़िवादिता को तोड़ते हुए असाधारण उपलब्धियाँ हासिल कीं, एक कीर्तिमान स्थापित किया। उन्होंने दिखाया कि कड़ी मेहनत, लगन और दृढ़ संकल्प के बल पर तमाम बाधाओं और रुकावटों को पार करते हुए एक नया मार्ग तैयार किया

जा सकता है। एक ऐसा मार्ग, जो सिर्फ अपने समकालीन लोगों को, बल्कि आनेवाली पीढ़ियों को भी प्रेरित करेगा। उन्हें एक नए जोश और उत्साह से भर देगा।

हमारे समाज में नारी को 'शक्ति' का दर्जा दिया गया है। यह नारीशक्ति पूरे देश को, सारे समाज को, परिवार को एकता के सूत्र में बाँधती है। चाहे वैदिक काल की विदुषियाँ लोपामुद्रा, गार्गी, मैत्रेयी की विद्वत्ता हो या अक्का, महादेवी और मीराबाई का ज्ञान और भक्ति हो, चाहे अहिल्याबाई होल्कर की शासन-व्यवस्था हो या रानी लक्ष्मीबाई की वीरता, नारी शक्ति हमेशा हमें प्रेरित करती आई है। देश का मान-सम्मान बढ़ाती आई है।

71

नौजवान

आपकी नीयत साफ होती है, इरादे स्पष्ट होते हैं, हौसले बुलंद होते हैं तो आपके साथ खुद से लोग जुड़ने लगते हैं। मेरी आज आप से यही अपेक्षा है कि पहला कदम उठाने से पहले, कुछ संकल्प करें, नई शुरुआत करने से पहले घबराएँ नहीं। बस, ठान लें और चल पड़ें। आपकी इस यात्रा में सरकार भी, पूरा हिंदुस्तान भी हर तरह से आपके साथ खड़ा है। मैं चाहता हूँ कि जो नौजवान अपने दम पर कुछ कर गुजरना चाहते हैं, अपने परिश्रम से अपने सपने पूरे करना चाहते हैं, उन्हें हर तरह की मदद मिलेगी। जब वे शुरुआत करें, तो उन्हें बैंक गारंटी की चिंता न करनी पड़े, टैक्स की चिंता न करनी पड़े, पच्चीसों तरह की कागजी कारवाई की चिंता न करनी पड़े। मैं चाहता हूँ, मेरे देश का नौजवान जॉब क्रिएटर बने, इनोवेशन के लिए आगे आए और इसलिए इस दिशा में लगातार काम किया गया है।

जीवन में धैर्य होना चाहिए। अधीर जीवन भी सही नहीं, लेकिन ऐसा भी धैर्य नहीं होना चाहिए कि आदमी नया सोच ही न पाए, जिंदगी बिल्कुल ठहर

सी जाए। धैर्य नहीं है, इसलिए आज के नौजवान ज्यादा तेजी से काम कर रहे हैं, इनोवेटिव काम कर रहे हैं और नतीजे भी ला रहे हैं।

हमें भरोसा है कि इस देश का नौजवान जब ठान लेता है, तो कुछ भी कर गुजरता है। ऊर्जा से भरे ऐसे नौजवान देश के हर कोने में उपस्थित हैं। कोई पहाड़ों से निकलनेवाले छोटे झरनों से बिजली बना रहा है, कोई कूड़े से बिजली पैदा कर रहा है, कोई कूड़े से घर-निर्माण की चीजें बना रहा है, कोई टेक्नोलॉजी का इस्तेमाल करते हुए गाँव में स्वास्थ्य सुविधाएँ पहुँचा रहा है। किसी ने अपने खेत में ही फूड प्रोसेसिंग यूनिट लगा ली है। ऐसे करोड़ों युवा राष्ट्र निर्माण के लिए दिन-रात एक कर रहे हैं। आप में सामर्थ्य है, साहस है और सही दिशा में चलने की सूझ-बूझ भी आप रखते हैं, इसीलिए सरकार का प्रयास आपकी हैंड-होल्डिंग का है। थोड़ा सा सहयोग, बाकी आप खुद में सक्षम हैं। सरकार इस ओर भी ध्यान दे रही है कि आज की आवश्यकताओं के हिसाब से सबको स्किल ट्रेनिंग मिल सके।

हर व्यक्ति के, हर नौजवान के मन में कुछ-न-कुछ नया करने की, इनोवेटिव करने की इच्छा होती है। उसके मन में विचार आते हैं और चले जाते हैं। जो विचार आते हैं, वे आपकी संपत्ति हैं, लेकिन उन विचारों का जाना, खो जाना, किसी धरातल पर नहीं उतरना, मैं समझता हूँ वह समाज की, सरकार की, व्यवस्था की कमी है। मैं इसी व्यवस्था को बदल रहा हूँ। नौजवान के विचार यूँ ही खत्म न हो जाएँ, इसे देखना हम सभी का दायित्व है। नौजवान अपने सपने सच कर सकें, अपनी शक्ति का परिचय पूरे विश्व को दे सकें और इसके लिए मददगार संस्थाएँ खड़ी करना, यह सरकार की और समाज की जिम्मेदारी है।

हिंदुस्तान का गरीब सम्मान के साथ जीना चाहता है। हिंदुस्तान का आदिवासी, दलित, पीड़ित, शोषित सम्मान के साथ जिंदगी जीना चाहता है। वह किसी की कृपा पर चीजें ढूँढ़ता नहीं है। नौजवान कह रहा है कि मुझे अवसर दीजिए, मैं अपनी भाग्य रेखाएँ खुद लिख दूँगा। यह ताकत मेरे

गरीब आदिवासी के बच्चों में होती है; दलित, पीड़ित, शोषित के बच्चों में होती है। मैं अपनी पूरी शक्ति बच्चों के पीछे मैं लगा रहा हूँ। नौजवानों के पीछे लगा रहा हूँ, ताकि वे ही भारत का भाग्य बदलने के लिए एक नई ताकत के रूप में जुड़ जाएँ। वे एक नई ताकत के रूप में देश का भाग्य बदलने में जुड़ जाएँगे तो हिंदुस्तान का भाग्य बदलने में भी वे ताकत के रूप में काम आएँगे।

72

न्यू इंडिया

अपने जीवन में चीजें छोटी-छोटी होती हैं। अगर हर नागरिक संकल्प करे कि मैं ट्रैफिक के नियमों का पालन करूँ, अगर हर नागरिक संकल्प करे कि मैं अपनी जिम्मेवारियों को पूरी ईमानदारी के साथ निभाऊँगा, अगर हर नागरिक संकल्प करे कि सप्ताह में एक दिन मैं पेट्रोल एवं डीजल का उपयोग नहीं करूँगा तो आप देखिए इस देश को, जो न्यू इंडिया का सपना सवा सौ करोड़ देशवासी देख रहे हैं, उसे वे अपनी आँखों सामने साकार होता देख पाएँगे। तात्पर्य यह है कि हर नागरिक अपने नागरिक धर्म का पालन करे, कर्तव्य का पालन करे। यही अपने आप में न्यू इंडिया की एक अच्छी शुरुआत बन सकता है।

अब भारत में फैसलों को टाला नहीं जाता। अब भारत ने एक नया स्वभाव बना लिया है। फैसलों को टालने का वक्त चला गया। अब हम फैसलों और चुनौतियों से टकराने की तैयारी करके आगे बढ़ रहे हैं। लक्ष्य तय करके योजनाओं को समय से पूरा किया जाता है। यह भारत में बदलते हुए वर्क कल्चर का उदाहरण है। यह न्यू इंडिया है, यह न्यू इंडिया का जीता-जागता सबूत है। जब साफ नीयत, स्पष्ट नीति के साथ निर्णय लिये जाते हैं तो देश का पैसा बचता है। जब एफिशिएंट तरीके से काम किया

जाता है, जब मौजूदा संसाधनों का अच्छे से अच्छा उपयोग किया जाता है तब देश का पैसा बचता है।

आज के इस ग्लोबल वर्ल्ड में डिस्पायरेशंस और डिस्कंटेंट के दौर में हमें वर्तमान के साथ ही भविष्य की आवश्यकताओं को देखते हुए आगे का रास्ता बनाना होगा और हम सबको मिलकर करना होगा। जब हम सभी देश की आवश्यकताओं को समझते हुए कार्य करेंगे, देश के लोगों की एस्पायरेशंस को समझते हुए काम करेंगे, तभी न्यू इंडिया के अपने संकल्प को भी पूरा कर पाएँगे। तभी भारत के विशाल डेमोग्राफिक डिविडेंड के साथ हम न्याय कर पाएँगे। अब भारत में फैसलों को टाला नहीं जाता, चुनौतियों से टकराया जाता है। लक्ष्य तय करके योजनाओं को समय पर पूरा किया जाता है। यह भारत में बदलते हुए वर्क कल्चर का उदाहरण है। न्यू इंडिया का उदाहरण है।

आज समय की माँग है कि पूजा के देव के साथ ही राष्ट्र-देवता की भी बात हो, पूजा में अपने इष्ट देव के साथ ही भारतमाता की भी बात हो। अशिक्षा, अज्ञानता, कुपोषण, कालाधन, भ्रष्टाचार जैसी जिन बुराइयों ने भारत माता को जकड़ रखा है, उनसे देश को मुक्त कराने के लिए संत और आध्यात्मिक समाज भी अपने प्रयास बढ़ाए, देश को रास्ता दिखाए। हम सभी की भागीदारी से ही, हम सभी के प्रयासों से ही न्यू इंडिया का निर्माण होगा। सबके साथ, सबके प्रयास से ही सबका विकास होगा।

जब न्यू इंडिया की बात होती है तो उसकी आलोचना होना, विवेचना होना, भिन्न नजरिये से उसे देखना, यह बहुत स्वाभाविक है और यह लोकतंत्र में स्वीकार्य है। लेकिन यह बात सही है कि सवा सौ करोड़ देशवासी अगर संकल्प करें, संकल्प को सिद्ध करने के लिए राह तय कर लें, एक के बाद एक कदम उठाते चलें, तो न्यू इंडिया का सवा सौ करोड़ देशवासियों का सपना हमारी आँखों के सामने सिद्ध हो सकता है।

देश प्रगति तब करता है, जब हॉलिस्टिक विजन हो। जब विजन इनक्लूसिव हो और कॉम्प्रिहैंशन हो। हम न्यू इंडिया के निर्माण के लिए देश

में एक पारदर्शी पारिस्थितिकी तंत्र बना रहे हैं, जो सरकारी तंत्र पर कम-से-कम आश्रित हो। इसके लिए नियमों को, प्रक्रियाओं को आसान बनाया जा रहा है। जहाँ कानून बदलने की आवश्यकता है, वहाँ कानून बदले जा रहे हैं। जहाँ कानून समाप्त करने की आवश्यकता है, वहाँ कानून समाप्त किए जा रहे हैं। पिछले तीन वर्ष में भारत सरकार ने 1,400 से ज्यादा कानून खत्म कर दिए हैं। जो नए कानून बनाए भी जा रहे हैं, उनमें भी इस बात का ध्यान रखा जा रहा है कि वे चीजें और जटिल न करें, बल्कि आसान करें। सरकारी प्रक्रियाओं के साथ ह्यूमन-टू-ह्यूमन जितना कम हो सकता है, वह हम कर रहे हैं। चाहे लेबर लॉ की बात हो, टैक्स अनुपालन की बात हो, हम टेक्नोलॉजी का इस्तेमाल करते हुए सारी प्रक्रियाएँ आसान बना रहे हैं।

हम 'न्यू इंडिया' का संकल्प लेकर आगे बढ़ें, कार्य समय रहते हुए करें। हमारे यहाँ शास्त्रों में कहा गया है—अनियत काल:, अनियत काल: प्रभुतयो विप्लवन्ते, प्रभुतयो विप्लवन्ते। सही समय पर अगर कोई कार्य पूरा नहीं किया गया, तो फिर इच्छित परिणाम कभी नहीं मिलते हैं। इसलिए 'टीम इंडिया' के लिए, सवा सौ करोड़ देशवासियों की टीम इंडिया के लिए, आज हमें संकल्प लेना होगा वर्ष 2022 तक 'न्यू इंडिया' बनाने का और यह काम हम खुद करेंगे, कोई करेगा, ऐसा नहीं, हम खुद करेंगे। देश के लिए करेंगे, पहले से अच्छा करेंगे, पहले से ज्यादा करेंगे, समर्पण भाव से करेंगे, वर्ष 2022 में 'भव्य-दिव्य' हिंदुस्तान देखने के लिए करेंगे। इसलिए हम सब मिलकर के एक ऐसा भारत बनाएँगे, जहाँ गरीब के पास पक्का घर हो, बिजली हो, पानी हो। हम सब मिलकर एक ऐसा भारत बनाएँगे, जहाँ देश का किसान चिंता में नहीं चैन से सोएगा। आज वह जितना कमा रहा है, उससे वर्ष 2022 तक दोगुना कमाएगा। हम सब मिलकर एक ऐसा हिंदुस्तान बनाएँगे, जहाँ युवाओं, महिलाओं को अपने सपने पूरे करने के लिए भरपूर अवसर उपलब्ध होंगे। हम सब मिलकर एक ऐसा भारत बनाएँगे, जो आतंकवाद, संप्रदायवाद और जातिवाद से मुक्त होगा। हम सब मिलकर एक ऐसा भारत बनाएँगे, जहाँ भ्रष्टाचार और भाई-भतीजावाद

से कोई समझौता नहीं होगा। हम सब मिलकर एक ऐसा भारत बनाएँगे, जो स्वच्छ होगा, स्वस्थ होगा और स्वराज के सपने को पूरा करेगा। और इसलिए मेरे प्यारे देशवासियो! हम सब मिलकर विकास की इस दौड़ में आगे चलने का प्रयास करेंगे।

हम एक ऐसे भारत के निर्माण की तरफ बढ़ रहे हैं, जहाँ गरीब-से-गरीब व्यक्ति को भी आगे बढ़ने का समान अवसर मिले। जहाँ गरीब-से-गरीब व्यक्ति भी सपने देख सके। उन सपनों को पूरा करने की आशा जगे, उन सपनों को पूरा करने के लिए पुरुषार्थ का उसको रास्ता मिले। जहाँ जरूरत पड़े, वहाँ कोई उँगली पकड़कर चलानेवाला मिले। और इसी भूमिका से सवा सौ करोड़ देशवासियों को साथ लेकर के आज देश प्रगति के पथ पर पहले से कहीं अधिक गुना ताकत से, गति से न्यू इंडिया के सपनों को साकार करने के लिए आगे बढ़ रहा है। मिनिमम गवर्नमेंट, मैक्सिमम गवर्नेंस—इस मंत्र के साथ हम देश के आम नागरिक की जिंदगी को आसान बनाने के लिए इज ऑफ लिविंग के लिए अनेक काम कर रहे हैं। प्रक्रियाओं को सरल बनाना, अनावश्यक कानूनों को खत्म करना, सरकारी दफ्तर में 40-50 पेज के फार्म को 4-5 पेज के फार्म पर ले आना, उन्हें ऑनलाइन भरने की व्यवस्था बनाना, लोगों की शिकायतों को गंभीरता से सुना जाना, उन पर एक्शन लेना—इन सारे कार्यों को हमने सरकार के कल्चर में शामिल करने के लिए भरपूर प्रयास किया है। सरकार तो वही है, लोग वही हैं, वे ही ब्यूरोक्रेसी है, वे ही साधन हैं, वे ही संसाधन हैं, वही फाइल है, वही बाबू है, सबकुछ वही है, लेकिन नतीजे कुछ और आ रहे हैं। बदलाव महसूस होने लगा है। बदले हुए भारत में आज गरीब-से-गरीब आदमी को भी बैंकों से दुत्कारकर नहीं भगाया जा सकता है। बदले हुए भारत में अब सरकार घर पर जाकर, सामने से जाकर, गरीब विधवा के घर तक जाकर उसको गैस का कनेक्शन दे रही है। जिसके घर में आज भी अँधेरा है, उन घरों को ढूँढ़कर मुफ्त में बिजली कनेक्शन देने का अभियान आज सरकार चला रही है।

73

पटना नगरी

पटना नगरी गंगाजी के तट पर है और जितनी पुरानी गंगा धारा है, बिहार उतनी ही पुरानी ज्ञान धारा का, विरासत का मालिक है। जितनी पुरानी ज्ञान गंगा की विरासत है, वैसे ही उतनी गंगा धारा की विरासत आपके पास है। हिंदुस्तान में जब भी चर्चा आती है तो नालंदा, विक्रमशिला को कौन भूल सकता है ? मानव जीवन के संशोधन के क्षेत्र के शायद ही कोई ऐसे क्षेत्र रहे होंगे, जिसमें सदियों से इस धरती का योगदान न रहा हो, इस धरती का नेतृत्व न रहा हो। जिसके पास इतनी अहम विरासत हो, वह विरासत अपने आप में एक बहुत बड़ी प्रेरणा होती है और जो अपने समृद्ध इतिहास का स्मरण रखता है, उसी की कोख में भावी इतिहास गर्भाधान करता है। जो इतिहास को भूल जाता है, उसकी कोख बाँझ रह जाती है और इसलिए भावी इतिहास या निर्माण का गर्भाधान भी समृद्ध, शक्तिशाली, भव्य, दिव्य भारत का सपना भी, उसका गर्भाधान भी इसी धरती पर संभव है और इस धरती पर से पुलकित होने का सामर्थ्य है, क्योंकि इसके पास महान् ऐतिहासिक विरासत है, सांस्कृतिक विरासत है, जीते-जागते उदाहरण हैं। मैं समझता हूँ कि इतना बड़ा सामर्थ्य शायद ही किसी के पास होता है।

74

परंपरा

हम वे लोग हैं, जो पौधे में भी परमात्मा देखते हैं, हम वे लोग हैं, जो जल में भी जीवन देखते हैं, हम वे लोग हैं, जो चाँद और सूरज में भी अपने परिवार का भाव देखते हैं, हम वे लोग हैं, जिनको आज शायद 'अंतरराष्ट्रीय पृथ्वी दिवस' मनाया जाता होगा, लेकिन देखिए हम तो वे लोग हैं, जहाँ

बालक सुबह उठकर जमीन पर पैर रखता था तो माँ कहती थी कि बेटा, बिस्तर पर से जमीन पर जब पैर रखते हो तो पहले धरती माँ को प्रणाम करो, माफी माँगो, कहीं तेरे से इस धरती माँ को पीड़ा न हो जाए। आज हम 'धरती दिवस' मनाते हैं, हम तो सदियों से इस परंपरा को निभाते आए हैं। हम ही वे लोग हैं, जहाँ माँ बालक को बचपन में कहती है कि देखो, यह पूरा ब्रह्मांड तुम्हारा परिवार है, यह चाँद जो है न, तेरा मामा है। यह सूरज तेरा दादा है। प्रकृति को अपना बनाना, यह हमारी विशेषता रही है। सहज रूप से हमारे जीवन में प्रकृति का प्रेम, प्रकृति के साथ संघर्ष नहीं, सहजीवन के संस्कार हमें मिले हैं और इसलिए जिन बिंदुओं को लेकर आज हम चलना चाहते हैं, उन बिंदुओं पर विश्वास रखते हुए और जो काल बाह्य है, उसको छोड़ना पड़ेगा। हम काल बाह्य चीजों के बोझ के बीच जी नहीं सकते हैं और बदलाव कोई बड़ा संकट है, यह डर भी मैं नहीं मानता हूँ कि हमारी ताकत का परिचय देता है। अरे, बदलाव आने दो, बदलाव ही तो जीवन होता है। मरी पड़ी जिंदगी में बदलाव नहीं होता है, जिंदा दिल जीवन में ही तो बदलाव होता है। बदलाव को स्वीकार करना चाहिए। हम सर्वसमावेशक लोग हैं, हम सबको जोड़ने वाले लोग हैं। इन सबको जोड़ने का हमारा सामर्थ्य है। देखो कि यह कहीं कमजोर तो नहीं हो रहा? अगर हम कमजोर हो गए तो हम जोड़ने का दायित्व नहीं निभा पाएँगे और शायद हमारे सिवा कोई जोड़ पाएगा कि नहीं पाएगा, यह कहना कठिन है। इसलिए हमारा वैश्विक दायित्व बनता है कि जोड़ने के लिए भी हमारे भीतर जो विशिष्ट गुणों की आवश्यकता है, उन गुणों को हमें विकसित करना होगा, क्योंकि संकट से भरे जन-जीवन को सुलभ बनाने का हम लोगों ने दायित्व लिया हुआ है और हमारे ऋषि-मुनियों की परंपरा ज्ञान का भंडार है, अनुभव की एक महान् परंपरा रही है, उसके आधार पर हम इसको लेकर चलेंगे तो मुझे पूरा विश्वास है कि जो अपेक्षाएँ हैं, वे पूरी होंगी।

75

परिश्रम

कर्नाटक के महान् संत और सामाजिक सुधारक 'जगद्गुरु बसवेश्वरजी' ने श्रम, श्रमिक पर गहन विचार रखे हैं। कन्नड़ भाषा में उन्होंने कहा था, 'काय कवे कैलास', उसका अर्थ होता है, आप अपने परिश्रम से ही भगवान् शिव के घर कैलाश की प्राप्ति कर सकते हैं, यानी कि कर्म करने से ही स्वर्ग की प्राप्ति होती है। दूसरे शब्दों में कहें, तो श्रम ही शिव है।

76

परीक्षा

परीक्षा अपने-आप में एक खुशी का अवसर होना चाहिए। साल भर मेहनत की है। अब बताने का अवसर आया है, ऐसा उमंग-उत्साह का यह पर्व होना चाहिए। बहुत कम लोग हैं, जिनके लिए परीक्षा 'प्लेजर' का अवसर होती है। ज्यादातर लोगों के लिए परीक्षा एक 'प्रेशर' होती है। निर्णय आपको करना है कि इसे आप 'प्लेजर' मानेंगे कि एक 'प्रेशर' मानेंगे। जो 'प्लेजर' मानेगा, वह पाएगा, जो 'प्रेशर' मानेगा, वह पछताएगा। और इसलिए मेरा मत है कि परीक्षा एक उत्सव है। परीक्षा को ऐसे लीजिए, जैसे मानो त्योहार है। और जब त्योहार होता है, जब उत्सव होता है, तो हमारे भीतर जो सबसे 'बेस्ट' होता है, वही बाहर निकलकर आता है, जैसे समाज की ताकत की अनुभूति उत्सव के समय होती है। जो उत्तम-से-उत्तम है, वह प्रकट होता है। सामान्य रूप से हमको लगता है कि हम लोग कितने गैर-अनुशासित हैं, लेकिन जब 40-45 दिन चलनेवाले कुंभ के मेलों की व्यवस्था देखें, तो पता चलता है कि यह अस्थायी व्यवस्था और क्या अनुशासन है लोगों में? यह उत्सव की ताकत है। परीक्षा में भी पूरे परिवार में, मित्रों के बीच, आस-पड़ोस

के बीच एक उत्सव का माहौल बनना चाहिए। आप देखिए, यह 'प्रेशर' 'प्लेजर' में बदल जाएगा।

मेरे नौजवान साथियो! आपको परीक्षा हॉल में जाने की बड़ी जल्दी होती है। जल्दी-जल्दी अपनी बेंच पर बैठ जाने का मन करता है? क्या ये चीजें हड़बड़ी में करें? अपना पूरे दिन का समय का ऐसा प्रबंधन क्यों न करें कि कहीं ट्रैफिक में रुक जाएँ, तो भी समय पर हम पहुँच ही जाएँ, वरना ऐसी चीजें एक नया तनाव पैदा करती हैं। और एक बात है। हमें जितना समय मिला है, उसमें जो प्रश्नपत्र है, जो निर्देश हैं, हमें कभी-कभी लगता है कि यह हमारा समय खा जाएगा। ऐसा नहीं है, दोस्तो! आप उन निर्देशों को बारीकी से पढ़िए। दो मिनट-तीन मिनट-पाँच मिनट जाएँगे, कोई नुकसान नहीं होगा। लेकिन उससे परीक्षा में क्या करना है, उसमें कोई गड़बड़ नहीं होगी और बाद में पछतावा नहीं होगा और मैंने देखा है कि कभी-कभी पेपर आने के बाद भी पैटर्न नया आया है, ऐसा पता चलता है, लेकिन पढ़ लेते हैं निर्देश तो शायद हम अपने आपको बराबर कॉप-अप कर लेते हैं कि हाँ, ठीक है, चलो, मुझे ऐसे ही जाना है। और मैं आपसे आग्रह करूँगा कि भले आपके पाँच मिनट इसमें जाएँ, लेकिन इसको जरूर करें।

77

पर्यावरण

गरमी बढ़ती ही चली जा रही है। पशु हो, पक्षी हो, इनसान हो—हर कोई परेशान है। पर्यावरण के कारण ही तो ये समस्याएँ बढ़ती चली जा रही हैं। जंगल कम होते गए, पेड़ कटते गए और एक प्रकार से मानवजाति ने ही प्रकृति का विनाश करके स्वयं के विनाश का मार्ग प्रशस्त कर दिया। पूरे विश्व में पर्यावरण के लिए चर्चाएँ होती हैं, चिंता होती है, लेकिन हमें तो पेड़-पौधों की भी चर्चा करनी है, पानी की भी चर्चा करनी है, हमारे जंगल कैसे

बढ़ें ? ऐसी समस्याओं के समाधान में जन-भागीदारी एक बहुत बड़ा सफलता का आधार होती है और उसमें अगर परफेक्ट प्लानिंग हो, उचित टेक्नोलॉजी का उपयोग हो और समय-सीमा में व्यवस्थाओं को पूर्ण करने का प्रयास किया जाए तो उत्तम परिणाम मिल सकते हैं, ऐसा मेरा विश्वास है।

हम सबकी जिम्मेदारी है, पर्यावरण की रक्षा करना। हम सबकी जिम्मेदारी है, प्रकृति की रक्षा करना। अगर हम पर्यावरण की रक्षा करेंगे, पर्यावरण हमारी रक्षा करेगा, यह मैं गारंटी देता हूँ। अगर हम प्रकृति की रक्षा करेंगे, प्रकृत्ति हमारी रक्षा करेगी, यह मैं आपको विश्वास दिलाता हूँ। सदियों का इतिहास गवाह है कि जब-जब प्रकृति की रक्षा हुई है, जहाँ-जहाँ रक्षा हुई है, वहाँ प्रकृति की तरफ से हमें कोई कठिनाई नहीं आई है। जहाँ-जहाँ पर्यावरण की रक्षा हुई है, पर्यावरण को कभी कोई कठिनाई नहीं आई है। और यह वह धरती है, जहाँ से हम लोगों को वह शक्ति दे सकते हैं।

78

पर्यावरण संरक्षण

प्रकृति की एक ताकत होती है। आपने भी अनुभव किया होगा कि बहुत थककर आए हों और एक गिलास पानी अगर मुँह पर छिड़क लें, तो कैसी तरावट आ जाती है। बहुत थककर आए हों, कमरे की खिड़कियाँ खोल दें, दरवाजा खोल दें, ताजी हवा की साँस ले लें, एक नई चेतना आती है। जिन पंच-महाभूतों से शरीर बना हुआ है, जब उन पंच-महाभूतों से संपर्क आता है तो अपने आप हमारे शरीर में एक नई चेतना प्रकट होती है, एक नई ऊर्जा प्रकट होती है। यह हम सबने अनुभव किया है, लेकिन हम उसको रजिस्टर नहीं करते हैं, हम उसको एक धागे में, एक सूत्र में जोड़ते नहीं हैं। इसके बाद आप जरूर देखें कि आपको जब-जब प्राकृतिक अवस्था से संपर्क आता होगा, आपके अंदर एक नई चेतना उभरती होगी और इसलिए पाँच जून का प्रकृति के

साथ जुड़ने का वैश्विक अभियान, हमारा स्वयं का भी अभियान बनना चाहिए। पर्यावरण की रक्षा हमारे पूर्वजों ने की, उसका कुछ लाभ हमें मिल रहा है। अगर हम रक्षा करेंगे तो हमारी आनेवाली पीढ़ियों को लाभ मिलेगा।

एक राष्ट्र के रूप में हमें प्रकृति और मनुष्यों के बीच सामंजस्यपूर्ण सह–अस्तित्व के अपने लंबे इतिहास और परंपराओं पर गर्व है। प्रकृति के प्रति सम्मान हमारे मूल्यों का एक अहम हिस्सा रहा है। हमारी परंपराएँ और व्यवहार सतत जीवन–शैली का समर्थन करते हैं। हम अपने प्राचीन ग्रंथों से मिली इस शिक्षा कि पृथ्वी हमारी माता है और हम इसकी संतान हैं और इसलिए हमें इसे पवित्र रखना है, पर अमल करते हैं। हमारे काम में यह सोच परिलक्षित होती है। हमारा विश्वास है कि सभी संसाधन और संपत्ति प्रकृति और ईश्वर की देन हैं। हमारी भूमिका केवल एक प्रबंधक की है। महात्मा गांधी ने भी इसी दर्शन का प्रचार किया था। पिछले कई वर्षों से विश्व विकास सतत सम्मेलन के जरिए पृथ्वी माता के पर्यावरण को संरक्षित रखने के लिए लोगों को जागरूक करने का काम किया जा रहा है। जब दुनिया सच्चाई का सामना करने को लेकर असहज हो रही थी, हमने इसे अपने सहज कार्यों के रूप में बदलने का काम किया है। भारत विकास में विश्वास करता है, लेकिन इसके साथ ही वह पर्यावरण के संरक्षण के लिए भी समान रूप से प्रतिबद्ध है। हमें यह समझना होगा कि यह ग्रह, हमारी धरती माँ केवल एक है। ऐसे में नस्ल, धर्म और ताकत के अपने मतभेदों को भूलकर इसे बचाने के लिए हमें साथ आना होगा।

79

पानी

क्या हमारे किसान माइक्रो इरिगेशन की ओर वर्ष 2022 तक, टपक सिंचाई, 'पर–ड्रॉप मोर क्रॉप' इस संकल्प को लेकर आगे बढ़ सकते हैं क्या?

बूँद-बूँद पानी का, एक मोती की तरह उपयोग कैसे हो, मोती से मूल्य सा बूँद-बूँद पानी का मूल्य समझकर कैसे काम करें, अगर इन चीजों को लेकर हम चलते हैं तो मुझे विश्वास है कि हम एक बहुत बड़ा बदलाव ला सकते हैं।

80

पूँजी

देश सही दिशा में जाने के लिए हर पल अग्रसर है। देश का हर नागरिक दूसरों की भलाई के लिए, समाज की अच्छाई के लिए, देश की प्रगति के लिए कुछ-न-कुछ करना चाहता है। ये मेरे तीन साल के 'मन की बात' के अभियान में, मैंने देशवासियों से जाना है, समझा है, सीखा है। किसी भी देश के लिए यह सबसे बड़ी पूँजी होती है, एक बहुत बड़ी ताकत होती है।

81

प्रकृति से प्रेम

वेदों में पृथ्वी और पर्यावरण को शक्ति का मूल माना गया है। हमारे वेदों में इसका वर्णन मिलता है और 'अथर्ववेद' तो पूरी तरह, एक प्रकार से पर्यावरण का सबसे बड़ा दिशा-निर्देशक ग्रंथ है और हजारों साल पहले लिखा गया है। हमारे यहाँ कहा गया है, 'माता भूमिः पुत्रो अहम् पृथिव्याः'। वेदों में कहा गया है कि हममें जो पवित्रता है, वह हमारी पृथ्वी के कारण है। धरती हमारी माता है और हम उनके पुत्र हैं। अगर हम भगवान् बुद्ध को याद करें तो एक बात जरूर उजागर होती है कि महात्मा बुद्ध का जन्म, उन्हें ज्ञान की प्राप्ति और उनका महापरिनिर्वाण, तीनों पेड़ के नीचे हुए थे। हमारे देश में भी अनेक ऐसे त्योहार, अनेक ऐसी पूजा-पद्धति, पढ़े-लिखे लोग हों, अनपढ़ हों, शहरी हों, ग्रामीण हों, आदिवासी समाज हो, उनके

लिए प्रकृति की पूजा, प्रकृति के प्रति प्रेम एक सहज समाज जीवन का हिस्सा है, लेकिन हमें उसे आधुनिक शब्दों में आधुनिक तर्कों के साथ सँजोने की जरूरत है।

82

प्रयास

आज जब देश 'चंपारण सत्याग्रह' की शताब्दी मना रहा है, तब भारत के सामान्य मानव की शक्ति कितनी अपार है, उस अपार शक्ति को आजादी के आंदोलन की तरह, स्वराज से सुराज की यात्रा भी, सवा-सौ करोड़ देशवासियों की संकल्प शक्ति, परिश्रम की पराकाष्ठा, 'सर्वजन हिताय, सर्वजन सुखाय' इस मूल मंत्र को लेकर देश के लिए, समाज के लिए कुछ कर-गुजरने का अखंड प्रयास ही आजादी के लिए मर-मिटने वाले उन महापुरुषों के सपनों को साकार करेगा।

83

प्रयोग

कभी-कभार किसी चीज को टी.वी. पर देखना या किताब में पढ़ना या परिचितों से सुनना और उसी चीज को स्वयं अनुभव करना तो दोनों में जमीन-आसमान का अंतर होता है। मैं आपसे आग्रह करूँगा, इस अवकाश में जहाँ भी आपकी जिज्ञासा है, उसे जानने के लिए कोशिश कीजिए, नया प्रयोग कीजिए। प्रयोग सकारात्मक हो, थोड़ा कंफर्ट जोन से बाहर ले जानेवाला हो।

84

प्रेरणा

भगतसिंह, सुखदेव और राजगुरु के बलिदान की गाथा को हम शब्दों में अलंकृत भी नहीं कर पाएँगे। पूरी ब्रिटिश सल्तनत इन तीनों युवकों से डरती थी। जेल में बंद थे, फाँसी तय थी, लेकिन इनके साथ कैसे आगे बढ़ा जाए, इसकी चिंता ब्रिटिशों को लगी रहती थी। और तभी तो 24 मार्च को फाँसी देनी थी, लेकिन 23 मार्च को ही दे दी गई। चोरी-छिपे से किया गया, जो आमतौर पर नहीं किया जाता। बाद में उनके शरीर को आज के पंजाब में लाकर अंग्रेजों ने चुपचाप जला दिया था। कई वर्षों पूर्व जब पहली बार मुझे वहाँ जाने का मौका मिला था, उस धरती में एक प्रकार का 'वायब्रेशन' मैं अनुभव करता था। और मैं देश के नौजवानों को जरूर कहूँगा, जब भी मौका मिले तो, पंजाब जब जाएँ तो भगतसिंह, सुखदेव, राजगुरु, भगतसिंह की माताजी और बटुकेश्वर दत्त की समाधि के स्थान पर अवश्य जाएँ।

मैं हमेशा कहता हूँ कि हम इतिहास को, हमारी संस्कृतियों को, हमारी परंपराओं को बार-बार याद करते रहें। उससे हमें ऊर्जा मिलती है, प्रेरणा मिलती है। भारत इतना पुरातन राष्ट्र है कि उसके नसीब में हजार साल और हजार साल से भी पुरानी यादों को मनाने का अवसर हमें मिला है। एक हजार साल पहले का समाज कैसा होगा? सोच कैसी होगी? थोड़ी कल्पना तो कीजिए। आज भी सामाजिक रूढ़ियों को तोड़कर निकलना हो तो कितनी दिक्कत होती है। एक हजार साल पहले कैसा होता होगा?

रवींद्रनाथ टैगोर, उनकी यादें हमारी एक साझी विरासत हैं। गुरुदेव टैगोर के बारे में एक बहुत रोचक बात यह है कि 1913 में वे न केवल नोबेल पुरस्कार प्राप्त करनेवाले पहले एशियाई व्यक्ति थे, बल्कि उन्हें अंग्रेजों ने 'नाइटहुड' की भी उपाधि दी। और जब 1919 में जलियाँवाला बाग में अंग्रेजों ने कत्ले-आम किया, तो रवींद्रनाथ टैगोर उन महापुरुषों में थे, जिन्होंने अपनी

आवाज बुलंद की और यही कालखंड था, जब 12 साल के एक बच्चे के मन पर इस घटना का गहरा प्रभाव हुआ। किशोरावस्था में खेत-खलिहान में हँसते-कूदते उस बालक को जलियाँवाला बाग के नृशंस हत्याकांड ने जीवन की एक नई प्रेरणा दे दी। और 1919 में 12 साल का वह बालक भगत हम सबके प्रिय, हम सबकी प्रेरणा—शहीद भगतसिंह और उनके साथी, सुखदेव और राजगुरु को अंग्रेजों ने फाँसी पर लटका दिया। हम सब जानते हैं 23 मार्च की वह घटना—भगतसिंह, सुखदेव, राजगुरु के चेहरे पर माँ-भारती की सेवा करने का संतोष था, मृत्यु का भय नहीं था। जीवन के सारे सपने माँ-भारती की आजादी के लिए समाहित कर दिए थे और ये तीनों वीर आज भी हम सबकी प्रेरणा हैं।

85

प्रौद्योगिकी

प्रत्येक नई प्रौद्योगिकी अनेक नए अवसर पैदा करती है। नए अवसर हमेशा पीछे की तुलना में अधिक संख्या में होते हैं। मनुष्य की सरलता हमेशा रहती है और यह निकट भविष्य में भी रहेगी। प्राचीन भारतीय सोच में मेरे दृढ़ विश्वास ने यह आशावादी दृष्टिकोण कायम किया, जहाँ विज्ञान और आध्यात्मिकता तथा बेहतर मानवता के लिए सौहार्द स्थापित हुआ है। हमारी प्राचीन पाठ्य-पुस्तकों में बौद्धिक योग्यता, श्रद्धा, मेधा, मनीषा, मनसा, शांति, चित्त, स्मृति, स्मरण और विज्ञान का जिक्र है, जिन्होंने सच्चाई की तलाश में सहायता की। इस वैज्ञानिक अनुसंधान से सच्चाई की तलाश की जा सकती है, जो मानवता के लिए सर्वश्रेष्ठ रचनात्मक परम सुख हो सकता है। यह विकास के लिए प्रौद्योगिकी की कल्पना है, जिससे मैं प्रेरित हुआ हूँ और वैज्ञानिक दृष्टि से आगे बढ़ने की भावना ने भविष्य के प्रति मुझे आशावादी बनाया है।

प्रौद्योगिकी विभिन्न अवरोधों को तोड़ती है। हमारा यह मानना है कि यह 'वसुधैव कुटुंबकम्' अर्थात् विश्व एक परिवार है, के भारतीय दर्शन

को सही सिद्ध करती है। यह अभिव्यक्ति हमारी प्राचीन समावेशी परंपराओं को भी प्रदर्शित करती है। प्रौद्योगिकी के माध्यम से हम इस अभिव्यक्ति का लोकतांत्रिक मूल्यों के अनुसार अर्थ देने में सक्षम हो गए हैं। भारत में हम लोग प्रौद्योगिकी के मानवीय पक्ष को प्राथमिकता देते हैं और हम 'ईज ऑफ लिविंग' को सुधारने के लिए प्रयोग में ला रहे हैं। 'डिजिटल इंडिया' विश्व का सबसे बड़ा प्रौद्योगिकी उन्मुख रूप परिवर्तनकारी कार्यक्रम है। यह हमारे देश के नागरिकों को डिजिटल सेवाओं का लाभ उठाने का मार्ग प्रशस्त कर रहा है। हम मोबाइल पॉवर या एम-पॉवर का उपयोग अपने देश के नागरिकों को सशक्त बनाने के लिए कर रहे हैं।

प्रौद्योगिकी सुस्ती तोड़ती है। हम अपने कार्यालय में बैठे-बैठे साइबर संसार की सहायता से गवर्नेंस संबंधित महत्त्वपूर्ण मुद्दों पर चर्चा और समाधान करते हैं। मुझे आपको यह बताते हुए खुशी हो रही है कि प्रगति सत्रों के परिणामस्वरूप देश के व्यापक हित में सहमति के माध्यम से तीव्र निर्णय हुए हैं। प्रगति ने लालफीताशाही में अटके हुए करोड़ों डॉलरों की इंफ्रास्ट्रक्चर परियोजनाओं को तीव्र गति प्रदान कर दी है।

86

बच्चे

बच्चे नए भारत के निर्माण के सबसे महत्त्वपूर्ण हीरो हैं, नायक हैं।

87

बदलाव

अगर व्यक्ति कुछ करने की ठान ले तो नामुमकिन कुछ भी नहीं है। जन-आंदोलन के माध्यम से बड़े-से-बड़े बदलाव लाए जा सकते हैं।

88

बसवेश्वर

भारत ने हमेशा पूरे विश्व को मानवता, लोकतंत्र, सुशासन, अहिंसा का संदेश दिया है। जब दुनिया के बड़े-बड़े देशों ने, पश्चिम के बड़े-बड़े जानकारों ने लोकतंत्र को एक नए दृष्टिकोण के तौर पर देखना शुरू किया, उससे सदियों पहले भारत ने इन मूल्यों को न सिर्फ आत्मसात किया, बल्कि अपनी प्रशासनिक पद्धति में शामिल भी किया। भगवान् बसवेश्वर ने बारहवीं शताब्दी में दुनिया को लोकतंत्र का, समानता का विचार दिया था। उन्होंने 'अनुभव मंडप' नाम की एक ऐसी व्यवस्था विकसित की, जिसमें हर तरह के लोग, गरीब-दलित-पीड़ित-वंचित—अपने विचार रख सकते थे। यहाँ सब बराबर थे। वर्ष 2015 में जब मैं ब्रिटेन गया था तो वहाँ भगवान् बसवेश्वर की मूर्ति का लोकार्पण करने का सौभाग्य भी मुझे मिला था। मुझे ध्यान है, उस समय ब्रिटेन के प्रधानमंत्री मैग्नाकार्टा का जिक्र कर रहे थे, लेकिन मैग्नाकार्टा से भी बहुत पहले बसेश्वर ने हमें एक तरह से पहली संसद् से परिचय करा दिया था। भगवान् बसवेश्वर का 'वचन' था, "जब विचारों का आदान-प्रदान न हो, जब तर्क के साथ बहस न हो, तब अनुभव गोष्ठी भी प्रासंगिक नहीं रह जाती और जहाँ ऐसा होता है, वहाँ ईश्वर का वास भी नहीं होता।" यानी उन्होंने विचारों के इस मंथन को ईश्वर की तरह शक्तिशाली और ईश्वर की तरह ही आवश्यक बताया था। अनुभव मंडप में महिलाओं को भी खुलकर बोलने की स्वतंत्रता थी। समाज के हर वर्ग से आई महिलाएँ अपने विचार व्यक्त करती थीं। कई महिलाएँ ऐसी भी होती थीं, जिनसे अपेक्षा नहीं की जाती थी कि वे उस समय के तथाकथित सभ्य समाज के बीच भी आएँ, वैसी महिलाएँ भी आकर अनुभव मंडप में अपनी बात रखती थीं।

89

बाबा बंदा सिंह बहादुर

बंदा बहादुर उस शख्सियत का नाम था, जहाँ पर त्याग और बलिदान की धरोहर पर समाज के प्रति संवेदना, समाज के सुख-दुख के लिए मर-मिटने की कामना, न सिर्फ वीरता, न सिर्फ बलिदान; बल्कि समाज सुधार, सामान्य मानविकी के आधार, ऐसी मजबूत नींव जिस महापुरुष ने, जिस वीर योद्धा ने रखी, उन बाबा बंदा सिंह की बात पंजाब या उत्तर भारत तक सीमित नहीं थी। उनका जीवन एक आदर्श है, जो 300 साल से भारत के लोगों को प्रेरणा देता रहा है। हम सब जानते हैं कि बंदा बहादुरजी एक महान् योद्धा होने के साथ-साथ सामान्य मानविकी के प्रति अत्यंत संवेदनशील प्रशासक के रूप में इतिहास पर अपना नाम अंकित करके गए हैं। लेकिन जब गुरुदेव टैगोर ने उनके बारे में लिखा तो वे मानवीय गुण हमारे सामने प्रस्तुत किए, जो दूसरों के लिए मिसाल होते हैं। जो दूसरों को जीवन भर प्रेरणा देते हैं। युद्ध के दौरान मुश्किल-से-मुश्किल हालात में भी बंदा सिंह बहादुर कभी भी पूरे कार्यकाल में, एक पल भी, एक डगर भी अपने मार्ग से विचलित नहीं हुए। बंदा सिंह बहादुर इतिहास में कहीं ढूँढ़ने पर भी नजर नहीं आते हैं। यह छोटी बात नहीं है। बंदा सिंह पूरे कार्यकाल तक सिर्फ हाथ में तलवार रखते थे, ऐसा नहीं है। वे तलवार की धार पर जीवन जी लेते थे और उसके कारण जीवन के इतने संघर्षमय काल, शासकीय काल में कभी भी मार्ग से विचलित नहीं होना, लक्ष्य को ओझल नहीं होने देना; मैं समझता हूँ कि इतिहास में ऐसी शक्तियाँ बहुत कम नजर आती हैं। बंदा सिंह बहादुरजी का साहस उनका कर्तव्य था। वे रवींद्रनाथ टैगोर की प्रेरणा बने। यह अपने आप में एक मिसाल है।

विपरीत परिस्थितियों में भी साहस के साथ, स्वाभिमान के साथ जीवन में मुकाबला किया जाता है। यह अगर किसी से सीखना है तो बंदा बहादुरजी पर गुरु रवींद्रनाथजी ने जो कविता लिखी है, उसे पढ़ें। उस कविता के एक-

एक शब्द से हमें जीवन जीने की प्रेरणा मिलती है, वह कविता हमारा रास्ता प्रशस्त करती है। 18वीं शताब्दी के जिस दौर में बंदा बहादुर सिंहजी का जन्म हुआ, उस वक्त देश सामाजिक, आर्थिक और राजनीतिक उथल-पुथल से गुजर रहा था। आप कितनी भी उम्र के हों, देश के किसी भी हिस्से में हों, लेकिन इन परिवर्तनों का असर सीधा-सीधा समाज के हर तबके पर पड़ता है। बंदा बहादुरजी का बचपन भी इन बातों से अछूता नहीं रहा। वे आसपास के माहौल को देख रहे थे, समझ रहे थे, लेकिन कहते हैं कि इनसान की जिंदगी में कई बार सिर्फ एक घटना उसकी आनेवाली जिंदगी का सफर तय कर देती है। बंदा सिंह बहादुरजी के साथ भी ऐसा ही हुआ था। किशोरावस्था में एक जानवर को मारने के बाद वे इतने परेशान हो गए, उन्हें इतनी आत्मग्लानि हुई कि वे वैरागी हो गए। यह वैराग उन्हें गुरु गोविंद सिंह के चरणों में ले गया। नांदेड़ में गुरु गोविंद सिंहजी से मुलाकात के बाद ही उनके पुराने जीवन की पहचान पीछे छूट गई। संसार का उन्होंने हाथ छोड़ दिया। वे कभी माधव दास के नाम से जाने जाते थे, वह बात इतिहास के गर्त में डूब गई और वे बंदा सिंह का नाम धारण करते हुए इस मुलाकात के बाद इस वैरागी किशोर गुरु गोविंद सिंहजी की प्रेरणा से एक महान् सैनिक बनने की राह पर चल पड़े।

बाबा बंदा सिंह बहादुरजी ने गुरु गोविंद सिंह के वचनों को अपने मन और क्रम में बसा लिया। शायद गुरु के प्रति ऐसा समर्पण, जो बंदा बहादुर ने दिखाया है, वह गुरु-शिष्य परंपरा की एक उज्ज्वल मिसाल है। मैं कह सकता हूँ और इतिहास गवाह है कि इसके बाद गुरु गोविंद सिंहजी के इस बंदे ने कैसे अपने साथ हजारों लोगों को जोड़ा और व्यवस्था परिवर्तन की एक नई शुरुआत की। एक महान् संगठन के रूप में उन्होंने समाज के हर तबके के लोगों को अपने साथ जोड़ा, जैसे छत्रपति शिवाजी महाराज ने छोटे-छोटे मालवाओं को अपने साथ जोड़कर एक महान् सैन्यशक्ति का निर्माण किया था। बंदा सिंह बहादुर ने भी समाज के हर तबके के लोगों को अपने साथ जोड़कर एक महान् सैन्य शक्ति का, अपने संगठन कौशल्य का, एक ग्रेट ऑर्गेनाइजर का परिचय कराया और साबित किया कि संगठन की शक्ति से

बड़े-बड़े लक्ष्य भी हासिल किए जा सकते हैं। उनके पास न संसाधन थे, न रुपए-पैसे थे, न राज था। संगठन का कौशल्य था, हौसला बुलंद था और जो ठान लेते थे, उसे करने के लिए जीवन भर को खपाने के लिए दम-खम के साथ अपने आप को आहूत करने के लिए वे हर पल तैयार रहते थे।

बंदा सिंह बहादुर के शासन में पहली बार पंजाब की धरती पर गरीब किसान जमीन का मालिक बना, जो बोए वही खाए, इस सिद्धांत द्वारा बंदा सिंह बहादुर ने किसानों को उनका अधिकार वापस लौटाया। बंदा सिंह जानते थे कि अगर गरीबों का उत्थान करना है तो उन्हें उनका अधिकार देना ही होगा। वे किसानों की आर्थिक आजादी के पक्षधर थे। जो आज समाजवादी विचारधारा की चर्चा करते हैं, वे बंदा सिंह के शासनकाल के एक-एक निर्णय को देखेंगे तो समाज के सामान्य मानव को सशक्त कैसे करना है, उसके भीतर विकास की अलख को कैसे जगाना है और सामान्य मानव की शक्तियों के भरोसे पूरे मुल्क को आजादी की ओर कैसे ले जाना है—यह बंदा सिंहजी के पूरे शासनकाल के हर निर्णय के भीतर हम महसूस करते थे। वे जानते थे कि इस देश में गरीबी तब दूर होगी, जब समाज के हर तबके का विकास होगा। असंतुलित विकास की हर अड़चन को उन्होंने दूर किया। उनके राज्य में गरीबों और पिछड़ी जातियों के हित पूरी तरह सुरक्षित थे और उन्हें बिना किसी भेदभाव के न्याय मिलता था। एक महान् योद्धा होते हुए भी उस दौर में लोकतंत्र के प्रति बंदा सिंह बहादुर का समर्पण आज भी एक मिसाल है, प्रेरणादायक है। उन्होंने शासन की सारी शक्तियाँ सिर्फ अपने हाथ में नहीं रखीं। वे खुद को शासन का सिर्फ एक साझीदार मानते थे। यहाँ तक कि सिक्के और मुहर भी उन्होंने अपने नहीं, गुरु नानक देवजी और गुरु गोविंद सिंहजी के नाम से चलवाए। अपना नाम कभी आगे नहीं रखा। उनका हक बनता था, लेकिन उन्होंने अपने लिए कभी इस हक का उपयोग नहीं किया। अंतर्भूत मन में लोकतांत्रिक मूल्यों का कैसा जतन हुआ होगा, वह हम इस बात से महसूस कर सकते हैं, अनुभव कर सकते हैं। वे इस देश की सांस्कृतिक और धार्मिक विविधताओं को सम्मान देते थे। वैसे तो सिख

इतिहास के हर पन्ने पर और यह मैं बहुत जिम्मेवारी के साथ कहता हूँ कि सिख इतिहास के हर पन्ने पर शहीदों की दास्तानें दर्ज हैं, लेकिन बाबा सिंह बहादुरजी की शहादत का शायद ही कोई और उदाहरण हमें मिल सकता है। जो कभी वैरागी थे, उन्हें राष्ट्रभक्ति ने इतना हौसला दे दिया था कि वे न यातनाओं से डरे, न वे मौत से डरे थे।

90

बुद्ध

विश्व आज जिन समस्याओं से गुजर रहा है—हिंसा, युद्ध, विनाशलीला, शस्त्रों की स्पर्धा, जब यह वातावरण देखते हैं तो बुद्ध के विचार बहुत ही प्रासंगिक लगते हैं और भारत में तो अशोक का जीवन युद्ध से बुद्ध तक की यात्रा का उत्तम प्रतीक है।

91

ब्रेक

दरअसल, परीक्षा में मेरी दृष्टि से तीन बातें बहुत जरूरी हैं—पहला आराम, दूसरा जितनी आवश्यक है शरीर के लिए उतनी नींद और तीसरा दिमागी एक्टिविटी। इनके सिवाय भी शरीर एक बहुत बड़ा हिस्सा है। तो, शरीर के बाकी हिस्सों को भी फिजिकल एक्टिविटी मिलनी चाहिए। क्या कभी आपने सोचा है कि जब इतना सारा सामने हो तो दो पल बाहर निकलकर जरा आसमान में देखें, जरा पेड़-पौधों की तरफ देखें, थोड़ा सा मन को हलका करें। आप देखिए, एक ताजगी के साथ फिर से आप अपने कमरे में, अपनी किताबों के बीच आएँगे। आप जो भी कर रहे हों, थोड़ा ब्रेक लीजिए, उठकर बाहर जाइए, किचन में जाइए, अपनी पसंद की कोई चीज है, जरा

खोजिए, अपनी पसंद का बिस्किट मिल जाए, तो खाइए, थोड़ी हँसी-मजाक कर लीजिए। भले पाँच मिनट क्यों न हो, लेकिन आप ब्रेक दीजिए। आपको महसूस होगा कि आपका काम सरल होता जा रहा है। सबको यह पसंद है कि नहीं, मुझे मालूम नहीं, लेकिन मेरा तो अनुभव है। ऐसे समय डीप ब्रीदिंग करते हैं, तो बहुत फायदा होता है। गहरी साँस—आप देखिए बहुत रिलेक्स हो जाता है।

92

ब्लू इकोनॉमी

अगर 18वीं और 19वीं शताब्दी में औद्योगिक क्रांति जमीन पर हुई तो 21वीं शताब्दी में औद्योगिक क्रांति समुद्र के माध्यम से होगी, ब्लू रिवॉल्यूशन के जरिए होगी। हमारी आज की आवश्यकताओं और चुनौतियों को देखते हुए यह बहुत आवश्यक है कि हम देश की सामुद्रिक शक्ति का ज्यादा-से-ज्यादा इस्तेमाल करें। ब्लू इकोनॉमी की क्षमताओं का ज्यादा इस्तेमाल न्यू इंडिया का आधार बनेगा। खाद्य सुरक्षा के लिए ब्लू इकोनॉमी का इस्तेमाल किया जा सकता है। जैसे अगर हमारे मछुआरे भाई सी-वीड (समुद्री शैवाल) की खेती करें, उसमें वैल्यू-एडिशन करें तो इससे उनकी आय में भी इजाफा हो सकता है। ऐसे ही ब्लू इकोनॉमी ऊर्जा के क्षेत्र में, माइनिंग के क्षेत्र में, टूरिज्म के क्षेत्र में न्यू इंडिया का एक बहुत बड़ा आधार बन सकती है।

93

भारत

देश विशाल है, पीढ़ियाँ बदलती रहती हैं। इतिहास की हर घटना का पता नहीं होता है, तब भारत जैसे विविधता भरे देश में हर पल एकता के मंत्र को

गूँजते रखना, हर पल एकता के रास्ते खोजते रहना, हर पल एकता को मजबूत करने के तरीकों से जुड़ते रहना—यह भारत जैसे देश के लिए अनिवार्य है। हमारा देश एक रहे, अखंड रहे; सरदार साहब ने हमें जो देश दिया है, उसकी एकता और अखंडता सवा सौ करोड़ देशवासियों का दायित्व है।

प्रकृति के साथ संतुलन बनाकर चलने का तरीका पुराने समय से ही भारत की देन है। विकट परिस्थितियों में भी मानवीय मूल्यों के संरक्षण का यह तरीका भारत की 'वसुधैव कुटुंबकम्' की परंपरा का हिस्सा है। यह नि:स्वार्थ भाव, यह त्याग और सेवा की भावना हमारी पहचान है। इसी मानवीय मूल्य के कारण विश्व में भारत की एक विशेष स्वीकृति है।

भारत विविधताओं से भरा हुआ देश है, विविधता में एकता हमारे देश की विशेषता—यह मंत्र हम बोलते आए हैं, गूँजता रहता है, लेकिन जब तक उस विविधता को हम सम्मान नहीं देंगे। अपनी विविधता के प्रति गर्व नहीं करेंगे, हमारी विविधता में एकता के सामर्थ्य के साथ हम अपने आपको आत्मिक रूप से जोड़गे नहीं तो विविधता शायद शब्दों में हमें काम आएगी, लेकिन राष्ट्र के भव्य निर्माण के लिए हम उसका उतना उपयोग नहीं कर पाएँगे। हर भारतवासी इस बात के लिए गर्व कर सकता है और हम यह बड़े नाज के साथ कह सकते हैं कि विश्व का हर पंथ, हर परंपरा, हर आचार-विचार को किसी-न-किसी रूप में भारत अपने में समेटे हुए हैं। बोलियाँ अनेक हैं, पहनावे अनेक हैं, खान-पान के तरीके अनेक हैं, मान्यताएँ भिन्न हैं, दृढ़ हैं; उसके बावजूद देश के लिए एक रहना देश के लिए नेक रहना—यह हमने अपनी सांस्कृतिक विरासत से सीखा है।

भारत वह देश है, जिसने विश्व पटल पर हमेशा सकारात्मक भूमिका निभाई है। हमने किसी भी देश के प्रति अपनी नीति को फायदे-नुकसान के तराजू पर नहीं तोला है, बल्कि उसे मानवीय मूल्यों के प्रिज्म से देखा है। भारत सारे विश्व में सुख, शांति, समृद्धि, लोकतांत्रिक मूल्यों, समावेशिता, सहयोग और भाई-चारे का पक्षधर रहा है। भारत विश्व में शांति, प्रगति और समृद्धि के लिए योगदान करता रहे, यही हमारा प्रयास है और यही हमारा कमिटमेंट भी है।

हम एक जाग्रत् अवस्था में हैं। इस भारत की विविधताओं का अनुभव करें, उसको स्पर्श करें, उसकी महक को अनुभव करें। आप देखिए, आपके भीतर के व्यक्तित्व के विकास के लिए हमारे देश की विविधताएँ एक बहुत बड़ी पाठशाला का काम करती हैं। आप दुनिया में जाएँ, मुझे कोई एतराज नहीं है, लेकिन कभी अपने घर को भी तो देखें! उत्तर भारत के व्यक्ति को पता नहीं होगा कि दक्षिण भारत में क्या है? पश्चिम भारत के व्यक्ति को पता नहीं होगा कि पूर्व भारत में क्या है? हमारा देश कितनी विविधताओं से भरा हुआ है।

94

भारत जोड़ो

कभी-कभी आस्था के नाम पर धैर्य के अभाव में कुछ लोग ऐसी चीजें कर बैठते हैं, जो समाज के ताने-बाने को बिखेर देती हैं। देश शांति, सद्भावना और एकता से चलता है। जातिवाद का जहर, संप्रदायवाद का जहर देश का कभी भला नहीं कर सकता है। यह तो गांधी की भूमि है, बुद्ध की भूमि है, सबको साथ लेकर चलना, यह इस देश की संस्कृति और परंपरा का हिस्सा है। हमें इसको सफलता से आगे बढ़ाना है और इसलिए आस्था के नाम पर हिंसा को बल नहीं दिया जा सकता है। अस्पताल में तो पेशेंट के साथ कुछ हो जाए, अस्पताल जला दिया जाए, अकस्मात् हो जाए, गाड़ियाँ जला दी जाएँ; आंदोलन करें, सरकारी संपत्ति को जला दिया जाए, आजाद हिंदुस्तान के लिए यह किसका है? हमारे सवा सौ करोड़ देशवासियों की संपत्ति है। यह सांस्कृतिक विरासत किसकी है? यह हम सवा सौ करोड़ देशवासियों की सांस्कृतिक विरासत है। यह आस्था किसकी है? हम सवा सौ करोड़ देशवासियों की आस्था है और इसलिए आस्था के नाम पर हिंसा का रास्ता इस देश में कभी भी चल नहीं सकता, यह देश कभी स्वीकार नहीं कर सकता है। और इसलिए मैं देशवासियों से आग्रह करूँगा, उस समय 'भारत छोड़ो' का नारा था, आज नारा है 'भारत जोड़ो'। व्यक्ति-व्यक्ति को हमें साथ

लेना है, जन-जन को साथ लेना है, समाज के हर तबके को साथ लेना है, और उसी को लेकर हमें देश को आगे बढ़ाना है।

95

भारतीय

हम भारतीयों का सामाजिक संस्कार ऐसा है कि हम हर समाज में आसानी से जगह बना लेते हैं। यही होता है न? जैसे दूध में शक्कर मिले तो मिल जाती है न? और दूध मीठा हो जाता है। ये हमारे संस्कार हैं, यह हमारा स्वभाव है और यह हमें विरासत में मिला है, क्योंकि हम 'वसुधैव-कुटुंबकम्' यानी जो पूरे विश्व को एक परिवार मानकर के चलनेवाले लोग हैं। समय और समाज के अनुकूल ढल जाना हमारे आचरण, हमारी परंपराओं, हमारे रीति-रिवाज इन सबको सँभालते हुए हर किसी का आदर करना, हर परंपरा का सम्मान करना, यही तो भारत की विशेषता है। यही वजह है कि दुनिया का नक्शा भले बदल गया हो, बड़े-बड़े देश खत्म गए हों, लेकिन भारत आज भी पूरी बुलंदी के साथ तेज गति से आगे बढ़ रहा है। रास्ता कितना ही कठिन हो, हालात कितने ही मुश्किल हों, हम वे लोग हैं, जिन्हें संकटों से निकलना आता है। परिवर्तन के लिए, बदलाव के लिए हमारे भीतर की जो छटपटाहट है, हर निराशा से हमें आशा और उमंग के साथ बाहर निकलना यह हमारी रगों में है, यह हमारा जज्बा है।

96

भारतीय दर्शन

भारतीय दर्शन में किसी भी व्यक्ति के लिए अंतिम लक्ष्य मोक्ष की प्राप्ति करना होता है। वेद और उपनिषद् से निर्मित यह दर्शन 'व्यक्ति' यानी

इंडिव्यूजुअल 'समष्टि' यानी सोसाइटी, 'सृष्टि' यानी क्रियेशन या यूनिवर्स और 'परमेष्टि' यानी ईश्वर को एक-दूसरे से जुड़ा हुआ मानता है। हम उसे टुकड़ों में नहीं देखते, एक अखंड रूप देखते हैं, एकात्म रूप देखते हैं। यही दर्शन इस धरती को जगत्माता के तौर पर मान्यता देता है। यह दर्शन कहता है कि पृथ्वी हर किसी की है। पृथ्वी माँ है। इसी दर्शन से निकला 'वसुधैव कुटुंबकम्' वही तो भावना उजागर करती है कि पूरा विश्व एक परिवार है। ऐसे ही सौंदर्य लहरी का भी एक मंत्र है—'फलः अपिवान्छा समाधिकम्' यानी धरती से हम जितना माँगते हैं, जितनी हमारी इच्छा होती है, वह हमें उससे भी ज्यादा ही देती है। कितना बड़ा सत्य, कितने साधारण शब्दों में। प्रकृति से हम सभी को पर्याप्त पानी, वायु, नदी, अन्न, खनिज, पेड़-पौधे, यानी पर्याप्त भंडार मिला हुआ है। आवश्यकता है तो इस वरदान को सहेजकर रखने की। यही विचार हमारी परंपरा है। हमारे यहाँ प्रकृति का दोहन नहीं, बल्कि प्रकृति से मिलनेवाले उत्पादों का संतुलित उपयोग करने पर बल दिया जाता है। ऐसप्लोटेशन ऑफ नेचर, यह हमारे यहाँ क्राइम माना गया है। मिल्किंग ऑफ नेचर इतना ही मानव को अधिकार है, यह हमारी परंपरा ने हमें सिखाया है और यही विचार हमेशा से हमारे शासन में, प्रशासन में आपको नजर आता है।

97

भारतीय संस्कृति

भारत की आध्यात्मिक महिमा और अति प्राचीन संदेश को जितने ज्यादा लोग पढ़ें, उतना ही विश्व का कल्याण होगा। उलझन में फँसी पड़ी मानव जाति, संकटों से घिरी हुई मानव जाति—तू बड़ा कि मैं बड़ा, तेरा मार्ग मोक्ष को प्राप्त करेगा कि मेरा मार्ग मोक्ष को प्राप्त करेगा, ऐसे संकट से जब मानव जाति गुजर रही है, तब आदिशंकराचार्य का अद्वैत का सिद्धांत जहाँ द्वैत नहीं है, वहीं तो अद्वैत होता है और जहाँ द्वैत नहीं, वहाँ संघर्ष की संभावना भी

नहीं होती है। संपूर्ण विश्व के देशों में जीवन के मार्ग में जब भी किसी प्रकार की बाधा आती है, तब दुनिया की निगाहें भारत की संस्कृति और सभ्यता पर आकर टिक जाती हैं। एक तरह से विश्व की समस्त समस्याओं का उत्तर हमारी परंपराओं से प्राप्त हो सकता है। हमारी संस्कृति से प्राप्त हो सकता है, जब हम कहते हैं और सिर्फ कहते हैं, ऐसा नहीं हमें उस प्रकार से जीने के संस्कार मिले हैं।

98

भोजन की बरबादी

ज्यादातर लोगों ने भोजन की बरबादी के संबंध में चिंता जताई है। हम जानते हैं कि हम परिवार और सामूहिक भोजन समारोह में भी जरूरत से ज्यादा भोजन प्लेट में ले लेते हैं। जितनी चीजें दिखाई दें, सारी-की-सारी प्लेट में भर देते हैं और फिर खा नहीं पाते। जितना प्लेट में भरते हैं, उससे आधा भी पेट में नहीं भरते और फिर वहीं छोड़ कर निकल जाते हैं। आपने कभी सोचा है कि हम जो यह जूठन छोड़ देते हैं, उससे हम कितनी बरबादी करते हैं। क्या कभी सोचा है कि अगर जूठन न छोड़ें, तो यह कितने गरीबों का पेट भर सकता है। यह विषय ऐसा नहीं है कि जो समझाना पड़े। वैसे हमारे परिवार में छोटे बालकों को जब माँ परोसती है, तो कहती है कि बेटा, जितना खा सकते हो, उतना ही लो। कुछ-न-कुछ तो प्रयास होता रहता है, लेकिन फिर भी इस विषय पर उदासीनता एक समाजद्रोह है, गरीबों के साथ अन्याय है। दूसरा, अगर बचत होगी तो परिवार का भी तो आर्थिक लाभ है। समाज के लिए सोचें, अच्छी बात है, लेकिन यह विषय ऐसा है कि परिवार का भी लाभ है। मैं इस विषय पर ज्यादा आग्रह नहीं कर रहा हूँ, लेकिन मैं चाहूँगा कि यह जागरूकता बढ़नी चाहिए।

99

भ्रमण

भारत विविधताओं से भरा हुआ है। एक बार देखने के लिए निकल पड़ो तो जीवन भर देखते ही रहोगे, देखते ही रहोगे! जो चीजें हम क्लासरूम में नहीं सीख पाते, जो हम परिवार में नहीं सीख पाते, जो चीज हम यार-दोस्तों के बीच में नहीं सीख पाते, वे कभी-कभी भ्रमण करने से ज्यादा सीखने को मिलती हैं और नई जगहों के नएपन का अनुभव होता है। लोग, भाषा, खान-पान, वहाँ के रहन-सहन न जाने क्या-क्या देखने को मिलता है। और किसी ने कहा है, "शौक-ए-दीदार हो, तो नजर पैदा करो।" जिंदगी को बनाने के लिए प्रवास की एक बहुत बड़ी ताकत होती है और अब भारत के युवकों में प्रवास में साहस जुड़ता चला जा रहा है, जिज्ञासा जुड़ती चली जा रही है। वे अब पहले की तरह रटे-रटाए, बने-बनाए उसी रास्ते पर नहीं चला जाता है, वह कुछ नया करना चाहता है, वह कुछ नया देखना चाहता है। मैं इसे एक अच्छी निशानी मानता हूँ। हमारा युवा साहसिक हो, जहाँ कभी पैर नहीं रखा है, वहाँ पैर रखने का उसका मन होना चाहिए।

100

भ्रष्टाचार

सरकार की योजनाएँ गरीबों को सशक्त कर रही हैं, लेकिन उन्हें सबसे ज्यादा नुकसान अगर किसी चीज से होता है तो वह है भ्रष्टाचार, काला धन। हमारी सरकार का काले धन और भ्रष्टाचार को खत्म करने का कमिटमेंट है। हमारी सरकार ने देश में इकोनॉमिक ट्रांसपेरेंसी लाने के लिए एक और बड़ा कदम इनसॉल्वेंसी ऐंड बैंक्रुप्टेसी कोड के तौर पर भी उठाया है। कई बरसों से भारत में अंतरराष्ट्रीय मान्यताओं के अनुरूप इस तरह के कोड की

आवश्यकता महसूस की जा रही थी। इस आवश्यकता का भी समाधान इसी सरकार ने किया है।

101

मधुमक्खी पालन

हमारे ये डेयरी वाले जितने मित्र हैं, मैं उनको बार-बार कहता रहता हूँ कि आप किसानों को पशुपालन के लिए तो प्रेरित करते हैं, लेकिन हमें आग्रहपूर्वक बी-कीपिंग के लिए भी जोर देना चाहिए, शहद की क्रांति करनी चाहिए, स्वीट रिवॉल्यूशन लाना चाहिए देश में। सहकारिता आंदोलन द्वारा यह मधु-क्रांति आ सकती है। किसान जैसे पशुपालन करता है, दूध उत्पादन करता है, वैसे अपनी 50 बी (मधुमक्खियाँ) तय कर ले, और सालाना डेढ़-दो लाख रुपया आराम से वह अपनी कमाई बढ़ा सकता है। और जो डेयरी हैं, दूध लेने जाती हैं, साथ-साथ हनी भी लेकर आ जाएँ, शहद लेकर आ जाएँ। इसकी भी प्रॉसेसिंग हो, इसका मार्केट है। जो कैमिकल वैक्स होता है, अगर वह 100 रुपए भी बिकता है, तो बी-वैक्स 400-450 रुपए में बिकता होगा, बहुत बड़ी माँग है। भारत में ही बहुत बड़ा मार्केट है उसका, लेकिन हमारे किसान आज भी उससे अछूते हैं। बी में भी सैकड़ों प्रकार हैं, और बी के कारण फसल को भी बहुत बड़ा लाभ होता है। और जो आज हॉर्टिकल्चर में काम कर रहे हैं, उनके लिए तो मधुमक्खी एंबसेडर का काम करती हैं, एक कैटल इंगेजर का काम करती हैं।

102

महिलाएँ

भारत में महिलाएँ आज हर क्षेत्र में तेजी से आगे बढ़ रही हैं और देश का गौरव बढ़ा रही हैं। भारतीय विदुषियों की लंबी परंपरा रही है। वेदों की

ऋचाओं को गढ़ने में भारत की बहुत सी विदुषियों का योगदान रहा है। लोपामुद्रा, गार्गी, मैत्रेयी न जाने कितने ही नाम हैं। आज हम 'बेटी बचाओ, बेटी पढ़ाओ' की बात करते हैं, लेकिन सदियों पहले हमारे शास्त्रों में, स्कंद-पुराण में कहा गया है—दशपुत्र, समाकन्या, दशपुत्रान प्रवर्धयन्। यत् फलं लभतेमर्त्य, तत् लभ्यं कन्यकैकया। अर्थात्, एक बेटी दस बेटों के बराबर है। दस बेटों से जितना पुण्य मिलेगा, एक बेटी से उतना ही पुण्य मिलेगा। यह हमारे समाज में नारी के महत्त्व को दरशाता है।

103

महिला-शक्ति

एक इनसान के नाते बहुत सी चीजें मुझे भी छू जाती हैं, दिल को आंदोलित कर जाती हैं और मन पर गहरा प्रभाव छोड़ जाती हैं। पिछले दिनों महिला-शक्ति और देशभक्ति की अनूठी मिसाल हम देशवासियों ने देखी। भारतीय सेना को लेफ्टिनेंट स्वाति और निधि के रूप में दो वीरांगनाएँ मिलीं और वे असामान्य वीरांगनाएँ हैं। असामान्य इसलिए कि माँ-भारती की सेवा करते-करते उनके पति शहीद हो गए। हम कल्पना कर सकते हैं कि इस छोटी आयु में जब संसार उजड़ जाए तो मन:स्थिति कैसे होगी ? लेकिन शहीद कर्नल संतोष महादिक की पत्नी स्वाति महादिक ने इन कठिन परिस्थितियों का मुकाबला करते हुए मन में ठान लिया और वे सेना में भरती हो गईं। 11 महीने तक उन्होंने कड़ी मेहनत करके प्रशिक्षण हासिल किया और अपने पति के सपनों को पूरा करने के लिए अपनी जिंदगी झोंक दी। उसी प्रकार निधि दुबे, जिनके पति मुकेश दुबे सेना में नायक का काम करते थे और मातृ-भूमि के लिए शहीद हो गए तो उनकी पत्नी निधि ने मन में ठान ली और वे भी सेना में भरती हो गईं। हर देशवासी को हमारी इस मातृ-शक्ति के प्रति, हमारी इन वीरांगनाओं के प्रति आदर होना बहुत स्वाभाविक है। उन्होंने देश के कोटि-

कोटि जन के लिए एक नई प्रेरणा दी है, एक नई चेतना जगाई है।

104

मानवीय गुण

क्या आपका मन नहीं करता कि आप कुछ नया सीखें? आज स्पर्धा का युग है। परीक्षा में इतने डूबे हुए रहते हैं। उत्तम-से-उत्तम अंक पाने के लिए खप जाते हैं, खो जाते हैं। अवकाश में भी कोई-न-कोई कोचिंग क्लास लगी रहती है। अगली परीक्षा की चिंता रहती है। कभी-कभी डर लगता है कि रोबोट तो नहीं हो रही हमारी युवा-पीढ़ी, मशीन की तरह तो जिंदगी नहीं गुजार रही? दोस्तो, जीवन में बहुत-कुछ बनने के सपने अच्छी बात है, कुछ कर गुजरने के इरादे अच्छी बात है और करना भी चाहिए, लेकिन यह भी देखिए कि अपने भीतर जो मानवीय तत्त्व है, वह तो कहीं कुंठित नहीं हो रहा है, हम मानवीय गुणों से कहीं दूर तो नहीं चले जा रहे हैं?

105

माहौल

बहुत साल पहले की बात है, हमारे एक परिचित व्यक्ति हार्ट अटैक के कारण अस्पताल में थे, तो हमारे भारत के लोकसभा के पहले स्पीकर गणेश दादा मावलंकर के पुत्र पुरुषोत्तम मावलंकर, वे कभी एम.पी. भी रहे थे, उनकी तबीयत देखने आए। मैं उस समय मौजूद था और मैंने देखा कि उन्होंने आकर उनकी तबीयत के संबंध में एक भी सवाल नहीं पूछा। बैठे और आते ही उन्होंने वहाँ क्या स्थिति है, बीमारी कैसी है, कोई बातें नहीं, चुटकुले सुनाना शुरू कर दिया और पहले दो-चार मिनट में ही माहौल उन्होंने हलका-फुल्का कर दिया। एक प्रकार से बीमार व्यक्ति को जाकर जैसे हम बीमारी से डरा

देते हैं। अभिभावकों से मैं कहना चाहूँगा, कभी-कभी हम भी बच्चों के साथ ऐसा ही करते हैं। क्या आपको कभी लगा कि परीक्षा के दिनों में बच्चों को हँसी-खुशी का भी कोई माहौल दें। आप देखिए, वातावरण बदल जाएगा।

106

मीडिया

मनुष्य के ज्ञान की भूख हमारे इतिहास जितनी पुरानी है। पत्रकारिता इस भूख को कम करने में मदद करती है। आज समाचार-पत्र सिर्फ समाचार ही नहीं देते, वे हमारे विचारों को भी बदल देते हैं तथा हमारे लिए विश्व का एक नया द्वार खोलते हैं। वृहद् संदर्भ में, मीडिया समाज का रूप परिवर्तन करनेवाला माध्यम है। इसलिए हम मीडिया को 'लोकतंत्र का चौथा स्तंभ' कहते हैं। उपनिवेशवाद के अंधकार युग के दौरान, राजा राममोहन राय के संवाद कौमुदी, लोकमान्य तिलक का केसरी और महात्मा गांधी के नवजीवन जैसे प्रकाशनों ने उम्मीद की रोशनी जगाई और स्वाधीनता संघर्ष को प्रेरित किया। उस समय देशभर में पत्रकारिता में ऐसे अग्रदूत थे, जिन्होंने अपने आराम का जीवन भी त्याग दिया था। उन्होंने अपने समाचार-पत्रों के माध्यम से जन चेतना और जागृति का निर्माण कार्य करने में मदद की। शायद उन संस्थापक अग्रणियों के उच्च आदर्शों के कारण ही ब्रिटिश राज के दिनों में स्थापित अनेक समाचार-पत्र आज भी फल-फूल रहे हैं। हमें यह कभी भी नहीं भूलना चाहिए कि बाद की पीढ़ियों ने समाज और देश के प्रति अपेक्षित उत्तरदायित्वों को पूरा किया है। इसी प्रकार हमने स्वतंत्रता प्राप्त की थी। स्वतंत्रता के पश्चात् सामाजिक विमर्श में नागरिकों के अधिकारों ने प्रमुखता प्राप्त की। दुर्भाग्यवश, कुछ समय से हमने अपने व्यक्तिगत और सामूहिक कर्तव्य के भाग को नजरअंदाज कर दिया। इसने आज समाज को दूषित करनेवाली अनेक बुराइयों में योगदान दिया है। आज समय की जरूरत है कि

हम 'सक्रिय, जिम्मेदार और जागरूक नागरिकों' के बारे में जन जागरूकता फैलाएँ। निश्चित रूप से यह हमारी शिक्षा प्रणाली और हमारे राजनीतिक नेताओं के आचार से होना चाहिए, लेकिन मीडिया भी यह महत्त्वपूर्ण भूमिका अदा कर सकता है।

महात्मा गांधी के शब्दों में, प्रेस को 'लोकतंत्र का चौथा स्तंभ' कहा जाता है। वास्तव में यह एक शक्ति है, लेकिन इस शक्ति का दुरुपयोग करना अपराध है। चाहे मीडिया पर किसी निजी व्यक्ति का स्वामित्व क्यों न हो, वह जन उद्देश्य को पूरा करता है। जैसा कि विद्वान् कहते हैं कि यह बल की बजाय शांति के माध्यम से सुधार लाने में सहायक है। इसलिए इसका निर्वाचित सरकार या न्यायपालिका की तरह बहुत बड़ा सामाजिक उत्तरदायित्व होता है और इसका आचार भी पूर्ण रूप से सत्य होना चाहिए। महान् संत तिरुवल्लूवर के शब्दों में, "इस विश्व में नैतिकता के अलावा ऐसा कुछ नहीं है, जो प्रतिष्ठा और संपदा एक साथ प्रदान करे।" प्रौद्योगिकी ने मीडिया में बहुत बड़ा बदलाव कर दिया है। एक समय था, जब एक गाँव के ब्लैक बोर्ड पर लिखी गई दिन की हैडलाइन की बहुत अधिक विशेषता होती थी। आज हमारे मीडिया का विस्तार गाँव के ब्लैक बोर्ड से लेकर ऑनलाइन बुलेटिन बोर्ड तक हो गया है। जिस प्रकार आज शिक्षा शिक्षण के परिणामों पर अधिक केंद्रित हो गई है, उसी प्रकार हमारी विषय-वस्तु के उपभोग के प्रति प्रवृत्ति भी बदल गई है। आज हर नागरिक विभिन्न स्रोतों के माध्यम से अपने पास आए हुए समाचारों का विश्लेषण, चर्चा और उनकी वास्तविकता की जाँच करता है। इसलिए मीडिया को अपनी विश्वसनीयता बनाए रखने के लिए अतिरिक्त प्रयास करने होंगे। विश्वसनीय मीडिया मंचों के बीच स्वस्थ प्रतिस्पर्धा भी हमारे लोकतंत्र के स्वास्थ्य के लिए अच्छी है। विश्वसनीयता पर यह जोर हमें आत्मनिरीक्षण का अवसर देता है। मुझे दृढ़ता से विश्वास है कि जब कभी भी मीडिया में सुधार की आवश्यकता होगी तो इसे आत्मनिरीक्षण के माध्यम से केवल स्वयं के भीतर ही किया जा सकता है। वास्तव में हमने 26/11 मुंबई आतंकवादी हमले की रिपोर्ताज जैसे कुछ

अवसरों पर विश्लेषण कर आत्मनिरीक्षण की इस प्रक्रिया को देखा है। इस आत्मनिरीक्षण को अकसर किया जाना चाहिए।

मैं स्वच्छता के प्रति जागरूकता और जन चेतना, दोनों का सृजन करने में मीडिया द्वारा अदा की गई महत्त्वपूर्ण भूमिका की प्रशंसा करता हूँ, क्योंकि हमारा लक्ष्य प्राप्त करने से पहले हमें क्या-क्या शेष कार्य करने हैं, इसके बारे में मीडिया हमें बताता रहता है। एक और महत्त्वपूर्ण क्षेत्र है, जहाँ मीडिया महत्त्वपूर्ण भूमिका निभा सकता है। यह क्षेत्र है—एक भारत, श्रेष्ठ भारत। इसे एक उदाहरण के माध्यम से समझाता हूँ। क्या कोई समाचार-पत्र इस कार्य के लिए प्रतिदिन कॉलम का सिर्फ कुछ इंच स्थान दे सकता है? वह प्रतिदिन अपने प्रकाशन की भाषा में उसके अनुवाद और लिप्यांतरण सहित सभी प्रमुख भारतीय भाषाओं में एक साधारण वाक्य लिख सकता है क्या? वर्ष के अंत में, समाचार-पत्र के पाठकों को सभी प्रमुख भारतीय भाषाओं में ऐसे 365 साधारण वाक्यों का अनुभव हो जाएगा। इस साधारण प्रयास के सकारात्मक प्रभाव की कल्पना कीजिए। इसके अलावा विद्यालयों को भी प्रतिदिन उनकी कक्षाओं में कुछ मिनट के लिए इस विषय पर चर्चा के लिए प्रोत्साहित किया जाना चाहिए, जिससे कि बच्चे भी हमारी विविधता की ताकत और समृद्धता को समझ सकें। इसलिए यह प्रयास न सिर्फ महान् कार्य पूर्ण करेगा, बल्कि यह समाचार-पत्रों की ताकत भी बढ़ाएगा।

मैं अपने प्रिय भूतपूर्व राष्ट्रपति डॉ. ए.पी.जे. अब्दुल कलाम के शब्दों को याद करता हूँ, 'भारत एक ऐसा महान् देश है, जिसके पास अनेक रोमांचित कर देनेवाली सफलता की कहानियाँ हैं, लेकिन हम उन्हें स्वीकार करने से मना कर देते हैं। ऐसा क्यों?' मैंने देखा कि आजकल अधिकतर मीडिया विमर्श राजनीति के इर्द-गिर्द घूमते हैं। लोकतंत्र में राजनीति की विस्तार से चर्चा करना अच्छी बात है। हालाँकि भारत राजनीतिज्ञों से भी बढ़कर बहुत कुछ है। ये 125 करोड़ भारतीय लोग हैं, जो मिलकर भारत का निर्माण करते हैं। यदि हम लोगों पर, मीडिया पर अधिक ध्यान न देकर प्रसिद्ध लोगों की कहानियों और उपलब्धियों पर ध्यान देंगे तो उन्हें प्रसन्नता

होगी। इस प्रयास में मोबाइल फोन रखनेवाला प्रत्येक नागरिक आपका मित्र है। व्यक्तियों की सफल कहानियों को साझा और प्रचारित करने के लिए नागरिक रिपोर्टिंग महत्त्वपूर्ण उपकरण बन सकती है। यह संकट या प्राकृतिक आपदाओं के समय में बचाव एवं राहत प्रयासों में भी बहुत अधिक सहायक बन सकता है। मैं यह कहूँगा कि प्राकृतिक आपदाओं के समय मीडिया घटना के विभिन्न आयामों को कवर करने के लिए अपना सर्वश्रेष्ठ प्रदर्शन देता है। विश्व में प्राकृतिक आपदाओं की बारंबारता और गंभीरता बढ़ती जा रही है। हम सभी के लिए जलवायु-परिवर्तन एक चुनौती बन गई है। क्या मीडिया इसके विरुद्ध लड़ाई में आगे आ सकता है? क्या मीडिया जलवायु-परिवर्तन से निपटने के लिए किए जा रहे कार्यों की रिपोर्टिंग, चर्चा या जागरूकता बढ़ाने के लिए थोड़ा सा स्थान या प्रतिदिन कोई समय निर्धारित कर सकता है?

स्वतंत्रता के लिए अलख जलाने वाले अनेक समाचार पत्र देशी भाषा के समाचार पत्र थे। वास्तव में तत्कालीन ब्रिटिश सरकार भारतीय वर्नाक्यूलर प्रेस से भयभीत थी। उसे वर्नाक्यूलर समाचार-पत्रों की आवाज बंद करने के लिए सन् 1878 में वर्नाक्यूलर प्रेस अधिनियम लागू करना पड़ा था। हमारे विविधता भरे देश में वर्नाक्यूलर समाचार-पत्रों अर्थात् क्षेत्रीय भाषाओं में प्रकाशित समाचार-पत्रों की भूमिका आज भी उसी समय की तरह महत्त्वपूर्ण है। ये एक ऐसी भाषा में विषय-वस्तु प्रस्तुत करते हैं, जिसे लोग आसानी से समझ सकते हैं। ये समाचार-पत्र अकसर कमजोर और सामाजिक रूप से वंचित समूहों की जरूरत पूरा करते हैं। इनकी ताकत, प्रभाव और इस प्रकार इनके दायित्वों को कम नहीं आँका जा सकता। ये दूर-दराज के क्षेत्रों में सरकार की इच्छा तथा नीतियों के संदेशवाहक होते हैं। इसी प्रकार ये हम लोगों के विचारों और भावनाओं के पथ-प्रदर्शक हैं। इस संदर्भ में निश्चित रूप से यह प्रशंसनीय है कि हमारे ज्वलंत प्रिंट मीडिया में से कुछ सर्वाधिक बिकनेवाले समाचार-पत्र क्षेत्रीय भाषाओं में प्रकाशित होते हैं।

107

मुद्रा योजना

देश के नौजवान की इच्छा थी अपने दम पर कुछ करने की, लेकिन जब वह बैंक से कर्ज माँगने जाता था तो उससे बैंक गारंटी माँगी जाती थी। मुद्रा योजना के माध्यम से बैंक गारंटी देने की इस बाध्यता को ही हमने खत्म कर दिया। इस योजना ने पिछले तीन वर्षों में देश को तीन करोड़ नए उद्यमी दिए हैं। ये वे लोग हैं, जिन्होंने अपना काम शुरू किया है, जो स्वरोजगार कर रहे हैं। इसके अलावा 'स्टैंड अप इंडिया', 'स्टार्ट अप इंडिया', 'स्किल इंडिया मिशन' के माध्यम से भी युवाओं को सशक्त करने का काम सरकार कर रही है। इसके अलावा सरकार 'श्रमेव जयते' के सिद्धांत पर चलते हुए, श्रम कानूनों में भी निरंतर सुधार कर रही है, प्रक्रियाओं को सरल बना रही है। पहले जहाँ उद्यमियों को श्रम कानूनों के पालन के लिए 50 से ज्यादा रजिस्टर रखने पड़ते थे, वहीं अब सिर्फ–और–सिर्फ पाँच रजिस्टर से काम चल जाता है। श्रम सुविधा पोर्टल के माध्यम से हमने अधिकांश प्रक्रियाओं को ऑनलाइन कर दिया है। अब तो देश में सिर्फ एक दिन में नई कंपनी का रजिस्ट्रेशन हो सकता है, जबकि पहले इसमें एक–एक हफ्ता लग जाता था। इन सारे सुधारों का बड़ा लाभ देश के नौजवानों को, देश के छोटे उद्यमियों को सबसे ज्यादा हुआ है।

108

म्याँमार

हजारों वर्षों से भारत और म्याँमार की सिर्फ सीमाएँ ही नहीं, बल्कि भावनाएँ भी एक–दूसरे से जुड़ी हुई हैं। भारत में म्याँमार को 'ब्रह्मदेश' या 'भगवान् ब्रह्मा की धरती' भी कहा जाता है। यह वह पवित्र धरती है, जिसने

बुद्ध को सहेजा है, उनकी शिक्षाओं को सँवारा है। यहाँ के बौद्ध ग्रंथों और भिक्षुओं ने हिंदुस्तान के कोने-कोने में, भारत के सभी राज्यों के साथ सैकड़ों साल से भी ज्यादा एक अटूट रिश्ते को पाला-पोसा है, जिसमें न केवल धर्म, बल्कि पाली भाषा, साहित्य और शिक्षा भी शामिल रहे हैं। म्याँमार में आज भी, 'रामायण' को 'यामा' के नाम से पेश किया जाता है, विद्या की देवी सरस्वती को लोग 'थरूथरी' के नाम से पूजते हैं और शिव को 'परविजवा', विष्णु को 'विथानो' कहते हैं। भारत के स्वतंत्रता आंदोलन का इतिहास बिना म्याँमार को नमन किए पूरा कभी नहीं हो सकता है। यह वह पवित्र धरती है, जहाँ से सुभाषचंद्र बोस ने गरजकर कहा था, "तुम मुझे खून दो, मैं तुम्हें आजादी दूँगा।" उनका यह नारा सुनकर भारत को अपनी जान से भी ज्यादा प्यार करनेवाले हजारों, लाखों नौजवान और युवतियाँ अपनी जान की परवाह किए बिना, भारत में और भारत के बाहर आजाद हिंद फौज को सहयोग देने के लिए चल दिए थे। जब नेताजी ने यहाँ आजाद हिंद सरकार का ऐलान किया तो भारत में अंग्रेजी शासन की जड़ें हिल गई थीं। यह वह पवित्र धरती है, जहाँ की मांडले जेल में 6 साल कैद रहते हुए लोकमान्य बाल गंगाधर तिलकजी ने 'गीता रहस्य' की रचना की थी। यह वह पवित्र धरती है, जहाँ पर महात्मा गांधी, लाला लाजपतराय, गुरुवर रवींद्रनाथ टैगोर जैसे महा-मानवों के चरण कई बार पड़े थे। जब विदेशी ताकतों से भारत को स्वतंत्र कराने के लिए देश के वीर सपूतों को अपना घर छोड़ना पड़ता था तो म्याँमार ही उनका दूसरा घर बन जाता था। सन् 1857 के पहले स्वतंत्रता संग्राम के बाद बादशाह बहादुरशाह जफर को दो गज जमीन भी इसी धरती पर मिली थी।

109

युवाशक्ति

संविधान के निर्माण से लेकर स्वतंत्रता के इतने वर्षों बाद भी हम बाबा साहेब की उन उम्मीदों को, उस सपने को पूरा नहीं कर पाए हैं। कुछ लोगों

के लिए कई बार जन्म के समय मिली जाति, जन्म के समय मिली भूमि से ज्यादा महत्त्वपूर्ण हो जाती है। मैं मानता हूँ कि आज की नई पीढ़ी में वह क्षमता है, वह योग्यता है, जो इन सामाजिक बुराइयों को खत्म कर सकती है। खासतौर पर पिछले 15-20 वर्षों में जो बदलाव मैं देख रहा हूँ, उसका पूरा श्रेय नई पीढ़ी को ही मैं देना पसंद करूँगा। वह अच्छी तरह समझती है कि देश को जाति के नाम पर कौन बाँटने की कोशिश कर रहा है? वह अच्छी तरह समझती है कि देश जाति के नाम पर अलग-अलग होकर उस रफ्तार से आगे नहीं बढ़ पाएगा, जिस रफ्तार से भारत को आगे बढ़ना चाहिए। इसलिए जब मैं 'न्यू इंडिया' को जातियों के बंधन से मुक्त करने की बात करता हूँ, तो उसके पीछे युवाओं पर मेरा अटूट भरोसा होता है। आज की युवाशक्ति बाबा साहेब के सपनों को पूरा करने की ऊर्जा रखती है।

110

यूनिवर्सिटीज

एक समय था, जब हम स्कूल-कॉलेज में सीखने के लिए जाते थे, लेकिन वह युग समाप्त हो चुका है। आज विश्व जिस तेजी से बदल रहा है, मानव की सोच जिस प्रकार से बदल रही है, सोचने का दायरा जिस प्रकार से बदल रहा है, टेक्नोलॉजी इंटरवेंशन, जीवन की सोच को, जीवन के व्यवहार को, वे ऑफ लाइफ को आमूल-चूल परिवर्तन कर रहा है, उसी तेसी से हमारी यूनिवर्सिटीज भी बदल रही है। यूनिवर्सिटीज में आनेवाले हर विद्यार्थी के लिए यह एक बहुत बड़ी चुनौती है, चुनौती यह नहीं कि नया क्या सिखें, चुनौती यह है कि पुराना जो सीखकर आए हैं, उसे कैसे भुलाएँ? अनलर्न करना, डी-लर्न करना और बाद में री-लर्न करना—यह आज के युग की एक बहुत बड़ी आवश्यकता है। फोर्ब्स मैगजीन के मि. फोर्ब्स ने एक बार कहा था, शिक्षा की एक बड़ी मजेदार परिभाषा उन्होंने दी थी, उन्होंने कहा कि

शिक्षा का काम है, दिमाग को खाली करना। हमारी सोच क्या रही दिमाग को भरना, रटते रहना, नई-नई चीजें करते रहना, भरते रहना। अगर सच्चे अर्थ में युगानुकूल परिवर्तन लाना है तो हम सबको भी अपनी यूनिवर्सिटीज में दिमाग खाली करने का अभियान चलाना होगा। दिमाग खोलने का अभियान चलाना होगा, जब खुलेगा तो चारों तरफ से नए विचारों के प्रवेश की संभावना बनेगी, जब खाली होगा तो नया भरने के लिए जगह बनेगी। और इसलिए आज ये यूनिवर्सिटीज उसे लर्निंग दें, टीचिंग नहीं; लर्निंग को बल देते हुए आगे चलना है और समय की माँग यह है कि हम अपने शिक्षा संस्थानों को उस दिशा में कैसे लेकर जाएँ?

111

योग

अब दुनिया के लिए 21 जून जाना-पहचाना दिन बन गया है। 'विश्व योग दिवस' के रूप में पूरा विश्व इसे मनाता है। बहुत कम समय में 21 जून का यह 'विश्व योग दिवस' हर कोने में फैल चुका है, लोगों को जोड़ रहा है। एक तरफ विश्व में बिखराव की अनेक ताकतें अपना विकृत चेहरा दिखा रही हैं। ऐसे समय में यह विश्व को भारत की एक बहुत बड़ी देन है। योग द्वारा विश्व को एक सूत्र में हम जोड़ चुके हैं, जैसे योग, शरीर, मन, बुद्धि और आत्मा को जोड़ता है, वैसे आज योग विश्व को भी जोड़ रहा है।

आज की जीवन-शैली के कारण, आपा-धापी के कारण, बढ़ती हुई जिम्मेवारियों के कारण, तनाव से मुक्त जीवन जीना मुश्किल होता जा रहा है। और यह बात देखने में आई कि छोटी-छोटी आयु में भी यह स्थिति पहुँच चुकी है। अनाप-शनाप दवाइयाँ लेते जाना और दिन गुजारते जाना, ऐसी घड़ी में तनाव-मुक्त जीवन जीने के लिए योग की भूमिका अहम है। योग वैलनैस और फिटनेस, दोनों की गारंटी है। योग सिर्फ व्यायाम नहीं है। तन से, मन से,

शरीर से, विचारों से, आचार से स्वस्थता की एक अंतर्यात्रा कैसे चले, उस अंतर्यात्रा को अनुभव करना है तो योग के माध्यम से संभव है।

योग की एक विशेषता है, मन को स्थिर रखने की, किसी भी प्रकार के उतार-चढ़ाव के बीच भी स्वस्थ मन के साथ जीने की कला योग से सीखने को मिलती है। योग ने स्वयं भी व्यक्ति से समष्टि तक की यात्रा करनी शुरू की है। एक वक्त था, जब योग हिमालय में, गुफाओं में, ऋषियों, मुनियों, मनीषियों का ही साधना का मार्ग हुआ करता था। युग बदलते गए, सदियाँ बीतती गईं; आज योग घर-घर का, जन-जन का, उसके जीवन का हिस्सा बन रहा है। विश्व के अनेक देश, जो न हमारी भाषा जानते हैं, न हमारी परंपरा जानते हैं, न हमारी संस्कृति से परिचित हैं, लेकिन योग के कारण आज पूरा विश्व भारत के साथ जुड़ने लगा है। योग—जो शरीर, मन, बुद्धि को जोड़ता है, वह योग आज विश्व को अपने साथ जोड़ने में बहुत बड़ी अहम भूमिका अदा कर रहा है। आज योग के सामने कहीं पर भी दुनिया में सवालिया निशान नहीं है। समयानुकूल परिवर्तन होते रहे हैं, विश्व के भिन्न-भिन्न समाज उसमें कुछ-न-कुछ जोड़ते रहे हैं। स्थल, काल, परिस्थिति के अनुकूल, आयु के अनुकूल, योग में उत्तरोत्तर विकास होता रहा है, उसका विस्तार भी होता रहा है और इसलिए मैं देश और दुनिया के लोगों को, योग को जीवन का हिस्सा बनाने के लिए आग्रह करता हूँ। हम योग के मास्टर बनें या न बनें, हम योग में अचीवर बनें या न बनें, लेकिन हम योग के अभ्यासु बन सकते हैं। और जिस समय पहली बार योग करते हैं, तो पता चलता है कि हमारे शरीर के ऐसे कितने महत्त्वपूर्ण अंग हैं, जिनकी तरफ हमारा कभी ध्यान नहीं गया, कितने बेकार होते गए हैं। और जब योग शुरू करते हैं तो शरीर के अनेक अंग, जो सुषुप्त अवस्था में पड़े हैं, उनकी जागृति को हम खुद अनुभव कर सकते हैं। उसके लिए कोई बड़ी या दिव्य चेतना की आवश्यकता नहीं होती। जिन्होंने पहली बार योग किया है, उन सबको पता चलता है कि मेरे शरीर के जो अंग सुषुप्त पड़े थे, योग शुरू करते ही उनके भीतर जागृति आने लगी है, चैतन्य आने लगा है।

योग मन को स्वस्थ रखने के लिए एक अच्छा मार्ग है। तनाव से मुक्ति,

दबाव से मुक्ति, प्रसन्नचित्त की ओर प्रयाण में योग बहुत मदद करता है। योग के संबंध में जितने गीत, काव्यमय रचनाएँ आप तैयार कर सकते हैं, वह करनी चाहिए, क्योंकि वे सहज रूप से लोगों को समझ आ जाती हैं।

स्वच्छता बीमारी से बचाने का सबसे बड़ा आधार है। गरीब की सबसे बड़ी सेवा अगर कोई कर सकता है तो स्वच्छता कर सकती है। और दूसरा, जिसके लिए मैं लगातार आग्रह करता हूँ, वह है—योग। कुछ लोग उसको 'योगा' भी कहते हैं। 21 जून, 'अंतरराष्ट्रीय योग दिवस' है। पूरे विश्व में योग के प्रति एक आकर्षण भी है, श्रद्धा भी है और विश्व ने इसको स्वीकार किया है। हमारे पूर्वजों की हमें दी हुई एक अनमोल भेंट है, जो हमने विश्व को दी है। तनाव से ग्रस्त विश्व को संतुलित जीवन जीने की ताकत योग देता है। रोकथाम इलाज से बेहतर है। योग से जुड़े हुए व्यक्ति के जीवन में स्वस्थ रहना, संतुलित रहना, मजबूत इच्छा-शक्ति का धनी होना, अप्रतिम आत्मविश्वास से भरा जीवन होना, हर काम में एकाग्रता का होना—ये सहज उपलब्धियाँ होती हैं। 21 जून—योग दिवस, यह सिर्फ एक इवेंट नहीं है, इसका प्रभाव बढ़े, हर व्यक्ति के जीवन में इसका स्थान बने, हर व्यक्ति अपनी दिनचर्या में 20 मिनट, 25 मिनट, 30 मिनट योग के लिए खपाए। और इसके लिए 21 जून, यानी योग दिवस हमें प्रेरणा देता है।

स्वस्थ जीवनशैली बनाए रखने और जीवनशैली के विकार से बचाने में योग मददगार है। स्कूल जाने से पहले 30 मिनट योग कीजिए, देखिए कितना लाभ होगा! घर में भी कर सकते हैं। और योग की विशेषता भी तो यही है कि यह सहज है, सरल है, सर्व सुलभ है। यह सहज है, इसलिए कह रहा हूँ कि किसी भी उम्र का व्यक्ति आसानी से कर सकता है। सरल इसलिए है कि आसानी से सीखा जा सकता है और सर्वसुलभ इसलिए है कि कहीं पर भी किया जा सकता है; इसके लिए विशेष उपकरण या मैदान की जरूरत नहीं होती है। आयुर्वेद और योग को हम सिर्फ उपचार के माध्यम के तौर पर न देखें, उन्हें हम अपने जीवन का हिस्सा बनाएँ।

112

रक्षाबंधन

रक्षाबंधन का त्योहार हमारे यहाँ एक विशेष महत्त्व का त्योहार है। पिछले साल की भाँति इस साल भी रक्षाबंधन के अवसर पर अपने देश की माताओं-बहनों को क्या आप 'प्रधानमंत्री सुरक्षा बीमा योजना' या 'जीवन ज्योति बीमा योजना' भेंट नहीं कर सकते? सोचिए, बहन को ऐसी भेंट दें, जो उसको जीवन में सचमुच में सुरक्षा दे। इतना ही नहीं, हमारे घर में खाना बनानेवाली महिला होगी, हमारे घर में साफ-सफाई करनेवाली कोई महिला होगी, गरीब माँ की बेटी होगी—इस रक्षाबंधन के त्योहार पर उनको भी तो 'सुरक्षा बीमा योजना' या 'जीवन ज्योति बीमा योजना' भेंट दे सकते हैं और यही तो सामाजिक सुरक्षा है, यही तो रक्षाबंधन का सही अर्थ है।

113

रमजान

रमजान में प्रार्थना, अध्यात्म और दान को काफी महत्त्व दिया जाता है। हम हिंदुस्तानी बहुत भाग्यवान हैं कि हमारे पूर्वजों ने ऐसी परंपरा का निर्माण किया कि आज भारत इस बात का गर्व कर सकता है। हम सवा सौ करोड़ देशवासी इस बात का गर्व कर सकते हैं कि दुनिया के सभी संप्रदाय भारत में मौजूद हैं। यह ऐसा देश है, जहाँ ईश्वर में विश्वास करनेवाले लोग भी और ईश्वर को नकारनेवाले लोग भी, मूर्ति पूजा करनेवाले भी और मूर्ति पूजा का विरोध करनेवाले भी, हर प्रकार की विचारधारा, हर प्रकार की पूजा-पद्धति, हर प्रकार की परंपरा, हम लोगों ने एक साथ जीने की कला आत्मसात की है। और आखिरकार धर्म हो, संप्रदाय हो, विचारधारा हो, परंपरा हो, हमें यही संदेश देते हैं—शांति, एकता और सद्भावना का।

रमजान का पवित्र महीना शांति, एकता और सद्भावना के इस मार्ग को आगे बढ़ाने में जरूर सहायक होगा।

114

राम

रावण को हराकर राम बड़े नहीं बने, बल्कि राम तब राम बने, जब उन्होंने उन लोगों को साथ लिया, जो सर्वहारा थे, साधनहीन थे। उन्होंने उन लोगों का आत्मगौरव बहाल किया और उनमें विजय का विश्वास पैदा किया। भगवान् राम ने जीवन में उस भूमिका को स्वीकार नहीं किया, जो उनके वंश की परंपरा थी। वे अयोध्या से बाहर निकले और अभी नगर की सरहद पार नहीं किए, लेकिन पूरे विश्व को, पूरी मानवता को अपने आप में समाहित करते हुए आदर्श क्या होता है, मूल्य क्या होते हैं, मूल्यों के प्रति जीवन का समर्पण क्या होता है, उसे उन्होंने जीकर दिखाया। जब रामजी को देखते हैं तो व्यक्ति का विकास, व्यवस्था का विकास, ये बातें सहज रूप से नजर आती हैं।

115

राष्ट्रभाव

स्वतंत्रता संग्राम हम लोगों की भावना से अधिक जुड़ा हुआ है। हम भली-भाँति जानते हैं कि आजादी का जब आंदोलन चल रहा था, तब एक शिक्षक भी स्कूल में पढ़ाई कराता था। एक किसान खेत में काम करता था, एक मजदूर मजदूरी करता था, लेकिन जो भी जो करता था, उसके हृदय के मन मंदिर में उसके भाव-जगत् में यह भाव था कि मैं जो काम कर रहा हूँ, वह देश की आजादी के लिए कर रहा हूँ। यह भाव बहुत बड़ी व महत्त्वपूर्ण

ताकत होता है। परिवार में भी खाना रोज पकता है। व्यंजन सब प्रकार के बनते हैं, लेकिन जो व्यंजन भगवान् के सामने भोग के रूप में चढ़ा दिए जाते हैं, वे व्यंजन प्रसाद बन जाते हैं। हम परिश्रम करते हैं, लेकिन माँ भारती की भव्यता के लिए, दिव्यता के लिए, देशवासियों को गरीबी से मुक्त कराने के लिए, सामाजिक ताने-बाने को सही ढंग से बुनने के लिए अपने हर कर्तव्य को राष्ट्रभाव से, राष्ट्र-भक्ति से, राष्ट्र को समर्पित करते हुए करते हैं तो परिणाम की ताकत अनेक गुना बढ़ जाती है। और इसलिए हम सब उस बात को लेकर आगे चलें।

116

रिन्युएबल एनर्जी

भारत एक ऐसा देश है, जो केवल अपने लिए नहीं, बल्कि विश्व-पर्यंत न्याय, गरिमा, अवसर और समृद्धि के लिए लगातार प्रयत्नशील रहा है। भारत के ही प्रयास से अंतरराष्ट्रीय सौर संधि का गठन किया गया है। सौर ऊर्जा को राष्ट्रीय और अंतरराष्ट्रीय स्तर पर बढ़ावा देने के लिए सरकार लगातार कोशिश कर रही है। आज केंद्र की योजनाओं में भी आपको प्रकृति की रक्षा के इस भाव की झलक मिलेगी। सौर ऊर्जा, पवन ऊर्जा, पानी से बिजली बनाने के क्षेत्र में जितना काम अभी हो रहा है, उतना शायद पहले नहीं हुआ है। दुनिया का सबसे बड़ा रिन्युएबल कैपिसिटी एक्सपेंशन प्रोग्राम आज अगर किसी देश में चल रहा है, तो वह भारत देश है, जो सौंदर्य लहरी वालों का देश है। सरकार उस लक्ष्य की तरफ काम कर रही है कि वर्ष 2030 तक देश की 40 प्रतिशत ऊर्जा की जरूरतों की पूर्ति नॉन-फॉसिल फ्यूल बेस्ड रिन्युएबल एनर्जी से ही प्राप्त हो।

सरकार का लक्ष्य वर्ष 2022, जब भारत स्वतंत्रता की 75वीं वर्षगाँठ मना रहा होगा, तब तक 175 गीगावॉट, मैं मेगावॉट नहीं कह रहा हूँ। मेगावॉट

तो बीते हुए दिन की बात है। अब हिंदुस्तान गीगावॉट पर सोचता है। गीगावॉट रिन्युएबल एनर्जी का उत्पादन हो चुका होगा। सरकार के प्रयासों का असर है कि पिछले तीन वर्षों में 22 हजार मेगावॉट से ज्यादा रिन्युएबल एनर्जी की नई क्षमता को पॉवर ग्रिड से जोड़ा गया है, जबकि पिछली सरकार के आखिरी तीन वर्षों में सिर्फ 12 हजार मेगावॉट की रिन्युएबल एनर्जी की नई क्षमता जोड़ी गई थी। इसी तरह पिछली सरकार ने अपने आखिरी के तीन सालों में रिन्युएबल एनर्जी पर 4 हजार करोड़ रुपए खर्च किए थे। हमने आने के बाद तीन साल के भीतर-भीतर इस सेक्टर में करीब-करीब 11 हजार करोड़ रुपयों की लागत से भी अधिक राशि खर्च की है। वर्तमान समय में हमारे देश में करीब 300 गीगावॉट बिजली उत्पादन की क्षमता है। इसमें कोयले से, पानी से, सौर और पवन ऊर्जा से, सभी तरह की बिजली शामिल है। आपको जानकर हैरानी होगी कि अगर देश में मौजूद संसाधनों का पूरा इस्तेमाल हो तो 750 गीगावॉट बिजली सिर्फ सोलर पॉवर से बनाई जा सकती है, सौर ऊर्जा से बनाई जा सकती है। यह हमारे देश की क्षमता है और हमें इसका भरपूर इस्तेमाल करना चाहिए।

117

लोकतंत्र

जब मेरी सरकार के दो साल पूरे हुए, तो कुछ आधुनिक विचारवाले नौजवानों ने मुझे सुझाव दिया कि आप इतनी बड़ी लोकतंत्र की बातें करते हैं तो क्यों न आप अपनी सरकार का मूल्यांकन लोगों से करवाएँ? वैसे एक प्रकार से उनका चुनौती का ही स्वर नहीं था, सुझाव का भी स्वर था; लेकिन उन्होंने मेरे मन को झकझोर दिया। मैंने अपने कुछ वरिष्ठ साथियों के बीच में यह विषय रखा, तो प्रथम प्रतिक्रिया तो ऐसी ही थी कि नहीं-नहीं जी साहब, यह आप क्या करने जा रहे हैं? आज तो टेक्नोलॉजी इतनी बदल चुकी है कि

अगर कोई इकट्ठे हो जाए, कोई गुट बन जाए और टेक्नोलॉजी का दुरुपयोग कर गए, तो पता नहीं सर्वे कहाँ-से-कहाँ ले जाएँगे? उन्होंने चिंता जाहिर की। लेकिन मुझे लगा, नहीं-नहीं, रिस्क लेना चाहिए, कोशिश करनी चाहिए। देखें, क्या होता है, और मेरे प्यारे देशवासियो, खुशी की बात है कि मैंने टेक्नोलॉजी के माध्यम से अलग-अलग भाषाओं का उपयोग करते हुए जनता को अपनी सरकार का मूल्यांकन करने के लिए आवाहन किया। चुनाव के बाद भी तो बहुत सर्वे होते हैं, चुनाव के दरम्यान भी सर्वे होते हैं, कभी-कभी बीच में कुछ मुद्दों पर भी सर्वे होते हैं, लोकप्रियता पर सर्वे होते हैं, लेकिन उसकी सेंपल ज्यादा नहीं होती है। आप में से बहुत लोगों ने नेट पर अपनी राय दी है। वैसे तो लाखों लोगों ने इसमें रुचि दिखाई, लेकिन तीन लाख लोगों ने एक-एक सवाल का जवाब देने के लिए मेहनत की है, काफी समय निकाला है। मैं उन तीन लाख लोगों का बहुत आभारी हूँ कि उन्होंने स्वयं सक्रियता दिखाई, सरकार का मूल्यांकन किया। मैं नतीजों की चर्चा नहीं करता हूँ, वे हमारे मीडिया के लोग जरूर करेंगे। लेकिन एक अच्छा प्रयोग था, इतना तो मैं जरूर कहूँगा और मेरे लिए भी खुशी की बात थी कि हिंदुस्तान की सभी भाषाएँ बोलनेवाले, हर कोने में रहनेवाले, हर प्रकार के बैकग्राउंड वाले लोगों ने इसमें हिस्सा लिया और यह मेरे लिए सबसे बड़ा अचरज तो है ही कि भारत सरकार की जो ग्रामीण रोजगार की योजना चलती है, उस योजना की जो वेबसाइट है, उस पोर्टल पर सबसे ज्यादा लोगों ने बढ़-चढ़कर हिस्सा लिया। इसका मतलब कि ग्रामीण जीवन से जुड़े, गरीबी से जुड़े हुए लोगों का इसमें बहुत बड़ा सक्रिय योगदान था, ऐसा मैं प्राथमिक अनुमान लगाता हूँ। यह मुझे और ज्यादा अच्छा लगा। तो आपने देखा, एक वह भी दिन था, जब कुछ वर्ष पहले 26 जून (आपातकाल में) को जनता की आवाज दबा दी गई थी और यह भी वक्त है कि जब जनता खुद तय करती है, बीच-बचाव तय करती है कि देखें तो सही, सरकार ठीक कर रही है कि गलत कर रही है, अच्छा कर रही है, बुरा कर रही है? यही तो लोकतंत्र की ताकत है।

118

विद्यार्थी जीवन

स्वस्थ शरीर में ही स्वस्थ मन रहता है। विद्यार्थी अपनी पढ़ाई के साथ-साथ अपनी सेहत का भी ध्यान रखें, जिससे आप परीक्षा में स्वस्थ मन से अच्छे से लिख सकें। अब मैं यह तो नहीं कहूँगा कि आप दंड-बैठक लगाना शुरू कर दीजिए और तीन किलोमीटर, पाँच किलोमीटर दौड़ने के लिए जाइए। लेकिन एक बात सही है कि खासकर परीक्षा के दिनों में आपका रुटीन कैसा है? वैसे भी 365 दिवस हमारा रुटीन हमारे सपनों और संकल्पों के अनुकूल होना चाहिए। निर्धारित सोने का समय, गहरी नींद—ये उतनी ही महत्त्वपूर्ण हैं, जितनी कि आपकी दिन भर की और गतिविधियाँ हैं। मैं भाग्यवान हूँ, मेरी नींद कम है, लेकिन बहुत गहरी जरूर है और इसलिए मेरा काम चल भी जाता है। कुछ लोगों की आदत होती है कि वे सोने से पहले टेलीफोन पर लंबी-लंबी बातें करते रहते हैं। अब उसके बाद वे ही विचार चलते रहते हैं, तो कहाँ से नींद आएगी? और जब मैं सोने की बात करता हूँ, तो यह मत सोचिए कि मैं परीक्षा के लिए सोने के लिए कह रहा हूँ। गलतफहमी मत कीजिएगा। मैं परीक्षा के टाइम पर तो आपको अच्छी परीक्षा देने के लिए तनावमुक्त अवस्था के लिए सोने की बात कर रहा हूँ। सोते रहने की बात नहीं कर रहा हूँ। वरना कहीं ऐसा न हो कि मार्क्स कम आ जाएँ और माँ पूछे कि क्यों बेटे, कम आए, तो कह दो कि मोदीजी ने सोने को कहा था, तो मैं तो सो गया था। ऐसा नहीं करोगे न? मुझे विश्वास है, नहीं करोगे।

119

विरासत

'कुछ बात है ऐसी कि हस्ती मिटती नहीं हमारी।' वह बात क्या है? वह बात है, लचीलापन, बदलाव। जो काल-बाह्य है उसे छोड़ना, जो आवश्यक है

उसका सुधार स्वीकार करना। और हमारे समाज की विशेषता है, आत्मसुधार करने का निरंतर प्रयास। यह भारतीय परंपरा, यह हमारी संस्कृति हमें विरासत में मिली है।

देश के भिन्न-भिन्न इलाकों में रह रही आज की पीढ़ी एक-दूसरे को जाने, अपनी विरासत को पहचाने, यह बहुत आवश्यक है। उसे एक-दूसरे के रहन-सहन, खान-पान, एक-दूसरे की भाषा-बोली के महत्त्वपूर्ण शब्दों की जानकारी हो। 'विविधता में एकता, भारत की विशेषता।' यह कहने में बहुत अच्छा लगता है, लेकिन कभी-कभी हम सिंगापुर को जितना जानते हैं, उतना कभी बंगाल को नहीं जानते। हम दुबई को जितना जानते हैं, उतना शायद देहरादून को नहीं जानते। यह जो हम अपनों को ही भूलते रहते हैं, इसलिए हमारी यह कोशिश है, जिसे सरदार पटेल जयंती से हमने प्रारंभ किया—'एक भारत श्रेष्ठ भारत अभियान'। मैं भी चाहता हूँ कि हमारे छात्रों के बीच ऐसे ही कंपीटिशन हो, क्विज कंपीटिशन हो। देश के अलग-अलग भू-भाग, अलग-अलग परंपराएँ, अलग-अलग जीवन का हिंदुस्तान के हर कोने के लोगों को पता होना चाहिए।

120

विविधता में एकता

विशाल भारत के लिए 'विविधता में एकता' सिर्फ नारा नहीं, हमारी अपार-शक्ति का भंडार है, इसे अनुभव कीजिए। 'एक भारत-श्रेष्ठ भारत' का सपना इसमें निहित है। खान-पान की कितनी विविधता है ? पूरे जीवन भर हर दिन एक-एक नई डिश अगर खाते रहें तो भी दोहराव नहीं होगा। अब पर्यटन हमारी बड़ी ताकत है। मैं आग्रह करूँगा कि छुट्टियों में आप सिर्फ घर के बाहर जाएँ। ऐसा नहीं कि बदलाव के लिए निकल पड़ें, ऐसा नहीं; कुछ जानने-समझने-पाने के इरादे से निकलिए। भारत को अपने भीतर आत्मसात् कीजिए।

कोटि-कोटि जन की विविधताओं को अपने भीतर आत्मसात् कीजिए। इन अनुभवों से आपका जीवन समृद्ध हो जाएगा। आपकी सोच का दायरा विशाल हो जाएगा। और अनुभव से बड़ा शिक्षक कौन होता है!

121

विश्व व्यापार

कई वर्षों से हम शब्द सुनते आए हैं—ग्लोबलाइजेशन, विश्व व्यापार। सुनते तो बहुत सालों से आए हैं, लेकिन विश्व व्यापार की संभावनाओं के संबंध में घर में बैठकर चर्चा करते रहने से हम देश को कोई लाभ नहीं पहुँचा सकते। विश्व व्यापार का लाभ तब होता है, जब विश्व के साथ जुड़ने के लिए आपके पास विश्व स्तर का इंफ्रास्ट्रक्चर हो। सामुद्रिक व्यापार उसमें एक बहुत बड़ी अहमियत रखता है। अगर विश्व व्यापार में भारत को अपनी जगह बनानी है तो भारत के पास सबसे ज्यादा सामुद्रिक मार्ग की शक्ति को अनेक गुना बढ़ाने की जरूरत है। हमारे पोर्ट जितनी अधिक मात्रा में विकसित हों, आधुनिक हों उतनी तेज गति से चलनेवाले जहाजों की संख्या बढ़े। और पूरे देश में हमें लगता है कि माल परिवहन के लिए अगर हम रेल या रोड की बजाय जलमार्ग का उपयोग करें, अपनी नदियों का, अपने समुद्र तट का, तो हम बहुत ही कम खर्च में चीजों को मुहैया करा सकते हैं, पहुँचा सकते हैं और पर्यावरण को कम-से-कम नुकसान करके हम एक ग्लोबल वार्मिंग के साथ जो लड़ाई चल रही है, उसमें भी अपना सकारात्मक योगदान कर सकते हैं।

122

वी.आई.पी. कल्चर

आमतौर पर हमारे देश में वी.आई.पी. कल्चर के प्रति एक नफरत का

माहौल है; लेकिन यह इतना गहरा है, यह मुझे अभी-अभी अनुभव हुआ। जब सरकार ने तय कर दिया कि अब हिंदुस्तान में कितना ही बड़ा व्यक्ति क्यों न हो, वह अपनी गाड़ी पर लाल बत्ती लगाकर नहीं घूमेगा। वह एक प्रकार से वी.आई.पी. कल्चर का सिंबल बन गया था। लेकिन अनुभव यह कहता था कि लाल बत्ती तो गाड़ी पर लगती थी, लेकिन धीरे-धीरे वह दिमाग में घुस जाती थी और दिमागी तौर पर वी.आई.पी. कल्चर पनप चुका है। अभी तो लाल बत्ती गई है, इसके लिए कोई यह तो दावा नहीं कर पाएगा कि दिमाग में जो लाल बत्ती घुस गई है, वह निकल गई होगी।

123

वृक्ष

आज पूरा विश्व क्लाइमेट चेंज, ग्लोबल वार्मिंग, पर्यावरण की बड़ी चिंता करता है। देश और दुनिया में सामूहिक रूप से इनकी चर्चा होती है। भारत में सदियों से इन बातों पर बल दिया गया है। कुरुक्षेत्र के युद्ध के मैदान में भी भगवान् कृष्ण वृक्ष की चर्चा करते हैं, युद्ध के मैदान में भी वृक्ष की चर्चा करना, मतलब कि इसका माहात्म्य कितना होगा, हम अंदाजा लगा सकते हैं। गीता में भगवान् कृष्ण कहते हैं— 'अश्वत्थ: सर्ववृक्षाणां' अर्थात् सभी वृक्षों में मैं पीपल हूँ। शुक्राचार्य नीति में कहा गया है—'नास्ति मूलं अनौषधं' यानी ऐसी कोई वनस्पति नहीं है, जिसमें कोई औषधीय गुण न हो। 'महाभारत' का 'अनुशासन पर्व'—उसमें तो बड़ी विस्तार से चर्चा की गई है और 'महाभारत' के 'अनुशासन पर्व' में कहा गया है—'जो वृक्ष लगाता है, उसके लिए यह वृक्ष संतान रूप होता है, इसमें संशय नहीं है। जो वृक्ष का दान करता है, उसको ये वृक्ष संतान की भाँति परलोक में भी तार देते हैं।' इसलिए अपने कल्याण की इच्छा रखनेवाले माता-पिता अच्छे वृक्ष लगाएँ और उनका संतानों के समान पालन करें। हमारे शास्त्र— गीता हो, शुक्राचार्य नीति हो,

'महाभारत' का 'अनुशासन पर्व' हो, सभी में इस पर चर्चा की गई है। आज की पीढ़ी में भी कुछ लोग हैं, जो इन आदर्शों को जीकर दिखाते हैं।

124

वैज्ञानिक

हमारे देश में जैसे किसान मेहनत करता है, हमारे वैज्ञानिक भी देश को नई ऊँचाइयों पर ले जाने के लिए बहुत सफलताएँ प्राप्त कर रहे हैं। और मेरा तो पहले से मत रहा है कि हमारी नई पीढ़ी वैज्ञानिक बनने के सपने देखे, विज्ञान में रुचि ले और आनेवाली पीढ़ियों के लिए कुछ कर गुजरने की इच्छा के साथ आगे आए।

125

वैल्यू एडिशन

गांधीनगर के पास एक गाँव है। वह मिर्ची की खेती करता था। अब हमारे देश की यह मुसीबत है कि जब एक किसान मिर्ची की खेती करेगा तो सारे किसान मिर्ची की खेती कर देंगे, तो दाम गिर जाता है। इसी तरह उस पूरे गाँव की सारी मिर्ची बेचने पर भी पूरे गाँव को तीन लाख रुपए से ज्यादा इनकम नहीं होती थी, संभव ही नहीं थी। गाँववालों ने क्या किया; उन्होंने कहा कि भई अब तो 24 घंटे बिजली मिलनेवाली है, हम एक छोटी सी सोसायटी बना लें और तत्काल उन्होंने छोटी सी सोसायटी बनाई और तत्काल बिजली का कनेक्शन लिया। उन्होंने मिर्ची को लाल बनने तक उसकी सारी प्रक्रिया की, फिर लाल मिर्ची का पावडर बनाने के लिए प्रॉसेसर ले आए, उसका पैकेजिंग किया। जो मिर्ची उनकी तीन लाख में बिकनेवाली थी, वही मिर्ची 18 लाख रुपए की इनकम करके ले आई। कहने का मेरा तात्पर्य है कि वैल्यू

एडिशन के संबंध में भी हम किसानों को सहज रूप से बताएँ। यह बात सही है कि दुनिया में जिस तेजी से, यहाँ निर्यात–आयात की बात हुई है, बहुत बड़ी बात है कि अब कोई तय करेगा कि कितना शॉर्टेज के रूप से आप लाए हो।

126

वैष्णव जन तो तेने कहिये

पूज्य बापू को 'वैष्णव जन तो तेने कहिये जे, पीड़ पराई जाणे रे' बहुत प्रिय था। इस देश के हर कोने में 'वैष्णव जन तो तेने कहिये' हर विद्यार्थी को मालूम है, हर नागरिक को पता है, सबको पता है कि यह गांधीजी को प्रिय था। और इसकी ताकत देखिए, इसकी सहजता देखिए, आप 100 लोगों से पूछिए, 100 में से 90 लोग कहेंगे 'वैष्णव जन तो तेने कहिये'। हिंदुस्तान के किसी भी कोने में जाकर देख लीजिए। फिर उनसे दूसरा सवाल कहिए कि किस भाषा में है ? मैं दावे से कहता हूँ कि 10 लोग नहीं बता पाएँगे कि यह किस भाषा में है ? क्योंकि यह इस तरह से हमारे भीतर रम गया है कि भाषा के भेद खत्म हो चुके हैं। 'वैष्णव जन' हमें अपना लगने लगा। यह सिद्धि होती है कि बाकी कोई भेद रेखा सामने नहीं आती है, लिप्त हो जाती है। मैं राजनीति में बहुत देर से आया हूँ। संगठन के लिए समर्पित था, संगठन के लिए काम करता था और तब मैं भारतीय जनता पार्टी के कार्यकर्ताओं को प्रशिक्षित करते समय एक बात बताता था। मैं कहता था कि 'वैष्णव जन तो तेने कहिये' 400 साल पहले नरसिंह मेहता ने लिखा था। आज जितने भी पॉलिटिकल लीडर हैं, जितने भी जनप्रतिनिधि हैं, एक काम करें, 'वैष्णव जन तो तेने कहिये, जे पीड़ पराई जाणे रे', यहाँ पर 'वैष्णव जन' शब्द निकालकर लोक प्रतिनिधि तो तेने रे कहिये, जे पीड़ पराई जाणे रे। आप देखिए, हिंदुस्तान में लोकप्रतिनिधि कैसा होना चाहिए, जनसेवक, जननायक कैसा होना चाहिए ? वैष्णव जन की हर पंक्ति में आप पल भर के लिए अपने आपको बिठाकर के देखिए, आप पाएँगे

कि आपको किसी से मार्ग-दर्शन लेने की जरूरत नहीं महसूस होगी। कहाँ जाना है, उसका रास्ता साफ मिल जाएगा। कोई उलझन नहीं रहेगी। एक-एक शब्द के साथ जोड़कर देख लीजिए, समय के अभाव में मैं उसका विस्तार नहीं कर रहा हूँ, लेकिन यह सामर्थ्य उसमें है।

127

वोट

वोट की शक्ति, लोकतंत्र में सबसे बड़ी शक्ति है। लाखों लोगों के जीवन में सकारात्मक परिवर्तन लाने के लिए 'वोट' सबसे प्रभावी साधन है।

128

शांत मन

मैं आपको एक छोटी सी बात समझाना चाहता हूँ। आप कल्पना कीजिए कि एक तालाब के किनारे पर आप खड़े हैं और नीचे बहुत बढ़िया चीजें दिख रही हैं, लेकिन अचानक कोई पानी में पत्थर मार दे और पानी हिलना शुरू हो जाए, तो नीचे जो बढ़िया दिख रहा था, वह दिखेगा क्या? अगर पानी शांत है, तो चीजें कितनी ही गहरी क्यों न हों, दिखाई देती हैं, लेकिन पानी अगर अशांत है, तो नीचे कुछ नहीं दिखता है। आपके भीतर बहुत-कुछ पड़ा हुआ है। साल भर की मेहनत का भंडार भरा पड़ा है, लेकिन अशांत मन होगा, तो वह खजाना आप ही नहीं खोज पाएँगे। अगर शांत मन रहा, तो वह आपका खजाना बिल्कुल उभरकर आपके सामने आएगा और आपकी परीक्षा एकदम सरल हो जाएगी।

129

शांति-अभियान

भारत ने नारी समानता पर हमेशा जोर दिया है और भारतीय महिलाओं ने शांति स्थापित करने के कार्यों में अग्रणी भूमिका निभाई है। बहुत कम लोग इस बात को जानते होंगे कि भारत पहला देश था, जिसने लीबिया में संयुक्त राष्ट्र के शांति-अभियान मिशन में महिला पुलिस यूनिट भेजी थी। और देखिए, भारत का यह कदम विश्व भर के देशों के लिए प्रेरणास्रोत बन गया और इसके बाद, सभी देशों ने अपनी-अपनी महिला पुलिस यूनिट को भेजना प्रारंभ किया। महात्मा गांधी और गौतम बुद्ध की इस भूमि से हमारे बहादुर शांति-रक्षकों ने विश्व भर में शांति और सद्भाव का संदेश पहुँचाया है।

130

शिक्षक

जीवन में जितना 'माँ' का स्थान होता है, उतना ही शिक्षक का स्थान होता है। और ऐसे भी शिक्षक हमने देखे हैं कि जिनको अपने से ज्यादा, अपनों की चिंता होती है। वे अपने शिष्यों के लिए, अपने विद्यार्थियों के लिए, अपना जीवन लगा देते हैं। हम सबके जीवन में शिक्षक का योगदान हमेशा महसूस होता है।

मैं भी कभी-कभी सोचता हूँ तो मुझे अपने शिक्षकों की बहुत सी कथाएँ याद आती हैं, क्योंकि हमारे छोटे से गाँव में तो वे ही हमारे हीरो हुआ करते थे, लेकिन मैं आज खुशी से कह सकता हूँ कि मेरे एक शिक्षक, अब उनकी 90 साल की आयु हो गई है, आज भी हर महीने उनकी मेरे पास चिट्ठी आती है। हाथ से लिखी हुई चिट्ठी आती है। महीने भर में उन्होंने जो किताबें पढ़ी हैं, उनका कहीं-न-कहीं जिक्र आता है, उद्धरण आता है। महीने भर मैंने क्या

किया, उनकी नजर में वह ठीक था, नहीं था जैसे आज भी मुझे क्लास रूम में वे पढ़ाते हों। वे आज भी मुझे एक प्रकार से पत्राचार कोर्स करा रहे हैं और 90 साल की आयु में भी उनकी जो हस्तलिपि है, मैं तो आज भी हैरान हूँ कि इस अवस्था में भी इतने सुंदर अक्षरों में वे लिखते हैं और मेरे स्वयं के अक्षर बहुत ही खराब हैं, इसके कारण जब भी मैं किसी के अच्छे अक्षर देखता हूँ, तो मेरे मन में आदर बहुत ज्यादा ही हो जाता है। जैसे मेरे अनुभव हैं, आपके भी अनुभव होंगे। आपके शिक्षकों से आपके जीवन में जो कुछ भी अच्छा हुआ है, अगर आप वह दुनिया को बताएँगे, तो शिक्षक के प्रति देखने के रवैये में बदलाव आएगा, एक गौरव होगा और समाज में हमारे शिक्षकों का गौरव बढ़ाना हम सबका दायित्व है। आप नरेंद्र मोदी एप पर अपने शिक्षक के साथ फोटो हो, अपने शिक्षक के साथ की कोई घटना हो, अपने शिक्षक की कोई प्रेरक बात हो, जरूर शेयर कीजिए। देखिए, शिक्षक के योगदान को विद्यार्थियों की नजर से देखना, यह भी अपने आप में बहुत मूल्यवान होता है।

131

शिक्षा

आज हर परिवार में माँ-बाप का अगर पहला कोई सपना रहता है, तो वह रहता है, बच्चों की अच्छी शिक्षा। घर-गाड़ी, सब बाद में विचार आता है और भारत जैसे देश के लिए जन-मन की यह भावना है, यह बहुत बड़ी ताकत है। बच्चों को पढ़ाना और अच्छा पढ़ाना। अच्छी शिक्षा मिले, उसकी चिंता होना—यह और अधिक बढ़ना चाहिए, और अधिक जागरूकता आनी चाहिए। और मैं मानता हूँ, जिन परिवारों में यह जागरूकता होती है, उसका असर स्कूलों पर भी आता है, शिक्षकों पर भी आता है और बच्चा भी जागरूक होता जाता है कि वह स्कूल में इस काम के लिए जा रहा है। और इसलिए, मैं, सभी अभिभावकों से, माँ-बाप से सबसे पहले यह आग्रह करूँगा कि बच्चे के साथ, स्कूल की हो रही गतिविधियों से विस्तार से समय देकर

के बातें करें। और कुछ बात ध्यान में आए तो खुद स्कूल में जाकर शिक्षकों से बात करें। यह जो निगरानी है, यह भी हमारी शिक्षा व्यवस्था में कई बुराइयों को कम कर सकती है और जन भागीदारी से तो यह होना-ही-होना है।

हमारे देश में सभी सरकारों ने शिक्षा पर बल दिया है और हर सरकार ने अपने-अपने तरीके से प्रयास भी किया है। और यह भी सच्चाई है कि काफी अरसे तक हम लोगों का ध्यान इसी बात पर रहा कि शिक्षा संस्थान खड़े हों, शिक्षा व्यवस्था का विस्तार हो, स्कूल बनें, कॉलेज बनें, टीचर्स की भरती हो, अधिकतम बच्चे स्कूल आएँ। तो एक प्रकार से शिक्षा को चारों तरफ फैलाने का प्रयास, यह प्राथमिकता रही और जरूरी भी था, लेकिन अब जितना महत्त्व विस्तार का है, उससे भी ज्यादा महत्त्व हमारी शिक्षा में सुधार का है। विस्तार का एक बहुत बड़ा काम हम कर चुके हैं। अब हमें क्वालिटी एजुकेशन पर फोकस करना ही होगा। साक्षरता अभियान से अब अच्छी शिक्षा, यह हमारी प्राथमिकता बनानी पड़ेगी। अब तक हिसाब-किताब आउटले का होता था, अब हमें आउटकम पर ही फोकस करना पड़ेगा। अब तक स्कूल में कितने आए, उस पर बल था, अब स्कूलिंग से ज्यादा लर्निंग की ओर हमें बल देना होगा। एनरोलमेंट, एनरोलमेंट, एनरोलमेंट—यह मंत्र लगातार गूँजता रहा, लेकिन अब जो बच्चे स्कूल में पहुँचे हैं, उनको अच्छी शिक्षा, योग्य शिक्षा, इसी पर हमें ध्यान केंद्रित करना होगा।

132

श्रमेव-जयते

मैं बार-बार 'श्रमेव-जयते' की बात करता हूँ। मजदूर-सम्मान की बात करता हूँ। मुझे बिल्कुल याद है कि भारतीय मजदूर संघ के जनक और चिंतक, जिन्होंने श्रमिकों के लिए बहुत चिंतन किया, ऐसे श्रीमान दत्तोपंत ठेंगडी कहा करते थे, 'मजदूरो, आओ, दुनिया को एक करें।' एक तरफ

माओवाद से प्रेरित विचार था कि 'दुनिया के मजदूर एक हो जाओ'। भारतीय चिंतन से निकली हुई विचारधारा को लेकर दत्तोपंत ठेंगडी कहा करते थे, 'मजदूर दुनिया को आपस में जोड़ते हैं।' आज जब श्रमिकों की बात करता हूँ तो दत्तोपंत ठेंगडीजी को याद करना बहुत स्वाभाविक है।

133

संकल्प

वर्ष 2022 में आजादी के 75 साल पूरे हो रहे हैं। भगतसिंह, सुखदेव, राजगुरु, नेताजी सुभाषचंद्र बोस, महात्मा गांधी, सरदार पटेल—अनगिनत देशभक्त, अनगिनत लक्षावधि देशभक्त, देश के लिए जिए, देश के लिए मरे। 2022 आजादी के 75 साल पूरे होने पर हम भी एक संकल्प को हृदय में तय करें, उस संकल्प को सिद्ध करने के लिए हम एकजुट हो जाएँ। हर हिंदुस्तानी का कोई संकल्प होना चाहिए। हर हिंदुस्तानी को संकल्प को साकार करने के लिए भरसक प्रयास करना चाहिए और वह संकल्प समाज की भलाई के लिए हो। वह संकल्प, देश के कल्याण के लिए हो। वह संकल्प, देश की गरिमा को ऊपर करनेवाला हो। उस प्रकार के संकल्प से हम अपने आप को जोड़ें। आज भारत की आजादी के वीर सुपुत्र सरदार वल्लभ भाई पटेल की जन्म जयंती पर वर्ष 2022 के लिए भी हम संकल्प करें। मैं समझता हूँ, यह समय की माँग है।

आप कितने ही उत्साही क्यों न हों, कितने ही प्रतिबद्ध क्यों न हों, कितने ही समर्पित क्यों न हों, लेकिन आपके दफ्तर में पाँच-दस लोग तो ऐसे कहते मिल ही जाएँगे कि अरे साहब! यहाँ कुछ होनेवाला नहीं, आप बेकार ही आए, आप नए हैं, आपको मालूम नहीं है। वे इतना ज्ञान परोसते हैं आपको। और इसलिए इस साइकी को बदलने के लिए सक्सेस स्टोरी होना बहुत जरूरी है। यह सक्सेस स्टोरी उनके कॉन्फिडेंस लेवल को बिल्डअप करती है। आप लोगों की पहली रणनीति यह होनी चाहिए कि इस निराशा की गर्त में डूबी हुई उस व्यवस्था को एक आशावान व्यवस्था में कैसे परिवर्तित कर सकते हैं।

और उसके तरीके क्या हो सकते हैं? और एक तरीका जैसा मैंने बताया कि एक लॉ हैंगिंग फ्रूट को अचीव करके दिखाइए, उनसे कहिए कि भई, आप ही लोगों ने किया, आपके द्वारा ही हुआ है या हो सकता है, चलो, ये कर लेंगे।

कुछ लोगों की सोच ऐसी है, कि संसाधनों से सब योजनाएँ सफल होती हैं। यह सही है कि संसाधन तो लगते-ही-लगते हैं, लेकिन सिर्फ संसाधनों से सफलताएँ नहीं मिलतीं, संकल्प भी होना चाहिए और जब संकल्प होता है तो जनसामान्य जुड़ जाता है और तब जाकर सफलताएँ प्राप्त होती हैं।

जब कुरुक्षेत्र के युद्ध में, मैदान में अर्जुन ने श्रीकृष्ण से ढेर सारे सवाल पूछे, तब कृष्ण ने अर्जुन से कहा था, "जैसा मन का भाव होता है, वैसा ही कार्य परिणाम होता है।" और उन्होंने कहा है, "मनुष्य जिस बात पर विश्वास करता है, वही उसको परिणाम भी नजर आता है, वही दिशा उसको नजर आती है।" हमारे लिए भी, अगर मन का विश्वास पक्का होगा, उज्ज्वल भारत के लिए हम संकल्पबद्ध होंगे तो सफलता अवश्य मिलेगी। अब हमें आत्मविश्वास से आगे बढ़ना है, हमें निराशा को छोड़ना है। चलता है! यह तो ठीक है! अरे चलने दो! मैं समझता हूँ कि इनका जमाना चला गया। अब तो आवाज यही उठे कि बदला है, बदल रहा है, बदल सकता है। यही विश्वास हमारे भीतर होना चाहिए। हम उस विश्वास के अनुसार साधक हो, साधन हो, सामर्थ्य हो, संसाधन हो, लेकिन जब ये त्याग और तपस्या से जुड़ जाते हैं, कुछ करने के इरादे से बन जाते हैं, तो अपने-आप बहुत बड़ा परिवर्तन आता है और संकल्प सिद्धि में परिवर्तित हो जाता है।

134

संत

हजारों साल का इतिहास समेटे हुए हमारे देश में समय के साथ परिवर्तन होते रहे हैं—व्यक्ति में परिवर्तन, समाज में परिवर्तन, लेकिन समय के साथ ही कुछ बुराइयाँ भी समाज में शामिल होती रही हैं। यह हमारे समाज की विशेषता

है कि जब भी ऐसी बुराइयाँ आई हैं, तो सुधार का काम समाज के बीच में ही किसी ने शुरू किया है। ऐसे महान् समाज सुधारकों ने हमेशा जनसेवा को केंद्र में रखा। अपने मन-वचन-कर्म से उन्होंने समाज को शिक्षा तो दी ही, लोगों की सेवा को प्राथमिकता भी दी। देश के सामान्य मानव को उसकी आसान भाषा में समझाया। यह एक तरह का जन-आंदोलन था, जिसका विस्तार सैकड़ों वर्षों के कालखंड में नजर आया। यह आंदोलन दक्षिण में मध्वाचार्य, निंबार्काचार्य, वल्लभाचार्य, रामानुजाचार्य; पश्चिम में मीराबाई, एकनाथ, तुकाराम, रामदास, नरसी मेहता; उत्तर में रामानंद, कबीरदास, गोस्वामी तुलसीदास, सूरदास, गुरु नानकदेव, संत रैदास, पूर्व में चैतन्य महाप्रभु और शंकर देव जैसे संतों के विचारों से सशक्त हुआ। यह भी हमारे देश की अद्भुत शक्ति है कि इन्हें कभी धार्मिक आंदोलन से जोड़कर नहीं देखा गया। हमारे यहाँ हमेशा ज्ञान, भक्ति और कर्म, तीनों का संतुलन स्वीकार किया गया। ज्ञान में ये संत इस मूलभूत प्रश्न के उत्तर को खोजते थे कि आखिर मैं कौन हूँ? भक्ति, समर्पण का दूसरा नाम था और कर्म पूरी तरह से सेवा भाव पर आधारित था। ऐसे अनेक संतों, महापुरुषों का ही प्रभाव था कि देश तमाम विपत्तियों को सहते हुए आगे बढ़ पाया। उस कालखंड में, देश के हर क्षेत्र, हर इलाके, हर दिशा में मंदिरों-मठों से बाहर निकलकर हमारे संतों ने एक सामाजिक चेतना जगाने का प्रयास किया। हम गर्व के साथ कह सकते हैं, हिंदुस्तान के पास ऐसी महान् परंपरा है, ऐसे महान् संत-मुनि रहे हैं, जिन्होंने अपनी तपस्या, अपने ज्ञान का उपयोग राष्ट्र का निर्माण करने के लिए किया है।

135

संवेदना

स्किल डेवलपमेंट में इस पहलू पर थोड़ा बल दिया जा सकता है क्या—टेक्नोलॉजी से दूर, खुद के साथ समय गुजारने का प्रयास। संगीत का

कोई वाद्य सीख रहे हैं, कोई नई भाषा के 5–50 वाक्य सीख रहे हैं—तमिल हो, तेलुगु हो, असमिया हो, बांग्ला हो, मलयालम हो, गुजराती हो, मराठी हो, पंजाबी हो। कितनी विविधताओं से भरा हुआ देश है और नजर करें तो हमारी अगल-बगल में ही कोई-न-कोई सिखानेवाला मिल सकता है। स्विमिंग नहीं आती तो उसे सीखें, ड्रॉइंग करें, भले उत्तम ड्रॉइंग नहीं आएगी, लेकिन कुछ तो कागज पर बनाने की कोशिश करें। आपके भीतर की जो संवेदना है, वह प्रकट होने लग जाएगी।

136

संस्कृति

भारत की एक विशेष सुंदरता है कि हमारी संस्कृति में आध्यात्मिकता और विज्ञान, एक-दूसरे के पूरक हैं।

137

सफलता

जो मिला है, उस पर संतोष नहीं करेंगे, तो फिर नई इमारत कभी नहीं बना पाएँगे। सफलता की मजबूत नींव ही बड़ी सफलता का आधार बनती है। सफलता में से ही पैदा हुआ असंतोष सफलता की सीढ़ी नहीं बना पाता। वह असफलता की गारंटी बन जाता है। और इसलिए मैं आपसे आग्रह करूँगा कि जितनी सफलता मिली है, उस सफलता को गुनगुनाओ। उसी में से नई सफलता की संभावनाएँ पैदा होंगी। मैं अड़ोस-पड़ोस और माँ-बाप और साथियों से ज्यादा कहना चाहता हूँ कि आप अपने बच्चों पर कृपा करके आपनी अपेक्षाएँ मत थोपिए। और दोस्तो, यदि कभी जिंदगी में असफल हुए,

तो वह जिंदगी ठहर जाती है क्या? जो कभी परीक्षा में अच्छे मार्क्स नहीं ला सकता, वह खेलकूद में बहुत आगे निकल जाता है, संगीत में आगे निकल जाता है, कला-कारीगरी में आगे निकल जाता है, व्यापार में आगे निकल जाता है। ईश्वर ने हर किसी को कोई-न-कोई तो अद्भुत विधा दी ही होती है। बस, आप अपने भीतर की शक्ति को पहचानिए। उस पर बल दीजिए, आप आगे निकल जाएँगे। और यह जीवन में हर जगह पर होता है। आपने संतूर नाम के वाद्य को सुना होगा। एक जमाना था, संतूर वाद्य कश्मीर की घाटी में लोक-संगीत के साथ जुड़ा हुआ था। लेकिन एक पंडित शिव कुमार हैं, जिन्होंने उसको हाथ लगाया और आज दुनिया का एक महत्त्वपूर्ण वाद्य बना दिया। शहनाई हमारे संगीत के पूरे क्षेत्र में सीमित जगह पर था। ज्यादातर राजा-महाराजाओं के जो दरबार हुआ करते थे, उनके गेट पर उसका स्थान रहता था, लेकिन जब उस्ताद बिस्मिल्ला खाँ ने शहनाई को हाथ लगाया, तो आज विश्व का उत्तम वाद्य बन गया, उसकी एक पहचान बन गई है। और इसलिए आपके पास क्या है, कैसा है, इसकी चिंता छोड़िए, उस पर आप जुट जाइए, जुट जाइए। परिणाम मिलेगा-ही-मिलेगा।

138

सबरीमाला मंदिर

सबरीमाला मंदिर स्वच्छता कार्यक्रम के एक उदाहरण के तौर पर है। यहाँ एक ऐसी परंपरा बना दी गई है कि जो भी यात्री आते हैं, उनकी यात्रा तब तक पूरी नहीं होती, जब तक कि वे स्वच्छता के कार्यक्रम में कोई-न-कोई शारीरिक श्रम न करते हों। इस अभियान में न कोई बड़ा होता है, न कोई छोटा। हर यात्री भगवान् की पूजा का ही भाग समझ कर कुछ-न-कुछ समय स्वच्छता के लिए काम करता है, गंदगी हटाने के लिए काम करता है। हर सुबह यहाँ सफाई का दृश्य बड़ा ही अद्भुत होता है और सारे तीर्थयात्री

इसमें जुट जाते हैं। यहाँ कठोर-व्रत के साथ स्वच्छता का कठोर-संकल्प भी साथ-साथ चलता है।

139

समय का सदुपयोग

मेरे युवा दोस्तो, छुट्टियाँ ऐसे ही आकर चली जाएँ, यह बात मुझे अच्छी नहीं लगती। आप भी इस दिशा में सोचिए। आपकी छुट्टियाँ, जिंदगी का महत्त्वपूर्ण वर्ष और उसका भी महत्त्वपूर्ण समय ऐसे ही जाने देंगे क्या? मैं आपको सोचने के लिए एक विचार रखता हूँ। क्या आप छुट्टियों में एक हुनर, अपने व्यक्तित्व में एक नई चीज जोड़ने का संकल्प कर सकते हैं क्या? अगर आपको तैरना नहीं आता है, तो छुट्टियों मे संकल्प कर सकते हैं कि मैं तैरना सीख लूँ। साइकिल चलाना नहीं आता है तो छुट्टियों में तय कर लूँ कि मैं साइकिल चलाना सीखूँ। आज भी मैं दो उँगली से कंप्यूटर को टाइप करता हूँ, तो क्या मैं टाइपिंग सीख लूँ? हमारे व्यक्तित्व के विकास के लिए कितने प्रकार के कौशल हैं? क्यों न उनको सीखें? क्यों न अपनी कुछ कमियों को दूर करें? क्यों न हम अपनी शक्तियों में इजाफा करें। अब सोचिए और कोई उसमें बहुत बड़े क्लासेस चाहिए कोई ट्रेनर चाहिए, बहुत बड़ी फीस चाहिए, बड़ा बजट चाहिए, ऐसा नहीं है। आप अपनी अगल-बगल में ही तय करें कि मैं वेस्ट में से इमेज बनाऊँगा। कुछ देखिए और उसमें से बनाना शुरू कर दीजिए। देखिए, आपको आनंद आएगा, शाम होते-होते आप देखेंगे कि इस कूड़े-कचरे में से आपने क्या बना दिया? आपको पेंटिंग का शौक है, आता नहीं है, अरे तो शुरू कर दीजिए न, आ जाएगा। आप अपनी छुट्टियों का उपयोग अपने व्यक्तित्व के विकास के लिए, अपने पास कोई एक नए हुनर के लिए, अपने कौशल-विकास के लिए अवश्य करें। और अनगिनत क्षेत्र हो सकते हैं, जरूरी नहीं है कि मैं जो गिना रहा हूँ, वे ही क्षेत्र हो सकते हैं। उससे आपके व्यक्तित्व की पहचान और उससे

आपका आत्मविश्वास इतना बढ़ेगा, इतना बढ़ेगा कि आप चकित रह जाएँगे। एक बार करके देख लीजिए, फिर जब छुट्टियों के बाद आप स्कूल में वापस जाएँगे, कॉलेज में वापस जाएँगे और अपने साथियों को कहेंगे कि भाई, मैंने तो छुट्टियों में यह सीख लिया और अगर उसने नहीं सीखा होगा, तो वह सोचेगा कि यार, मेरा तो समय बरबाद हो गया। मुझे विश्वास है कि आप जरूर करेंगे।

140

समर्थ भारत

समाज के सभी लोगों को सही मायने में विकास का लाभ मिले, इसके लिए जरूरी है कि हमारा समाज बाल-विवाह, दहेज-प्रथा जैसी कुरीतियों से मुक्त हो। आइए, हम सब मिलकर ऐसी कुरीतियों को समाज से खत्म करने की प्रतिज्ञा लें और एक न्यू इंडिया, एक सशक्त एवं समर्थ भारत का निर्माण करें।

141

समाज

देश में समय बदलते हुए समाज-जीवन में बदलाव लाने की परंपरा, यह भारतीय समाज की विशेषता रही है। जो चीजें कालबाह्य हैं, समाज में जो कुरीतियाँ प्रवेश कर जाती हैं, उन्हें कभी-कभी आस्था का रूप दे दिया जाता है। यह हमारा सौभाग्य है कि हमारी समाज-व्यवस्था में से ही ऐसे सिद्ध पुरुष पैदा होते हैं, ऐसे संत पुरुष पैदा होते हैं, ऐसे मुनि पैदा होते हैं, ऐसे आचार्य भगवंत पैदा होते हैं, जो उस समय समाज को सही दिशा दिखाकर जो कालबाह्य चीजें हैं, उनसे मुक्ति पाकर समयानुकूल जीवन जीने के लिए प्रेरित करते रहते हैं।

142

समाज-सेवा

बहुत से लोगों की मान्यता यह है कि हमारे देश में धार्मिक प्रवृत्तियाँ तो बहुत होती हैं, लेकिन सामाजिक प्रवृत्तियाँ कम होती हैं। यह परसेप्शन सही नहीं है। भारत के संत, महंत, आचार्य, मुनि, भगवंत—सब, जहाँ हैं, जिस रूप में हैं, समाज के लिए कुछ-न-कुछ भला करने के लिए कार्यरत रहते हैं। आज भी हमारी ऐसी महान् संत परंपरा रही कि 20-25 किलोमीटर के फासले पर अगर कोई भूखा इनसान है तो हमारी संत परंपरा की व्यवस्था ऐसी है कि कहीं-न-कहीं से उसके पेट भरने का प्रबंध किसी-न-किसी संत द्वारा चलता रहता है। कई सामाजिक काम, शिक्षा के क्षेत्र में काम, आरोग्य के क्षेत्र में काम, व्यक्तियों को नशे से मुक्त करने के काम, हमारी इस महान् परंपरा में आज भी हमारे ऋषि-मुनियों द्वारा उतने ही अथक प्रयास से किए जा रहे हैं।

143

समान अधिकार

मेरी दृढ़ मान्यता है कि भारत की विकास यात्रा, हमारी नारी-शक्ति के बल पर, उनकी प्रतिभा के भरोसे आगे बढ़ी है और आगे बढ़ती रहेगी। हमारा निरंतर प्रयास होना चाहिए कि हमारी महिलाओं को भी पुरुषों के बराबर समान अधिकार मिले, समान अवसर मिले, ताकि वे भी प्रगति के मार्ग पर एक-साथ आगे बढ़ सकें।

144

समुद्र

भारत का सामुद्रिक इतिहास स्वर्णिम रहा है। संस्कृत में समुद्र को उदधि या सागर कहा जाता है। इसका अर्थ है, अनंत प्रचुरता। सीमाएँ हमें अलग करती होंगी, जमीन हमें अलग करती होगी, लेकिन जल हमें जोड़ता है, समुद्र हमें जोड़ता है। समुद्र से हम अपने-आप को जोड़ सकते हैं, किसी से भी जोड़ सकते हैं। और हमारे पूर्वजों ने सदियों पहले विश्व भ्रमण करके, विश्व व्यापार करके इस शक्ति का परिचय करवाया था। चाहे छत्रपति शिवाजी हों, चाहे चोल साम्राज्य हो—सामुद्रिक शक्ति के विषय में उन्होंने अपनी एक नई पहचान बनाई थी। आज भी हमारे कई राज्य हैं, जहाँ समुद्र से जुड़ी हुई अनेक परंपराएँ जीवित हैं, उत्सव के रूप में मनाई जाती हैं।

भारत की सामुद्रिक परंपरा का इतिहास बहुत ही पुराना है। पाँच हजार साल पुराना गुजरात का लोथल, दुनिया के शुरुआती पोर्ट में से एक रहा है। इतिहासकार बताते हैं कि 84 देशों से व्यापार लोथल के जरिए हुआ करता था। एशिया के अन्य देशों और अफ्रीका तक में हमारे संबंध समुद्र की इन्हीं लहरों से होते हुए आगे बढ़े हैं। सिर्फ व्यापार ही नहीं, बल्कि सांस्कृतिक तौर पर भी हिंद महासागर ने हमें दुनिया के दूसरे देशों के साथ जोड़ा है, उनके साथ खड़े होने में हमारी मदद की है। समुद्र में निहित शक्तियाँ हमें राष्ट्र निर्माण के लिए आर्थिक शक्ति प्रदान करती हैं और इसलिए भारत उन चुनौतियों को लेकर भी गंभीर है, जिनका सामना भारत ही नहीं, बल्कि इस क्षेत्र के अलग-अलग देशों को भी करना पड़ता है। चाहे समुद्र के रास्ते आनेवाला आतंकवाद हो, पायरेसी की समस्या हो, ड्रग्स की तस्करी हो, भारत इन सभी चुनौतियों से निपटने में महत्त्वपूर्ण भूमिका निभा रहा है। 'सबका साथ-सबका विकास' का हमारा मंत्र है। जल-थल-नभ में भी एक ही समान है।

145

सरदार पटेल

सरदार साहब की जीवन यात्रा का प्रारंभ किसानों के संघर्ष से हुआ था। वे किसान के बेटे थे। आजादी के आंदोलन को किसानों तक पहुँचाने में सरदार साहब की यह अहम भूमिका रही। आजादी के आंदोलन को गाँव में ताकत का रूप बनाना सरदार साहब का सफल प्रयास था। यह उनके संगठन शक्ति और कौशल्य का परिणाम था। लेकिन सरदार साहब सिर्फ संघर्ष के व्यक्ति थे, ऐसा नहीं, वे संरचना के भी व्यक्ति थे। आज हम बहुत लोग 'अमूल' का नाम सुनते हैं। 'अमूल' के हर उत्पाद से आज हिंदुस्तान और हिंदुस्तान के बाहर भी लोग परिचित हैं, लेकिन बहुत कम लोगों को मालूम होगा कि सरदार साहब की दिव्यदृष्टि थी कि उन्होंने को-ऑपरेटिव मिल्क प्रोडक्ट यूनियन की कल्पना की थी। और खेड़ा जिले, उस समय केरा जिला बोला जाता था, और 1942 में इस विचार को उन्होंने बल दिया था, वह साकार रूप, आज का 'अमूल' किसानों के सुख-समृद्धि की संरचना सरदार साहब ने कैसे की थी, उसका एक जीता-जागता उदाहरण हमारे सामने है।

आधुनिक अखंड भारत की नींव सरदार वल्लभ भाई पटेल ने रखी। सरदार पटेल की विशेषता यह थी कि वे न सिर्फ परिवर्तनकारी विचार देते थे, बल्कि उसको कर दिखाने के लिए जटिल-से-जटिल समस्या का व्यावहारिक हल ढूँढ़ने में माहिर थे। विचार को साकार करना, उसमें उनकी महारत थी। सरदार वल्लभ भाई पटेल ने भारत को एक सूत्र में पिरोने की बागडोर सँभाली। यह सुनिश्चित किया कि करोड़ों भारतवासियों को 'एक राष्ट्र और एक संविधान' की छत्रच्छाया में लाया जाए। उनकी निर्णय लेने की क्षमता ने उन्हें सारी बाधाओं को पार करने का सामर्थ्य दिया। जहाँ मान-मनौवल की आवश्यकता थी, वहाँ उन्होंने मान-मनौवल किया, जहाँ बल-प्रयोग की आवश्यकता पड़ी, वहाँ बल-प्रयोग किया। उन्होंने एक उद्देश्य निश्चित कर

लिया और फिर केवल उसी ओर पूरी दृढ़ता के साथ बढ़ते ही गए, बढ़ते ही गए। देश को एक करने का यह कार्य सिर्फ वे ही कर सकते थे, जिन्होंने एक ऐसे राष्ट्र की परिकल्पना की, जहाँ सभी लोग समान हों। उन्होंने कहा था, "जाति और पंथ का कोई भेद हमें रोक न सके, सभी भारत के बेटे और बेटियाँ हैं, हम सभी को अपने देश से प्यार करना चाहिए और पारस्परिक प्रेम और सद्भावना पर अपनी नियति का निर्माण करना चाहिए।"

इतिहास इस बात का गवाह है कि चाणक्य के बाद, देश को एक करने का भगीरथ काम, सरदार वल्लभ भाई पटेल ने किया। आजाद हिंदुस्तान को एक झंडे के नीचे लाने का सफल प्रयास, इतना बड़ा भगीरथ काम जिस महापुरुष ने किया, उस महापुरुष को शत-शत नमन। लेकिन यह भी तो पीड़ा है कि सरदार साहब एकता के लिए जिए, एकता के लिए जूझते रहे, एकता की उनकी प्राथमिकता के कारण, कइयों की नाराजगी के शिकार भी रहे, लेकिन एकता के मार्ग को कभी छोड़ा नहीं, लेकिन उसी सरदार की जन्म-जयंती पर हजारों सरदारों को, हजारों सरदारों के परिवारों को श्रीमती गांधी की हत्या के बाद मौत के घाट उतार दिया गया। एकता के लिए जीवन-भर जीने वाले उस महापुरुष के जन्मदिन पर ही और सरदार के ही जन्मदिन पर सरदारों के साथ जुल्म, इतिहास का एक पन्ना हम सबको पीड़ा देता है। सरदार साहब ने हमें एक भारत दिया, हम सबका दायित्व है, इसे श्रेष्ठ भारत बनाना। एकता का मूल-मंत्र ही श्रेष्ठ भारत की मजबूत नींव बनाता है।

146

सहकारिता

हम एक नई पीढ़ी को, नई स्पीरिट के साथ और खासकर ग्रामीण जीवन में आमूल-चूल परिवर्तन लाने के लिए सहकारिता आंदोलन को प्रेरित कर सकते हैं क्या? हमारे देश के स्वभाव को सहकारिता आंदोलन एकदम सूट

करता है। यह उधार ली हुई विचार-व्यवस्था नहीं है, यह हमारे मूलभूत चिंतन स्वभाव-संस्कार के अनुकूल व्यवस्था है। और इसलिए इसका यहाँ पनपना बहुत स्वाभाविक है। इसके लिए आपको इंजेक्ट नहीं करना पड़ेगा। बाकी सारी व्यवस्थाएँ अगर हम लाते हैं, अगर बोरोड व्यवस्थाएँ, तो एक फॉरिन एलिमेंट के रूप में रेस्सिटेंस रहता है। यह हमारी सहज प्राकृतिक व्यवस्था का हिस्सा है, हम मिलकर कर सकते हैं। अब जैसे आज नीम कोटिंग यूरिया का काम चल रहा है, किसानों को बहुत फायदा हुआ है, इसके कारण यूरिया का हो-हल्ला बंद हुआ है, यह नीम कोटिंग करने के लिए नीम की फलियों को इकट्ठा करना, इकट्ठा करके उनका तेल निकालना और तेल निकालकर उसे यूरिया बनानेवाली फैक्टरी तक पहुँचाना, यह इतना बड़ा नया काम निकला है। अगर हमारे गाँव की महिलाओं की सहाकारिता मंडलियाँ बन जाएँ और ये नीम कोटिंग के लिए सिर्फ नीम की फली जंगलों से इकट्ठी करें, जहाँ नीम के पेड़ हैं, तो देखिए एक नया इंटरप्रेन्यूरशिप का क्षेत्र खुल सकता है, नई सहकारिता शुरू हो सकती है।

हमारे देश के किसान की कई समस्याएँ हैं, लेकिन एक बात अगर हम देखें तो किसान जो खरीदता है, वह रिटेल में खरीदता है और जब बेचता है तो होलसेल में बेचता है। यह उलटा हो सकता है क्या कि वह खरीदे होलसेल में और बेचे रिटेल में? तो कोई उसको लूट नहीं पाएगा। कोई बिचौलिए उसको काट नहीं खाएँगे। जिन लोगों ने डेयरी उद्योग का अध्ययन किया होगा, को-ऑपरेटिव डेयरी, इस बात की तरफ आप ध्यान कीजिए, उसकी विशेषता है कि उसमें किसान होलसेल में खरीदता है, होलसेल में बेचता है। देखिए, यह इसकी बारीकी है। डेयरी उद्योग की सफलता के मूल में वह खरीदता है होलसेल में, बेचता है होलसेल में। क्यों? पहले जब दूध उत्पादन करता था तो दस घर में एक-एक लीटर दूध बेचने जाता था, आज दस लीटर लेकर एक ही कलेक्शन सेंटर में चला जाता है, दूध देकर आ जाता है। मतलब, होलसेल में बेचता है। और वह खरीदता है तो भी डेयरी द्वारा, उसका पशु आहार है, उसकी दवाइयाँ हैं, उसे केयर करनी है पशु की, यह सारी व्यवस्था

सामूहिक रूप में पूरे गाँव को मिलती है। उसका एक परिणाम आया कि डेयरी में उसको कोई-न-कोई ताकत मिलती रही, वह बचता रहा, अतिरिक्त आय का साधन बना। बाकी हर क्षेत्र में उसकी एक कठिनाई है। मान लीजिए कि वह प्राइवेट को होलसेल में दूध देता तो इतनी कमाई नहीं होती। वह को-ऑपरेटिव था और इसलिए उसकी कमाई का आधार बना। क्या हम ऐसी को-ऑपरेटिव मूवमेंट को खड़ा कर सकते हैं, जो परंपरागत चली आ रही है। पहले पाँच मंडलियाँ थीं, वे लोग चलाते हैं, मैं दिखा दूँगा, मैं छठी बना लूँगा। एक नया सहकार का रूप बना है, लेकिन वे पाँच चलती हैं, चलें। और दस ऐसे विषय हैं कि जिनमें अभी किसी ने कदम नहीं रखा है। क्या उन नए क्षेत्रों में जाकर सहकारिता द्वारा समस्या का समाधान कर सकता हूँ मैं? अनगिनत क्षेत्र पड़े हैं, जिनमें आज भी सहकारिता क्षेत्र की हवा नहीं पहुँची है। जहाँ पहुँची है, वहाँ स्पर्धा बहुत है। शुगर में स्पर्धा बहुत है, दूध में स्पर्धा बहुत है। जहाँ पर कुछ-न-कुछ है, वहाँ स्पर्धा स्वाभाविक चीज है, लेकिन ऐसे बहुत क्षेत्र हैं, जिनमें एक पीढ़ी को खपना पड़ेगा, तब जाकर सहकारिता की ताकत बढ़ेगी।

147

साइबर हमला

मुक्त एवं सुगम्य इंटरनेट की खोज हमें अकसर असुरक्षा की ओर भी ले जाती है। वेबसाइट की हैकिंग और विरूपण के समाचार सामान्य बात बन गए हैं। ऐसे समाचार यह सुझाव देते हैं कि साइबर हमले महत्त्वपूर्ण खतरे हैं, विशेष रूप से लोकतांत्रिक विश्व के लिए। हमें यह सुनिश्चित करने की जरूरत है कि हमारे समाज के सुभेद्य वर्ग साइबर अपराधियों के बुरे जाल का शिकार न बन पाएँ। हमें साइबर सुरक्षा से संबंधित चिंताओं के प्रति सजग रहना चाहिए।

साइबर हमलों से निपटने के लिए हमें सुसज्जित एवं कुशल पेशेवरों को प्रशिक्षित करने की जरूरत है। साइबर योद्धा साइबर हमलों के विरुद्ध सचेत रहेंगे। 'हैकिंग' शब्द ने चाहे आकर्षक रूप ले लिया हो, लेकिन फिर भी इनमें जालीपन की झलक भी मिलती है। हमें यह सुनिश्चित करने की जरूरत है कि साइबर सुरक्षा का क्षेत्र युवाओं के लिए एक आकर्षक और व्यवहार्य रोजगार का विकल्प बन जाए। इसी विषय पर सभी देशों को यह सुनिश्चित करने की जिम्मेदारी लेनी चाहिए कि डिजिटल स्पेस आतंकवाद और कट्टरवाद का अड्डा न बन जाए। सुरक्षा एजेंसियों के बीच सूचना साझा करना और समन्वय इस निरंतर बदलते हुए साइबर खतरे से निपटने के लिए जरूरी है। निश्चित रूप से हम निजता और मुक्तता के बीच में स्पष्ट संतुलन बना सकते हैं, दूसरी ओर हम राष्ट्रीय सुरक्षा को भी सुनिश्चित कर सकते हैं। एक साथ मिलकर हम एक ओर तो वैश्विक और मुक्त प्रणालियों के बीच अंतर को समाप्त कर सकते हैं और दूसरी ओर हम किसी देश विशिष्ट की कानूनी जरूरतों को भी पूरा कर सकते हैं।

148

सामूहिक शक्ति

सवा सौ करोड़ देशवासियों के संकल्प से, सवा सौ करोड़ देशवासियों के पुरुषार्थ से, सवा सौ करोड़ देशवासियों के त्याग और तपस्या से हम जानते हैं, सामूहिकता की शक्ति क्या होती है? भगवान् कृष्ण कितने ही सामर्थ्यवान थे, लेकिन जब ग्वाले अपनी लकड़ी लेकर खड़े हो गए, एक सामूहिक शक्ति बनी, तब गोवर्धन पर्वत उठाया था। प्रभु रामचंद्रजी को लंका जाना था, वानर सेना के छोटे-छोटे लोग लग गए, रामसेतु बन गया, रामजी लंका पहुँच गए। एक मोहनदास करमचंद गांधी थे, देश के कोटि-कोटि लोग हाथ में तकली लेकर, रुई लेकर आजादी के ताने-बाने बुनते थे। एक

सामूहिक शक्ति की ताकत थी कि देश आजाद हो गया। कोई छोटा नहीं होता, कोई बड़ा नहीं होता, अरे एक गिलहरी का उदाहरण हमें मालूम है। एक गिलहरी भी परिवर्तन की प्रक्रिया की हिस्सेदार बनती है, वह कथा हम सब जानते हैं और इसलिए सवा सौ करोड़ देशवासियों में से न कोई छोटा है, न कोई बड़ा है।

149

सिक्किम

सिक्किम एक छोटा सा प्रदेश है, जहाँ 6-7 लाख की आबादी है, लेकिन 12-15 लाख टूरिस्ट आते हैं, और वहाँ जाने-आने के रास्तों की भी कठिनाई है, हवाई अड्डा भी नहीं है। अब बन जाएगा कुछ समय में। उसके बावजूद इतनी संख्या में टूरिस्ट आते हैं। सिक्किम ने पूरा राज्य ऑर्गेनिक बनाया है। 10-12 साल तक लगातार अंतरराष्ट्रीय मानकों के साधनों ने काम किया। सारे हिमालय की गोद में कैमिकल फर्टिलाइजर से मुक्ति, सारे हिमालयन राज्यों में दवाइयों से छुट्टी—वनस्पति की दवाइयाँ, खेत के अंदर दवाइयों का छिड़काव बंद। अगर 10-12 साल धैर्य से काम करें तो हमारी जिस पैदावार से एक रुपया मिलता है, दुनिया आपको एक डॉलर देने के लिए तैयार हो जाएगी, यह ऑर्गेनिक फार्मिंग की ताकत होती है।

150

सिस्टर निवेदिता

सन् 1899 में कलकत्ता में भयानक प्लेग फैला और देखते-ही-देखते सैकड़ों लोगों की जानें चली गईं। सिस्टर निवेदिता ने अपने स्वास्थ्य की चिंता किए बिना नालियों और सड़कों की सफाई का काम आरंभ कर दिया। वे एक

ऐसी महिला थीं, जो आरामदायक जीवन जी सकती थीं, लेकिन वे गरीबों की सेवा में जुटी रहीं। उनके इसी त्याग से प्रेरणा पाकर लोगों ने सेवा कार्यों में उनका हाथ बँटाया। उन्होंने अपने कार्यों से लोगों को स्वच्छता और सेवा के महत्त्व का पाठ पढ़ाया। उनकी समाधि पर लिखा है—यहाँ सिस्टर निवेदिता विश्राम कर रही हैं, जिन्होंने अपना सर्वस्व भारत को दिया। निःसंदेह उन्होंने ऐसा ही किया। उस महान् व्यक्तित्व के लिए आज इससे उपयुक्त श्रद्धांजलि और कुछ नहीं हो सकती कि प्रत्येक भारतवासी उनके जीवन से शिक्षा लेकर स्वयं उस सेवा-पथ पर चलने का प्रयास करे।

हमारी पुण्यभूमि ऐसे महान् लोगों से सुशोभित रही है, जिन्होंने निःस्वार्थ भाव से मानवता की सेवा की। सिस्टर निवेदिता, जिन्हें हम भगिनी निवेदिता भी कहते हैं, वे भी उन असाधारण लोगों में से एक थीं। वे आयरलैंड में मार्गरेट एलिजाबेथ नोबेल के रूप में जनमीं, स्वामी विवेकानंद ने उन्हें 'निवेदिता' नाम दिया और निवेदिता का अर्थ है, जो पूर्ण रूप से समर्पित हो। बाद में उन्होंने अपने नाम के अनुरूप ही स्वयं को सिद्ध करके दिखाया। वे स्वामी विवेकानंद से इतना प्रभावित हुईं कि अपने सुखी-संपन्न जीवन का त्याग कर दिया और अपने जीवन को गरीबों की सेवा के लिए समर्पित कर दिया। भगिनी निवेदिताजी ने भारतीय संस्कृति के गौरव को पुनः स्थापित किया। राष्ट्रीय-चेतना जागृत कर लोगों को एक-जुट करने का काम किया। उन्होंने विश्व के अलग-अलग देशों में जाकर सनातन धर्म और दर्शन के बारे में किए जा रहे दुष्प्रचारों के खिलाफ आवाज उठाई।

151

सी-वीड

ऐसे बहुत नए क्षेत्र हैं, जिनमें हम कैसे आगे बढ़ें? जैसे हमारे समुद्री तट हैं। समुदी तट पर जो मछुआरे भाई-बहन हैं। साल में पाँच महीने करीब-

करीब उनका काम बंद हो जाता है। मौसम के कारण, वर्षा में समुद्र में जाना संकटकारक होता है, इसलिए जाना बंद होता है। लेकिन सी-वीड की खेती, हमारे यहाँ पॉपुलर नहीं हो रही है। हमारे समुद्री तट पर, हमारे मछुआरे भाई-बहन अगर को-ऑपरेटिव मूवमेंट द्वारा समंदर के पानी में ही सी-वीड की खेती करें तो वह फार्मास्यूटिकल के लिए बहुत बड़े बेसिक मैटेरियल के रूप में काम आएगा। मान लीजिए सी-वीड का मार्केट नहीं मिला, सिर्फ उसको समंदर में, 45 दिन का उसका सर्किल होता है, 45 दिन बाद तो उसकी फसल तैयार हो जाती है, हर 45 दिन के बाद एक फसल मिलती है। अगर ऐसे 45 सी-वीड की खेती समंदर के अंदर आपने फैला दिया तो हर दिन आप उसकी फसल ले सकते हैं। कुछ न करें, उसका सिर्फ जूस निकालें और खेतों में जूस सिर्फ छिड़कने का काम करें। तो भी बहुत बड़े मार्केट से जमीन की रक्षा का बहुत बड़ा काम सी-वीड के जूस से हो सकता है। कुछ नहीं करना है, बिना मेहनत का काम है। क्या को-ऑपरेटिव मूवमेंट द्वारा समुद्री तट के हमारे मछुआरे भाई जो पाँच महीने करीब-करीब उनका काम बंद हो जाता है, जिनके परिवार की महिलाएँ दिन-रात घर में होती हैं, उनके लिए अवसर खोला जा सकता है। मेरा कहने का तात्पर्य यह है कि हमारे यहाँ ग्रामीण इलाकों में बदलाव लाने के लिए सहकारिता आंदोलन छोटी-छोटी चीजों द्वारा भी बहुत बड़ा परिवर्तन ला सकता है।

152

सुरक्षाबल

हमारे देश में सेना के प्रति, सुरक्षाबलों के प्रति, एक सहज आदर भाव प्रकट होता है। गणतंत्र दिवस की पूर्व संध्या पर, विभिन्न वीरता पुरस्कारों से जो वीर-जवान सम्मानित हुए, उनको व उनके परिजन को मैं बधाई देता हूँ। इन पुरस्कारों में 'कीर्ति चक्र', 'शौर्य चक्र', 'परम विशिष्ट सेवा

मेडल', 'विशिष्ट सेवा मेडल'—अनेक श्रेणियाँ हैं। मैं खास कर नौजवानों से आग्रह करना चाहता हूँ। आप सोशल मीडिया पर बहुत एक्टिव हैं। आप एक काम कर सकते हैं? जिन-जिन वीरों को यह सम्मान मिला है, आप नेट पर खोजिए, उनके संबंध में दो अच्छे शब्द लिखिए और अपने साथियों में उसको पहुँचाइए, क्योंकि जब हम उनके साहस की, वीरता की, पराक्रम की बात को गहराई से जानते हैं तो हमें आश्चर्य भी होता है, गर्व भी होता है, प्रेरणा भी मिलती है।

153

सेना

सेना के जवान सिर्फ सीमा पर नहीं, जीवन के हर मोरचे पर खड़े हुए पाए जाते हैं। प्राकृतिक आपदा हो, चाहे कानूनी व्यवस्था के संकट हों, चाहे दुश्मनों से भिड़ना हो या फिर गलत राह पर चल पड़े नौजवानों को वापस लाने के लिए साहस दिखाना हो—जिंदगी के हर मोड़ पर हमारे जवान राष्ट्र भावना से प्रेरित होकर काम करते रहते हैं।

154

सेल्फी विद डॉटर

एक बार मैंने हरियाणा के एक सरपंच की 'सेल्फी विद डॉटर' को देखा और मैंने 'मन की बात' में सबके सामने रखा। देखते-ही-देखते न सिर्फ भारत में, पूरे विश्व में 'सेल्फी विद डॉटर' एक बड़ा अभियान चल पड़ा। यह सिर्फ सोशल मीडिया का मुद्दा नहीं है। हर बेटी में यह एक नया आत्मविश्वास, नया गर्व पैदा करनेवाली घटना बन गई। हर माँ-बाप को लगने लगा कि मैं अपनी बेटी के साथ सेल्फी लूँ। हर बेटी को लगने लगा कि मेरा

कोई माहात्म्य है, मेरा कोई महत्त्व है।

155

सेवा

कई स्वयंसेवी संगठन सेवा के काम करते रहते हैं। आप तो गूगल गुरु से जुड़े हुए हैं, उस पर ढूँढ़िए। किसी ऐसे संगठन के साथ 15 दिन, 20 दिन के लिए जुड़ जाइए, चले जाइए, जंगलों में चले जाइए। कभी-कभी बहुत समर कैंप लगते हैं, पर्सनेलिटी डेवलपमेंट के लगते हैं, कई प्रकार के विकास के लिए लगते हैं, उनमें शरीक हो सकते हैं, लेकिन कभी आपको लगता है कि मैंने ऐसे समर कैंप किए हैं, पर्सनैलिटी डेवलपमेंट का कोर्स किया है। आप बिना पैसे लिये समाज के उन लोगों के पास पहुँचें, जिनको ऐसा अवसर नहीं मिला है और उन्हें जो आपने सीखा है, उसे सिखाइए।

हमारे देश में 'निष्काम कर्म' की बात होती है, यानी ऐसी सेवा, जिसमें कोई अपेक्षा न हो। हमारे यहाँ तो कहा गया है—'सेवा परमो धर्मः।' 'जीव-सेवा ही शिव-सेवा' और गुरुदेव रामकृष्ण परमहंस तो कहते थे—शिव-भाव से जीव-सेवा करें, यानी पूरे विश्व में ये सारे समान मानवीय मूल्य हैं। आइए, हम अपनी इस महान् मूल्य परंपरा को नई चेतना दें, नई ऊर्जा दें और खुद भी उसे जीने का प्रयास करें।

156

सेवाभाव

विश्व की कोई भी जाति होगी, धर्म होगा, परंपरा होगी, रंग होंगे, लेकिन सेवाभाव—यह मानवीय मूल्यों की एक अनमोल पहचान के रूप में है।

157

सौर ऊर्जा

देश-भर में सोलर पार्क लगाए जा रहे हैं, रूफ-टॉप सोलर प्रोग्राम को बढ़ावा देने के लिए बिल्डिंग बाइ-लॉज में बदलाव किया गया है, सरकारी इमारतों को सोलर प्लांट के लिए कम ब्याज दरों पर कर्ज दिया जा रहा है, सोलर प्लांट्स को इंफ्रास्ट्रक्चर स्टेटस दिया गया है और उन्हें लंबी अवधि का कर्ज भी दिया जा रहा है और बंगलुरु की धरती तो एक प्रकार की स्टार्ट-अप की धरती है। यहाँ के नौजवान इनोवेशन करते हैं। नई खोज करते हैं। मैं बंगलुरु के स्टार्ट-अप की दुनिया से जुड़े नौजवानों को निमंत्रण देना चाहता हूँ। आइए, हम मिलकर क्लीन कुकिंग का मूवमेंट चलाएँ। गरीब के घर में भी सोलर एनर्जी, यानी सौर ऊर्जा के माध्यम से खाना पकाने के सस्ते-से-सस्ते चूल्हे हम कैसे बनाएँ? आज के परिवारों को इतना समय नहीं है। वह तो वैसा ही चूल्हा चाहता है, जैसे गैस का चूल्हा जलता है। और वह आज संभव है। बंगलुरु के नौजवान, स्टार्ट-अप की दुनिया के नौजवान, हिंदुस्तान में एक बहुत बड़ा मार्केट है, जो भी क्लीन कुकिंग के क्षेत्र में आएगा, उसे गरीब माताओं के भी आशीर्वाद मिलेंगे। जंगल में रहनेवाले लोगों को भी कभी जंगल काटना नहीं पड़ेगा, लकड़ी काटनी नहीं पड़ेगी। सोलर ऊर्जा से उनके घर का चूल्हा जलेगा। वे अपना खाना पकाकर बच्चों को कम समय में खाना दे सकेंगे। इनोवेशन हमें वे करने हैं, जो देश की नई पीढ़ी को काम आएँगे। जिस दिन देश के ज्यादतर संस्थान अपनी ऊर्जा की जरूरतें खुद पूरी करने लगेंगे, उस दिन से आप देखिएगा कि कैसे इसका असर समाज के हर स्तर पर पड़ने लगेगा।

भविष्य पेट्रोल और डीजल का नहीं है। एक-न-एक दिन यह प्राकृतिक संपदा खत्म होनेवाली है। भविष्य सौर ऊर्जा का है, पवन ऊर्जा का है, पनबिजली का है। हमारे देश में यह काम इसलिए भी आसानी से हो सकता है, क्योंकि हम प्रकृति को सहेजकर रखनेवाले, प्रकृति की पूजा करनेवाले

लोग हैं। हमारे यहाँ पेड़ के लिए अपनी जान तक देने की परंपरा रही है। टहनी तोड़ने से भी पहले यहाँ प्रार्थना की जाती है। प्राणी वनस्पति के प्रति संवेदना हमें बचपन से सिखाई जाती है। हम रोज आरती के बाद के शांति मंत्र में 'वनस्पतय: शांति आप: शांति' कहते हैं। लेकिन यह भी सत्य है कि समय के साथ यह परंपरा भी किसी-न-किसी खरोंच से फँस चुकी है। आज संत-समाज को इस ओर भी अपना प्रयास बढ़ाना होगा। जो हमारे ग्रंथों में है, हमारी परंपराओं का हिस्सा रहा है, उसे आचरण में लाने से ही वातावरणीय बदलाव की चुनौती का सामना किया जा सकता है। हमारा पूरा 'ऋग्वेद' इसी को समर्पित है।

158

स्किल डेवलपमेंट

कभी-कभी जिनको हम छोटे-छोटे काम कहते हैं; उन्हें हम सीखें! आपको कार ड्राइविंग तो सीखने का मन करता है! क्या कभी ऑटोरिक्शा सीखने का मन करता है? आप साइकिल तो चला लेते हैं, लेकिन थ्री व्हिलरवाली साइकिल कभी चलाने की कोशिश की है क्या? आप देखें, ये सारे नए प्रयोग, ये सारी स्किल ऐसी हैं, जो आपको आनंद भी देंगी और आपका जीवन जो एक दायरे बँध गया है, उससे आपको बाहर निकाल देंगी। आउट ऑफ बॉक्स कुछ करिए दोस्तो। जिंदगी बनाने का यही तो अवसर होता है।

159

स्वच्छता

'स्वच्छ भारत', 'गंदगी से मुक्त भारत'। स्वच्छता, सिर्फ सरकार करे ऐसा नहीं। यह हर नागरिक एवं नागरिक संगठनों की भी बहुत बड़ी जिम्मेदारी

है। और आप सबका सपना होना चाहिए, 'हमारा शहर, हमारा प्रयास', 'हमारी प्रगति, देश की प्रगति'। आइए, पूज्य बापू का स्मरण करते हुए स्वच्छ-भारत का संकल्प लेते हुए पुरुषार्थ की पराकाष्ठा करें।

आप कल्पना कीजिए कि गाँव में रहनेवाली माताएँ-बहनें, यहाँ तक कि शहरों में भी झुग्गी-झोंपड़ी में रहनेवाली माताएँ-बहनें सुबह जल्दी उठ जाएँगी और सूरज उगने से पहले प्राकृतिक कामों के लिए बाहर जाएँगी, जंगलों में जाएँगी। डर रहता है, इसलिए पाँच-सात सहेलियों को लेकर जाती हैं और अगर उजाला हो गया या फिर कभी रिक्वायरमेंट रही, तो अँधेरे तक इंतजार करती हैं। शरीर पर कितना दमन होता है, आप कल्पना कीजिए? उस माँ के स्वास्थ्य का क्या होता होगा, उसको सुबह 9-10 बजे शौच जाने की इच्छा हुई, लेकिन उजाला है, इसलिए जा नहीं पा रही और शाम को 7 बजे तक का इंतजार करती है कि जब अँधेरा हो जाए, तब जाऊँ। उस माँ की हालत क्या होती होगी, मुझे बताइए। अगर इतनी सी संवेदना हो तो स्वच्छता के विषय में आपको किसी टीवी चैनल को नहीं देखना पड़ेगा, किसी टीवी वालों के संबोधन को नहीं समझना पड़ेगा, किसी प्रधानमंत्री की जरूरत नहीं पड़ेगी, किसी राज्य सरकार की जरूरत नहीं पड़ेगी, यह अपने-आप में एक जिम्मेवारी का हिस्सा बनेगा। और इसलिए मैं सभी देशवासियों से आग्रह करता हूँ। अभी यूनिसेफ ने एक रिपोर्ट दी है, उसने करीब भारत में 10 हजार उन परिवारों का सर्वे किया, जिन्होंने अब टॉयलेट बनाया है। पहले की तुलना की। उनका आकलन है कि एक परिवार में टॉयलेट न होने से, स्वच्छता की जागरूकता न होने से बीमारी के पीछे सालाना 50,000 रुपए औसत खर्चा होता है। परिवार का एक मुखिया बीमार हो गया, बाकी सारे काम ठप हो जाते हैं। ज्यादा बीमार हो गया तो परिवार के और दो लोगों को उसकी सेवा में लगना पड़ता है। बीमारी से बचने के लिए किसी से, साहूकार से ज्यादा ब्याज से पैसा लेना पड़ता है। एक प्रकार से 50 हजार रुपए का बोझ एक गरीब परिवार पर आ जाता है। अगर हम स्वच्छता को अपना धर्म मान लें, स्वच्छता को अपना कार्य मान लें, तो एक गरीब परिवार को 50 हजार रुपयों

से और बीमारी के कारण जो मुसीबत आती है, उससे हम बच सकते हैं, चाहे उसकी जेब में हम रुपए डालें या न डालें। एक गरीब के जीवन में यह 50 हजार रुपया बहुत काम आता है, जी। और इसलिए ये जो सर्वे आते हैं, जो जानकारी आती है, इनको एक सामाजिक जिम्मेवारी के रूप में हम सबको निर्वाह करना चाहिए।

जब से स्वच्छता के आंदोलन की शुरुआत हुई है, जागरूकता आई है, हर कोई उसमें सकारात्मक रूप से जुड़ता चला गया है। उसने एक आंदोलन का रूप भी लिया है। गंदगी के प्रति नफरत भी बढ़ती चली जा रही है। जागरूकता हो, सक्रिय भागीदारी हो, आंदोलन हो, इसका अपना महत्त्व है ही, लेकिन स्वच्छता आंदोलन से ज्यादा आदत से जुड़ी हुई होती है। यह आंदोलन आदत बदलने का आंदोलन है, यह आंदोलन स्वच्छता की आदत पैदा करने का आंदोलन है, आंदोलन सामूहिक रूप से हो सकता है। काम कठिन है, लेकिन करना है। मुझे विश्वास है कि देश की नई पीढ़ी में, बालकों में, विद्यार्थियों में, युवकों में यह जो भाव जगा है, अपने-आप में अच्छे परिणाम के संकेत देता है।

साबरमती आश्रम की जितनी घटनाएँ हैं, उन घटनाओं में कहीं-न-कहीं स्वच्छता की चर्चा पूरे साल, प्रतिदिन रही है। स्वच्छता में गांधीजी समझौता नहीं करते थे। स्वच्छता का हमारी रगों में, हमारे जेहन में, हमारे विचार में, हमारे आचार में परम स्थान होना चाहिए और इससे बड़ी पूज्य बापू को कोई श्रद्धांजलि नहीं हो सकती है। स्वयं बापू कहते थे कि आजादी और स्वच्छता, दोनों में से मेरी पहली पसंद स्वच्छता रहेगी। आजादी से भी ज्यादा महत्त्व गंदगी से मुक्ति का हिंदुस्तान, यह बापू का सपना था।

स्वच्छता के लिए वैचारिक आंदोलन भी जरूरी है। व्यवस्थाओं के विकास से परिवर्तन नहीं आता है, जब तक कि वैचारिक आंदोलन पैदा नहीं होता। यह जो प्रयास है, फिल्म बनाइए, क्रिएटिविटी लाइए, निबंध लिखिए, ये सारी चीजें इसको एक वैचारिक अधिष्ठान देने का प्रयास है। और जब कोई बात हमारे जेहन में विचार के रूप में घुस जाती है, तत्त्वों के रूप में

स्थान पा लेती है, फिर उसको करना बड़ा सरल हो जाता है। तो ये जो और एक्टिविटी इसके साथ जोड़ी जाती हैं, उनके पीछे भी मकसद यही है। अब आप देखिए, एक समय ऐसा था और मुझे तब बड़ी पीड़ा होती थी, दोष ऐसा करनेवालों का जरा भी नहीं है और इसलिए उनका दोष मैं नहीं देता। लेकिन कमर्शियल वर्ल्ड है, जिसमें से कमाई होती है। उसको जरा आगे बढ़ाने का हर एक को शौक रहता है, हर एक को तो कमाई का इंटरेस्ट रहेगा-ही-रहेगा। आज से चार-पाँच साल पहले के टीवी पर कई ऐसे कार्यक्रम आप देखेंगे, जिनमें किसी स्कूल में अगर बच्चे सफाई करते पाए गए तो बड़ी स्टोरी बनती थी, टीचरों पर वार होता था कि बच्चों से सफाई करवाते हो स्कूल में? और फिर तो पेरेंट्स को भी मजा आ जाता था, वे भी पहुँच जाते थे। स्कूल में मेरे बच्चों को पढ़ाई कराओगे या स्वच्छता कराओगे? आज इतना बदलाव आया है कि किसी स्कूल में बच्चे स्वच्छता कर रहे हैं तो टीवी की मुख्य खबर बन जाती है जी। यह छोटी चीज नहीं है जी। और मैं मानता हूँ इस पूरे आंदोलन को इस देश के मीडिया ने अपने कंधों पर न उठाया हो, तो शायद ऐसा नहीं हो पाता! तीन साल हो गए, देश का प्रिंट मीडिया, इलेक्ट्रॉनिक मीडिया पूरी तरह स्वच्छता के साथ अपने-आपको जोड़ दिया है, दो कदम हमसे आगे ही चल रहे हैं।

स्वच्छता के विषय को जब तक आप उस महिला के नजरिए से नहीं देखोगे, तब तक इस स्वच्छता की ताकत का अंदाजा नहीं लगेगा। आप उस माँ को देखिए, जिस घर में हर किसी को कूड़ा-कचरा, चीजें इधर-उधर फेंकने का हक है। एक अकेली माँ है, जो सब लोग नौकरी, स्कूल चले जाएँ तो दो घंटे तक सफाई करती रहती है। कमर दुख जाए तब भी करती रहती है, उस माँ से पूछिए कि जब हम लोग जाने से पहले अपनी-अपनी चीजें ठीक रखते हैं तो माँ तुम्हें कैसा लगता है? माँ जरूर कहेगी कि बेटे मेरी कमर दुख जाती थी, अच्छा है, अब तुम सारी चीजें जहाँ डालनी चाहिए, वहाँ डालते हो तो मेरा काम दस मिनट में निपट जाता है। मुझे बताइए, हम मध्यम वर्ग के हों, उच्च-मध्यम वर्ग के हों, निम्न-मध्य वर्ग के हों, गरीब माँ हो, जिसको

घर की सफाई में आधा दिन चला जाता था, अगर परिवार के सब लोग अपनी चीज अपनी जगह पर रखें, माँ की गंदगी साफ करने में मदद करें या न करें, सिर्फ अपनी चीज अपनी जगह पर रखें तो भी उस माँ को कितनी राहत मिलेगी! क्या यह काम हम नहीं कर सकते थे? और इसलिए स्वच्छता का पूरा एक ही तराजू मेरे दिमाग में है। आप कल्पना कर सकते हैं, जी। पुरुषों से मैं जरा पूछना चाहता हूँ। आपको तो कहीं भी चौराहा मिल जाए, खड़े हो जाते हैं। माफ करना मुझे, इस प्रकार की भाषा का प्रयोग करने के लिए। उस माँ की, बेटी की, बहन की हालत देखी होगी, वह भी कभी बाजार जाती है, कुछ खरीदने जाती है, क्या उसको भी तो प्राकृतिक रिक्वायरमेंट रहती होगी? लेकिन वह खुले में कभी कोई क्रिया नहीं करती है, घर पहुँचने तक अपने शरीर को दमन करती है, झेलती रहती है। वे कौन से संस्कार हैं? अगर उस अपने ही घर माँ में अपनी बहन, अपनी बेटी में संस्कार हैं, मेरे में क्यों नहीं हैं? क्योंकि पुरुष के नाते हम यह मानकर चलते हैं कि यह सब तो हमें इजाजत है? जब तक यह बदलाव नहीं आएगा, हम स्वच्छता को सही रूप में समझ नहीं पाएँगे।

160

स्वामी विवेकानंद

एक भारतीय को कैसा होना चाहिए, इस बारे में विवेकानंदजी ने बहुत ही शक्तिशाली मंत्र दिया था। यह था, स्वदेश मंत्र। इसकी हर पंक्ति में शक्ति और प्रेरणा भरी है। उन्होंने कहा था, ''ऐ भारत, तुम मत भूलना तुम्हारा जीवन अपने व्यक्तिगत सुख के लिए नहीं है। ऐ वीर, गर्व से बोलो कि मैं भारतवासी हूँ और प्रत्येक भारतवासी मेरा भाई है। गर्व से पुकारकर कहो कि हर भारतवासी मेरा भाई है, भारतवासी मेरे प्राण हैं। भारत की मिट्टी मेरा स्वर्ग है। भारत के कल्याण में मेरा कल्याण है।" ऐसे थे विवेकानंद। भारत

से एकाकार विवेकानंद। भारत से एकरूप विवेकानंद। भारत के सुख-दुःख में अपना सुख दुःख माननेवाले विवेकानंद। वे हर बुराई से लड़े। विदेश में भारत को 'सपेरों और नटों का देश' बतानेवाले कुटिल प्रोपेगैंडे को उन्होंने ध्वस्त किया। दुनिया में भारत की प्रतिष्ठा बढ़ाई। उनमें ज्ञान-विज्ञान, भाषा, सामाजिक सुधार, आधुनिक जगत् के बढ़ते कदमों के साथ कदम मिलाकर चलने का साहस था। उनमें समाज में व्याप्त विकृतियों, छुआछूत, भेदभाव, पाखंड को खंड-खंड करने का योद्धा-भाव था। इसी भाव ने विवेकानंद को योद्धा संन्यासी बनाया। स्वामी विवेकानंद ने कोलंबो से अल्मोड़ा की यात्रा में जाति के भेदभाव के खिलाफ आवाज बुलंद की। उन्होंने लोगों को दो टूक कहा, "ज्ञान और दर्शन में दुनिया में तुम्हारे जैसा कोई महान् नहीं होगा, पर व्यवहार में ऐसी निकृष्टता भी कोई नहीं करता होगा। धिक्कार है, तुम्हारे ऐसे व्यवहार पर!" सौ-सवा सौ साल पहले उन्होंने जो कहा था, वह शायद इतनी बेबाकी से आज भी कोई कहने का साहस न दिखा सके। साथियो, हमें यह माहौल बदलना होगा, यह मानसिकता बदलनी होगी। विवेकानंद को मानना है तो भीतर से जाति का द्वेष, जाति भेद का जहर निकालकर बाहर करना होगा, खत्म करना होगा।

वह इनसान विश्व के अंदर जाकर भारत का गुणगान करता था, लेकिन भारत में आता था तो भारत के अंदर जो बुराइयाँ थीं, उन बुराइयों पर कठोर प्रहार करता था। वे संत परंपरा से थे, लेकिन जीवन में वे कभी गुरु खोजने नहीं निकले थे। यह सीखने और समझने का विषय है। वे गुरु खोजने के लिए नहीं निकले थे। वे सत्य की तलाश में थे। महात्मा गांधी भी जीवन भर सत्य की तलाश से जुड़े हुए थे। वे सत्य की तलाश में थे। परिवार में, आर्थिक स्थिति कठिन थी। रामकृष्ण देव माँ काली के पास भेजते हैं, "जा तुझे जो चाहिए माँ काली से माँग।" और बाद में पूछा, "कुछ माँगा ?" वे बोले, "नहीं माँगा।" कौन सा मिजाज होगा, जो काली के सामने खड़े होकर भी माँगने के लिए तैयार नहीं है। भीतर वह कौन सा लौह तत्त्व होगा, वह कौन सी ऊर्जा होगी, जिसमें यह सामर्थ्य पैदा हुआ, इसलिए वर्तमान समाज में जो बुराइयाँ हैं,

क्या उनके खिलाफ हम नहीं लड़ेंगे? उन्हें हम स्वीकार कर लेंगे? अमेरिका की धरती पर विवेकानंदजी ब्रदर्स ऐंड सिस्टर्स ऑफ अमेरिका कहे। हम खुद नाच उठें। लेकिन मेरे देश में ही मैं नौजवानों को विशेष रूप से कहना चाहूँगा, हम नारी का सम्मान करते हैं क्या। हम लड़कियों के प्रति आदर भाव रखते हैं क्या, जो रखते हैं, उनको मैं 100 बार नमन करता हूँ। लेकिन जो उसके भीतर इनसान नहीं देख पाते हैं, मानव नहीं देख पाते। यह भी ईश्वर की एक कृति है, अपनी बराबरी से है। ये भाव अगर नहीं देखते हैं तो फिर स्वामी विवेकानंद के वो शब्दशिष्ट ब्रदर्स ऐंड सिस्टर्स ऑफ अमेरिका, हमें तालियाँ बजाने का हक है कि नहीं है। 50 बार हमें सोचना है।

बहुत मुश्किल से दशकों तक किए गए लोगों के प्रयास से देश जाति के बंधन से मुक्त होने की तरफ बढ़ रहा है। लेकिन आप जैसे लाखों-करोड़ों लोगों की इस मेहनत पर कुछ समाज विरोधी लोगों ने अपनी नजरें टिका दी हैं। ये लोग फिर से देश को जाति के नाम पर बाँटने का षड्यंत्र कर रहे हैं। ऐसे लोगों को आज की युवा पीढ़ी द्वारा जवाब दिया जा रहा है। भारत का नौजवान कुछ मुट्ठी भर लोगों के बहकावे में नहीं आनेवाला। देश में जातिवाद, कुरीतियाँ, अंधविश्वास खत्म करने का संकल्प लेनेवाले ऐसे नौजवान, न्यू इंडिया के सपने को साकार करने के लिए संकल्प लेनेवाले ऐसे नौजवान ही विवेकानंद हैं। वे भारत के नए विक्रमी-पराक्रमी, विकासमान चेहरे का प्रतीक हैं। ऐसा हर नौजवान, जो राष्ट्र निर्माण में प्रोएक्टिव होकर अपनी ड्यूटी निभा रहा है, न्यू इंडिया के संकल्प को सिद्ध करने के लिए काम कर रहा है, विवेकानंद है। किसी खेत में, किसी कारखाने में, किसी स्कूल में, किसी कॉलेज में, गली-मोहल्ले-नुक्कड़ में देश की सेवा में जुटा हर व्यक्ति विवेकानंद है। जो इस समय स्वच्छ भारत मिशन को आगे बढ़ा रहा है, गाँव-गाँव जाकर लोगों को डिजिटल साक्षरता प्रदान कर रहा है, वह विवेकानंद है। जो दलित-पीड़ित-शोषित वंचित के लिए काम कर रहा है, वह विवेकानंद है। जो अपनी एनर्जी को, अपने आइडिया को, अपने इनोवेशन को समाज के हित में लगा रहा है, वह विवेकानंद है।

विवेकानंदजी का दो रूप, अगर आप बारीकी से देखेंगे तो ध्यान में आएगा। विश्व में जहाँ गए वहाँ, जहाँ भी बात करने का मौका मिला, वहाँ बड़े विश्वास के साथ, बड़े गौरव के साथ भारत का महिमामंडन, भारत की महान् परंपराओं का महिमामंडन, भारत के महान् चिंतन का महिमामंडन, उसको व्यक्त करने में वे कभी थकते नहीं थे। रुकते नहीं थे, कभी उलझन अनुभव नहीं करते थे। वह एक रूप था विवेकानंद का और दूसरा रूप वह था, जब भारत के भीतर बात करते थे तो हमारी बुराइयों को खुलेआम कोसते थे। हमारे भीतर की दुर्बलताओं पर कुठाराघात करते थे और वे जिस भाषा का प्रयोग करते थे, उस भाषा का प्रयोग तो आज भी हम अगर करें तो शायद लोगों को आश्चर्य होगा कि ऐसे कैसे बोल रहे हैं। वे समाज की हर बुराइयों के खिलाफ आवाज उठाते थे। और उस समय के समाज की कल्पना कीजिए, जब रिचुअल का महत्त्व ज्यादा था, पूजा-पाठ, परंपरा, यह सहज समाज जीवन की प्रकृति थी। ऐसे समय 30 साल का एक नौजवान, ऐसे माहौल में खड़ा होकर कह दे कि पूजा-पाठ, पूजा-अर्चन, मंदिर में बैठे रहने से कोई भगवान्-वगवान मिलनेवाला नहीं है। जन सेवा, यही प्रभु सेवा, जाओ, जनता जर्नादन गरीबों की सेवा करो, तब जाकर प्रभु प्राप्त होगा। कितनी बड़ी ताकत?

हम कभी सोचते हैं, विवेकानंदजी कहते थे, जनसेवा प्रभु सेवा। अब देखिए एक इनसान 30 साल की उम्र में पूरे विश्व में ऐसा जय-जयकार करके आया है। उस गुलामी के कालखंड में दो व्यक्तित्व जिसने भारत में एक नई चेतना, नई ऊर्जा प्रकट की थी। दो घटनाओं ने, एक जब रवींद्रनाथ टैगोर को नोबेल पुरस्कार मिला और जब स्वामी विवेकानंदजी के 1911 के भाषण की देश-दुनिया में चर्चा होने लगी। भारत की गुलामी के कालखंड में एक नई चेतना का भाव पूरे भारत में इन दो घटनाओं ने जगाया था। और दोनों बंगाल की संतान थे। कितना गर्व होता है, जब मैं दुनिया में किसी को जाकर कहता हूँ कि मेरे देश के रवींद्रनाथ टैगोर, श्रीलंका का राष्ट्रगीत भी उन्होंने बनाया, भारत का राष्ट्रगीत भी उन्होंने बनाया, बांग्लादेश का राष्ट्रगीत भी उन्होंने बनाया। क्या हम अपनी इस विरासत के प्रति गर्व करते हैं? आज

हिंदुस्तान में, दुनिया में हम एक युवा देश हैं। 800 मिलियन लोग इस देश में उस उम्र के हैं, जब विवेकानंदजी ने शिकागो में भाषण दिया, उससे भी कम उम्र के हैं। विश्व में डंका बजानेवाले विवेकानंदजी की उम्र से कम उम्र की 65 प्रतिशत जनसंख्या जिस देश की हो, उस देश में विवेकानंद से बड़ी प्रेरणा क्या हो सकती है? उन्होंने आइडियाज को आइडियज्म में कन्वर्ट किया और आइडियज्म और आइडिया का काम्बिनेशन करके इंस्टीट्यूशनल फ्रेमवर्क बनाया। आज से करीब 120 साल पहले इस महापुरुष ने रामकृष्ण मिशन को जन्म दिया। विवेकानंद मिशन को जन्म नहीं दिया, रामकृष्ण मिशन को जन्म दिया। बात छोटी होती है, लेकिन अक्लमंद के लिए इशारा काफी होता है और रामकृष्ण मिशन का जिस भाव से उदय हुआ, उसमें आज 120 साल के बाद भी न डिल्यूजन आया है न डाइवर्जन आया है। एक ऐसी संस्था की कैसी मजबूत नींव बनाई होगी उन्होंने? फाउंडेशन कितना स्ट्रांग होगा? विजन कितना क्लियर होगा? एक्शन प्लान कितना स्ट्रांग होगा? भारत के विषय में हर चीज की कितनी गहराई से अनुभूति होगी, तब जाकर एक संस्था 120 साल के बाद भी उसी भाव से चल रहा है।

161

स्वीकारना

मैं अभिभावकों से इतना ही कहना चाहूँगा कि तीन बातों पर हम बल दें—स्वीकारना, सिखाना, समय देना। जो है, उसे स्वीकार कीजिए। आपके पास जितनी क्षमता है, आप सिखाइए, आप कितने ही व्यस्त क्यों न हों, समय निकालिए, टाइम दीजिए। एक बार आप स्वीकार करना सीख लेंगे, अधिकतम समस्या तो वहीं समाप्त हो जाएगी। हर अभिभावक इस बात को अनुभव करता होगा। अभिभावकों की, टीचरों की अपेक्षा समस्या की जड़ में होती है। स्वीकृति समस्याओं के समाधान का रास्ता खोलती है। अपेक्षाएँ

राह कठिन कर देती हैं। अवस्था को स्वीकार करना, नए रास्ते खोलने का अवसर देती हैं और इसलिए जो है, उसे स्वीकार कीजिए। आप भी बोझमुक्त हो जाएँगे। हम लोग छोटे बच्चों के स्कूली बैग के वजन की चर्चा करते रहते हैं, लेकिन कभी-कभी तो मुझे लगता है कि अभिभावकों की जो अपेक्षाएँ होती हैं, उम्मीदें होती हैं, वे बच्चे के स्कूल बैग से भी ज्यादा भारी हो जाती हैं।

162

हनुमान

हनुमानजी यानी सेवा, हनुमानजी यानी समर्पण-भक्ति का वह रूप था, जिसमें सेवा ही परम धर्म बन गया था। जब वे समुद्र को पार कर रहे थे तो मैनाक पर्वत उन्हें बीच में विश्राम देना चाहता था, लेकिन संकल्प सिद्धि से पहले हनुमानजी के लिए शिथिलता की कोई गुंजाइश नहीं थी। अपने लक्ष्य की प्राप्ति तक उन्होंने आराम नहीं किया। हनुमानजी के सेवाभाव पर भारत रत्न सी. राजगोपालाचारीजी ने भी अपनी रामायण में लिखा है— जब हनुमानजी सीता माता से मिलकर वापस लौटते हैं, भगवान् रामजी को माता के सकुशल होने की बात बताते हैं, तो रामजी कहते हैं, "हनुमानजी ने वह काम किया है, जिसकी कोई उम्मीद तक नहीं कर रहा था। कठिनाइयों के जिस समंदर को हनुमानजी ने पार किया है, वह कोई सोच भी नहीं सकता था।"

163

हिंदुस्तान

आज दुनिया में एक ही पंथ और परंपरा से पले-बढ़े लोग भी एक-दूसरे को जिंदा देखने को तैयार नहीं हैं। एक-दूसरे को मौत के घाट उतारने के लिए तुले हुए हैं। दुनिया को हिंसा की गर्त में डुबोकर अपनी मान्यताओं का प्रभाव

बढ़ाने में आज 21वीं सदी में कुछ मानव लगे हुए हैं। ऐसे समय हिंदुस्तान गर्व के साथ कह सकता है कि हम वह देश हैं, हम वे हिंदुस्तानवासी हैं, जो दुनिया की हर मान्यताओं को, परंपराओं को, पंथ को अपने भीतर समेटकर एकता के सूत्र में बँधे हुए हैं। यह हमारी विरासत है, यह हमारी ताकत है। यह हमारे उज्ज्वल भविष्य का मार्ग है; और हम लोगों का दायित्व बनता है। भाई और बहन के प्यार को कोई कम नहीं आँकता है। भाई और बहन के लिए एक-दूसरे के लिए त्याग करना यह सहज प्रकृति प्रवृत्ति होती है, उसके बावजूद भी उस संस्कार सरिता को बढ़ाने के लिए हम रक्षा-बंधन का पर्व मनाते हैं। भाई और बहन के रिश्तों को हर वर्ष संस्कारित करने का प्रयास करते हैं। वैसे ही देश की एकता देश की सांस्कृतिक विरासत ये सामर्थ्यवान होने के बावजूद भी हर बार हमें उसको पुनः संस्कारित करना जरूरी होता है। बार-बार एकता के मंत्र को याद करना आवश्यक होता है। बार-बार एकता के लिए जीने का संकल्प जरूरी होता है।

164

हिंसा

गांधीजी और विनोवाजी के जैसा गाय के लिए समर्पित जीवन हमारे सामने दृष्टांत है। मैं देशवासियों से आग्रह करूँगा कि हिंसा समस्याओं का समाधान नहीं है। उस डॉक्टर का कोई दोष नहीं है, जो आपके परिजन की सेवा कर रहा था, लेकिन आपके परिजन को बचा नहीं पाया और आपको शिकायत हो तो कानूनी व्यवस्था है। किसी निर्दोष की जिंदगी जाती है, वह अकस्मात है। और इसलिए गांधी की इस धरती में हर किसी का दायित्व है, एक संतुलित जीवन जीने का। हर किसी की जिम्मेवारियों को अपनी जिम्मेवारियों के साथ जोड़ लीजिए और तब जाकर हम पूज्य बापू के सपनों का देश बना सकते हैं।

165

हिमालय

हमारे देश के हिमालय की बड़ी विशेषताएँ हैं। विकास के लिए इतनी संभावनाएँ और हिमालय के हर भू-भाग में उसकी एक अलग चेतना है। अगर श्रीनगर में जाएँ, हिमालय के इलाके में जाएँ तो एक अनुभूति होती है, माता वैष्णो देवी और अमरनाथ जाएँ तो दूसरी अनुभूति होती है। हिमाचल प्रदेश में शिमला, कुल्लू, मनाली चले जाएँ तो एक अनुभूति होती है, लेकिन उसी हिमालय की गोद में उत्तराखंड की धरती पर आते हैं तो एक दिव्य चेतना की अनुभूति होती है। वही हिमालय, दार्जिलिंग में जाएँ तो एक अनुभूति होती है, सिक्किम में चले जाएँ तो एक दूसरी अनुभूति होती है। आप कल्पना कर सकते हैं, एक ही हिमालय, वही हवा, वही पहाड़, वही बर्फ; लेकिन अलग-अलग भू-भाग पर अलग-अलग चेतना की अनुभूति होती है। मैंने हर इलाके की चेतना को अलग से महसूस किया हुआ है। अगर किसी को यहाँ की वन-संपदा में रुचि है, तो जीवन भर खोज करने के लिए विराट् क्षेत्र खुला पड़ा है। किसी को एडवेंचर में रुचि है तो पूरा हिमालय दुनिया के हर एडवेंचरिस्ट को निमंत्रण देता है। किसी को यहाँ के जलस्रोत में रुचि है तो वह दुनिया के हर जलस्रोत में रुचि रखनेवाले लोगों को निमंत्रण देता है। जिसको यहाँ की जड़ी-बूटी में रुचि है, हर्बल मेडिसिन में रुचि है, हिमालय की हर गोद में ऐसी प्रकृति पली हुई है कि वह एक नई चेतना का अनुभव करा सकती है। हिमालय की गोद में ऑर्गेनिक फार्मिंग, पूरे विश्व के लिए एक बहुत बड़ी संभावना वाली जगह मैं देखता हूँ।

विविध विचार

अच्छी शिक्षा अच्छे शिक्षकों के साथ जुड़ी हुई है। हमें यह सोचने की जरूरत है कि हम अच्छे शिक्षक कैसे बन सकते हैं? भारत में वह क्षमता है कि वह अच्छे शिक्षक उत्पन्न कर सके और दुनिया की जरूरत के अनुसार विश्व को प्रदान कर सके। हमें इस बारे में सोचने की जरूरत है कि हम ऐसा वातावरण कैसे बना सकते हैं, जहाँ बच्चे अच्छे शिक्षक बनना चाहें।

अनुभव से सीखना और शिक्षा से सीखना, दोनों जरूरी हैं। आपकी शिक्षा और मूल्य यह तय करते हैं कि आप अपने अनुभवों से कैसे सीखते हैं?

आज बात 'करो या मरो' के बारे में नहीं है, बल्कि एक नए भारत के निर्माण के लिए प्रण लेने की है। आइए, हम एक रोड मैप तैयार करें, आइए देश को नई ऊँचाइयों तक ले जाने और अपने लक्ष्यों को पूरा करने के लिए काम करने का संकल्प करें।

आज भारत को वैश्विक अर्थव्यवस्था में एक उज्ज्वल स्थान के रूप में वर्णित किया गया है। यह सबसे आकर्षक वैश्विक निवेश स्थलों में से एक के रूप में उभरा है।

आधुनिक विज्ञान मानव जाति की जरूरतों को पूरा करने के लिए एक उत्प्रेरक एजेंट है। हमें यह सुनिश्चित करना चाहिए कि वह गरीबों के द्वारों तक पहुँच जाए।

आनेवाला काल ज्ञान का काल है। भले ही अमीर, गरीब या शक्तिशाली देश हों, अगर वे आगे बढ़ना चाहते हैं, तो ज्ञान ही उन्हें वह रास्ता दिखा सकता है।

आप अपने मोबाइल को अपना बटुआ बना सकते हैं और अपने मोबाइल से सब्जी भी खरीद सकते हैं और अपना सारा व्यापार भी कर सकते हैं।

एक गरीब कभी मुफ्त की नहीं खाना चाहता। वह तो सिर्फ अपने काम के बदले पैसे लेना चाहता है और इस देश के गरीब में वह ताकत है कि यदि उसे काम करने का मौका मिले तो बंजर मिट्टी से भी सोना उगा सकता है।

एक राष्ट्र का विकास उसके आकार पर निर्भर नहीं करता, बल्कि उसके लोगों की भावना पर निर्भर करता है।

एक समय था कि गाँव, शहर और लोग नदी के तट पर या समुंदर के किनारे बसते थे। इसके बाद जहाँ-जहाँ से हाइवे गुजरते थे, वहाँ शहर बसना शुरू हुए, लेकिन अब मानव जाति वहीं पर बसेगी, जहाँ से ऑप्टिकल फाइबर गुजरेगा।

खेल मिल-जुलकर काम करने की क्षमता को बढ़ाता है। यह खुलेपन की भावना भी लाता है और हमें दूसरों को स्वीकार करने की क्षमता भी प्रदान करता है।

चलो, कैश का उपयोग कम करें और डिजिटल लेन-देन को बढ़ावा दें। भीम एप लेन-देन के तरीके में परिवर्तन लाता है।

जब मैं एक विकसित भारत के बारे में सोचता हूँ, मैं एक स्वस्थ भारत के बारे में सोचता हूँ और विशेष रूप से महिलाओं और हमारे राष्ट्र के बच्चों के अच्छे स्वास्थ्य के बारे में सोचता हूँ।

जहाँ तक जवाहरात और गहने व्यापार क्षेत्र का संबंध है, हमारा लक्ष्य केवल 'मेक इन इंडिया' ही नहीं, बल्कि 'डिजाइन इन इंडिया' भी होना चाहिए।

जिनको अपना काला धन ठिकाने लगाने का मौका नहीं मिला, वे ही लोग मुझसे नाराज हैं। अगर मैं इन्हें 72 घंटे का मौका देता तो ये ही लोग मेरी वाहवाही करते।

जो निरंतर चलते रहते हैं, वे ही बदले में मीठा फल पाते हैं। सूरज की अटलता को देखो। गतिशील, चमकदार और लगातार चलनेवाला, जो कभी

ठहरता नहीं। इसलिए आगे बढ़ते रहो।

जो हमारे दादा-दादी ने किया, मेरे माँ बाप ने भी वैसा किया तो क्या हमें भी वैसा करना ही चाहिए? इस सोच पर देश नहीं चलता। हम अपने बड़ों से मार्गदर्शन तो ले सकते हैं, लेकिन सोच और परिस्थिति तो अपने समय के हिसाब से ही होती है और उसी के अनुसार आगे बढ़ा जा सकता है।

टेक्नोलॉजी कम सशक्त को शक्ति प्रदान करती है। यह एक मजबूत बल है, जो उन लोगों के जीवन में एक मौका लाता है तो यह एक तकनीक है। यह एक स्तरीय और स्प्रिंगबोर्ड के रूप में कार्य करता है।

डरते वे ही हैं, जो अपनी छवि के लिए मरते हैं। मैं तो अपने भारतवर्ष की छवि के लिए मरता हूँ, इसलिए किसी से नहीं डरता।

डिजिटल भारत के लिए हमारी खोज में सभी शामिल हैं। यह आपके जीवन को कई तरीकों से छूने वाला है, जिससे यह आसान हो जाता है।

त्योहारों से समाज में प्रेम, स्नेह और भाइचारे की भावना बढ़ती है। इससे 'मैं' से 'हम' की यात्रा के लिए रास्ता बनता है।

देश शांति, एकता और सद्भावना से चलता है, सबको साथ लेकर चलना हमारी सभ्यता एवं संस्कृति है।

नोटबंदी का फैसला देशहित में लिया है, लेकिन इससे जिसका नुकसान हुआ है, वे लोग मुझे छोड़ेगे नहीं। नोटबंदी से हमारे देश की जनता तो आज पहली बार चैन की साँस लेकर सोने जा रही है, जबकि कुछ लोग आज से नींद की गोलियाँ लेना शुरू कर देंगे।

पर्यटन महत्त्वपूर्ण है, क्योंकि यह गरीब-से-गरीब को आर्थिक अवसर देता है। प्रत्येक नीति तैयार करते समय हम गरीबों और युवाओं की आकांक्षाओं को ध्यान में रखते हैं। हमें समाज के प्रत्येक अनुभाग को विकसित करना चाहिए।

पश्चिम में लोगों ने भारतीयों के प्रति एक गलत धारणा बना रखी है, क्योंकि हम पेड़ों की पूजा करते हैं, हम पेड़ों को देवी-देवता का नाम देते हैं और फिर भी उन्हें काट देते हैं। इसी तरह हिंदू देवता किसी-न-किसी जानवर,

पक्षी या पेड़ से संबंधित होते हैं। यह हमें उनका सम्मान करना सिखाता है।

प्रौद्योगिकी के अभिसरण महत्त्वपूर्ण हैं। जब एक लोग, एक मिशन, एक राष्ट्र होगा—यह तब जाकर संभव होगा। प्रौद्योगिकी के पास हमारी आर्थिक क्षमता को भी बदलने की शक्ति है। प्रौद्योगिकी ने हमारे जीवन को सरल बना दिया है। मोबाइल फोन आज बैंक बन गए हैं। प्रौद्योगिकी हमें ऐसा समाधान देती है, जिसे कुछ साल पहले तक नहीं समझा जा सकता था।

बदलते समय के साथ, हमें अपनी प्रक्रियाओं और प्रणालियों को बदलना होगा। यह महत्त्वपूर्ण है कि हम सिस्टम के साथ समाज की ताकत को एकीकृत करें।

बुनियादी ढाँचा, क्षमता और पारदर्शिता आर्थिक विकास के महत्त्वपूर्ण स्तंभ हैं।

भविष्य सोशल मीडिया के अंतर्गत आता है। यह समतावादी और समावेशी है। सोशल मीडिया किसी भी देश, किसी भी भाषा, किसी भी रंग, किसी भी समुदाय के बारे में नहीं है, लेकिन मानव मूल्यों के बारे में है और यह अंतर्निहित लिंक बाध्यकारी मानवता है।

भारत के युवा देश की समस्याओं का हल ढूँढ़ना चाहते हैं। वे उन परिणामों को चाहते हैं, जो जल्दी और विश्वसनीय हों। उन्हें अभूतपूर्व ऊर्जा का आशीर्वाद मिला है और यह ऊर्जा देश के लिए बहुत अच्छे परिणाम लाएगी।

भारत में हम एक पारिस्थितिकी तंत्र का पोषण कर रहे हैं, जहाँ भारत के युवा नए नौकरी निर्माता बनते हैं, नौकरी तलाशनेवाले नहीं।

भारत विविध संस्कृति, फैशन और परंपराओं वाला देश है। यह विविधता अलग-अलग क्षेत्रों में मौजूद कपड़ों में स्पष्ट रूप से दीखती है।

भारत सहकारी संघवाद का एक उदाहरण प्रस्तुत करता है। भारत के विकास के लिए केंद्र और राज्य एक साथ काम कर रहे हैं, यह हमारा प्रयास है।

महात्मा गांधीजी ने स्वतंत्रता संग्राम को जन आंदोलन में बदल दिया

और हमने उसका परिणाम देखा। महात्मा गांधी ने स्वतंत्रता संग्राम के लिए जो किया था, उसी प्रकार हमें भी भारत के विकास को एक व्यापक आंदोलन बनाने की आवश्यकता है।

माता-पिता अपनी बढ़ती हुई बच्चियों पर तो लगाम लगाते हैं, लेकिन ऐसे माता-पिता अपने लड़कों से पूछते हैं कि वे क्या करते हैं, कहाँ जाते हैं? क्योंकि एक बलात्कारी भी किसी माँ-बाप का ही लड़का होता है, इसलिए हर माँ-बाप का कर्तव्य है कि अपनी बेटियों के साथ-साथ बेटों पर भी ध्यान रखें कि कहीं उनका बेटा गलत दिशा में तो नहीं जा रहा है।

मात्र सरकार और सरकार की पहल पर हम एक नया भारत नहीं बना सकते। देश का बदलाव या विकास हर एक भारतीय व्यक्ति और नागरिक द्वारा ही हो सकता है।

मेरे लिए धर्म का मतलब अपने काम के प्रति निष्ठावान और देश के प्रति समर्पण है।

मैं आपसे वादा करता हूँ, अगर आप एक दिन में 12 घंटे काम करेंगे तो मैं 13 घंटे काम करूँगा, अगर आप 13 घंटे तो मैं 14 घंटे और आप 14 घंटे काम करेंगे तो मैं 15 घंटे काम करूँगा, क्योंकि मैं आप सबका प्रधानमंत्री नहीं, प्रधानसेवक हूँ। मैं एक छोटा आदमी हूँ और मैं छोटे-छोटे लोगों के लिए बड़े-बड़े काम करना चाहता हूँ।

मैं न तो मुफ्त में भोजन दूँगा और न मुफ्त में पानी, बल्कि मैं रोजगार के लिए इतने अवसर लाऊँगा और भारत देश के युवाओं को इतना सक्षम बनाऊँगा कि देश का हर नौजवान अपने स्वाभिमान से अपना पेट भर सकेगा और दूसरों की भी प्यास बुझा सकेगा।

मैं एक डिजिटल भारत का सपना देखता हूँ, जहाँ इ-कॉमर्स उद्यमियों को चलाता है। मैं एक डिजिटल भारत का सपना देखता हूँ, जहाँ दुनिया अगले बड़े आइडिए के लिए भारत को देखती है।

मैं लोगों की शक्ति पर विश्वास करता हूँ। इसमें एक बेहतर समाज और राष्ट्र बनाने की क्षमता होती है।

मैंने जीवन में न अपने माँ-बाप की दौलत पाई है और न मुझे धन-दौलत चाहिए। अगर मेरे पास कुछ है भी तो वह है मेरी माँ का दिया हुआ आशीर्वाद, जो मुझे हमेशा आगे बढ़ने की प्रेरणा देता है।

यदि आप किसी महान् व्यक्ति की जीवनी पढ़ते हैं तो आप हमेशा दो चीजों को वहाँ पाएँगे—उनकी प्रगति में उनकी माता का योगदान और उनकी तरक्की और विकास में उनके शिक्षकों का योगदान।

यह भारत देश की जिम्मेदारी है कि वह ज्ञान और नवीनता के माध्यम से अपनी ताकत विश्व को प्रदर्शित करे।

योग अपने मन को स्वस्थ रखने के लिए एक अच्छा मार्ग है। तनाव से मुक्ति, दबाव से मुक्ति और प्रसन्नचित्त रखने में प्राणायाम-योग बहुत मदद करता है। भारत की विशेषता है कि अगर हमारे पैर योग से जुड़े हुए जमीन पर हैं, तो हमारे सपने दूर-दूर आसमानों के उन क्षितिजों को पार करने के लिए भी हैं। पिछले दिनों खेल में भी और विज्ञान में भी भारत ने बहुत-कुछ करके दिखाया है। आज भारत केवल धरती पर ही नहीं, अंतरिक्ष में भी अपना परचम लहरा रहा है। चलिए, योग को पूरे विश्व में अधिक-से-अधिक लोकप्रिय बनाएँ। भारत को अच्छे योग शिक्षक बनाते हैं। योग मात्र आसन नहीं है, यह इससे कहीं ज्यादा है। यह ज्ञान, कर्म, भक्ति का मिश्रण है। योग सिर्फ रोग मुक्ति के लिए नहीं है, बल्कि यह लोभ-लालच से भी मुक्ति के लिए है। योग स्वस्थ रहने और तंदुरुस्त रहने की गारंटी देता है। योग महज एक व्यायाम नहीं है, बल्कि यह तो शारीरिक, मानसिक, आध्यात्मिक शांति प्राप्त करने का एक तरीका है।

लोकतंत्र में कोई किसी का दुश्मन नहीं होता है, बल्कि यहाँ यही प्रतिस्पर्धा होती है कि देश के विकास के लिए कौन अधिक-से-अधिक अच्छा कार्य कर सकता है। लोकतंत्र में जनता का ही फैसला सर्वमान्य होता है, जिसे मानना हम सबकी जिम्मेदारी है। सरकार किसी एक की विशेष पार्टी नहीं होती है, बल्कि यह लोकतंत्र में सभी लोगों के लिए होती है।

व्यक्ति के जीवन में, समाज के जीवन में कुछ भी अच्छा करना है तो

कड़ी मेहनत करनी पड़ती है। स्वच्छता का भी विषय ऐसा ही है। बुरी आदतों से मुक्ति पाने के लिए अविरत रूप से हमें प्रयास करना ही पड़ेगा।

शिक्षा जीवन को आत्मनिर्भर बना देती है। यह मनुष्य को समाज में गरिमा के साथ जीने के लिए प्रेरणा देती है। यह अपने ही गुणों की पहचान करने के लिए एक शिक्षक की सबसे महत्त्वपूर्ण आवश्यकता है। इसे अपने अंतर्निहित गुणों द्वारा समर्थित रहने की जरूरत है और इसे जरूर जारी रखना चाहिए।

शौचालयों को ईंटों से बनाया जाता है और लोगों की मदद से, लेकिन उनको साफ-सुथरा रखने की जिम्मेदारी हम सभी की है। स्वच्छता हमारा स्वभाव बन जाना चाहिए और हमारे जीवन का एक अभिन्न हिस्सा।

समाज की सेवा करने का अवसर हमें अपना ऋण चुकाने का मौका देता है।

हम अहिंसा की भूमि हैं। हम महात्मा गांधी की धरती हैं। एक समाज के रूप में यहाँ हिंसा के लिए कोई जगह नहीं है। हिंसा कोई बाधा दूर नहीं करती है।

हम एक ऐसा भारत बनाएँगे, जहाँ अमेरिकावाले भी आने के लिए वीजा लेकर खड़े होंगे।

हम औद्योगिक क्रांति, सफेद क्रांति का नेतृत्व करते हैं। अब यह एक सांस्कृतिक क्रांति का समय है। हममें से हर एक के पास आग की तरह आगे बढ़ने की ताकत है, तो क्यों न इस शक्ति का इस्तेमाल किया जाए? हमारा लक्ष्य यह है कि भारत विकास का इंजन होना चाहिए, साथ ही जलवायु के अनुकूल विकास का एक उदाहरण। हमारी जिम्मेदारी देश को चलाने की ही नहीं, बल्कि देश के सभी लोगों को साथ में लेकर चलने की है।

हमारे देश की सेना बात नहीं करती, रणक्षेत्र में अपना पराक्रम दिखाती है।

हमारे देश में हर कोई एक समान है, कोई बड़ा या छोटा नहीं है। साथ मिलकर हम अपने राष्ट्र में सकारात्मक बदलाव ला सकते हैं।

हमारे मन की कोई समस्या नहीं होती, समस्या तो केवल हमारी मानसिकता की होती है, जिसकी उपज के लिए खुद हम जिम्मेदार होते हैं।

हमें एक ऐसी संस्कृति को अपनाना चाहिए, जहाँ खेल की सराहना की जाती है और वह परिवार से शुरू होता है।

हमें जीवन भर के लिए छात्र बने रहना चाहिए। जीवन के हर पल से हमें सीखने के लिए तैयार और उत्साहित होना चाहिए। जीवन के बुनियादी तत्त्वों को सीखने के साथ जोड़ा जाना चाहिए। सीखने की प्रक्रिया आपके डी.एन.ए. का एक हिस्सा होनी चाहिए।

हमें पर्यावरण के प्रति संवेदनशील होना चाहिए। बढ़ती माँग को पूरा करने के लिए, हमें ऊर्जा के नए और विश्वसनीय स्रोतों की जरूरत है।

हर इनसान के अंदर दो गुण होते हैं—एक अच्छा और एक बुरा और इनसान जिस पर अपना ध्यान लगाएगा, वैसा ही बन जाएगा। हर किसी के पास एक गुण जरूर होता है और वह है, आत्मविश्वास। अगर आप को विश्वास है, तो आप निश्चित रूप से कुछ भी कर सकते हैं। अगर विश्वास नहीं है तो कुछ नहीं हो सकता।

हर एक नागरिक को यह एहसास होना चाहिए कि यह मेरा देश है और मुझे अपने देश की उन्नति के लिए कड़ी मेहनत करनी होगी। मुझे अपने देश के विकास के लिए अपना कुछ योगदान देना ही होगा।

हर व्यक्ति को अपने पैसे खर्च करने का अधिकार है। कोई भी किसी के पैसे नहीं ले सकता। हर बार नकद रखने की कोई आवश्यकता नहीं है। अब लोग मोबाइल टेक्नोलॉजी के माध्यम से भी खर्च कर सकते हैं।

❑❑❑